Frida Mey

Mord ahoi!

W0319952

atb aufbau taschenbuch

Bei diesem dritten Fall von Elfie Ruhland verbirgt sich hinter FRIDA MEY Friedlind Lipsky. Sie arbeitete als Lehrerin, PR-Beraterin und Journalistin und ließ sich von den Abgründen ihres Umfelds zum Schreiben von Kriminalromanen inspirieren. Die ersten beiden Bände liegen ebenfalls als Aufbau Taschenbuch vor: »Manchmal muss es eben Mord sein. Ein Büro-Krimi« und »Radieschen von unten. Ein Bestatter-Krimi«.

Elfie Ruhland erhält den Auftrag, die Arbeitsabläufe auf dem Kreuzfahrtschiff Aphrodite zu überprüfen, das deutlich niedrigere Gewinne erwirtschaftet als seine Schwesterschiffe. Mit im Schlepptau sind natürlich ihre befreundete Kommissarin Alex und deren Mops Amadeus. Plötzlich verschwindet der Chefcroupier, und Alex muss aufklären, ob und warum er über Bord gegangen sein könnte. Währenddessen trifft Elfie auf jede Menge Mitarbeiter, die von ihrem Vorgesetzten schikaniert werden. Aber eigentlich wollte sie ja niemanden mehr aus dem Weg räumen. Ach, zum Teufel mit den guten Vorsätzen ...

»Eine Mordslust.« *Süddeutsche Zeitung*

»Ein bittersüßes Vergnügen voll schwarzem Humor und Herz.«
Literaturmarkt

Frida Mey

Mord ahoi!

EIN
KREUZFAHRT-KRIMI

aufbau taschenbuch

FSC
www.fsc.org
MIX
Papier aus verantwortungsvollen Quellen
FSC® C083411

ISBN 978-3-7466-3054-0

Aufbau Taschenbuch ist eine Marke
der Aufbau Verlag GmbH & Co. KG

1. Auflage 2015

Umschlaggestaltung Mediabureau Di Stefano, Berlin
unter Verwendung mehrerer Motive von Getty Images
(Aleksandar Nakic, pagadesign,
C Squared Studios/photodisc, Vladimir Blinov)
Druck und Binden CPI – Clausen & Bosse, Leck
Gesetzt aus der Minion Pro durch LVD GmbH, Berlin
Printed in Germany

www.aufbau-verlag.de

Für Helmut
Wish you were here

1.

Was für ein herrlicher Tag! Die Sonne schien von einem klaren blauen Himmel und ließ den Schnee wie ein Meer aus Kristallen glitzern. Elfie Ruhland durchquerte den Waldfriedhof forschen Schrittes und sang eins ihrer Lieblingslieder der Comedian Harmonists.

»Liebling, mein Herz lässt dich grüßen …«

Elfie amüsierte sich über die kleinen Dampfwolken, die sie beim Singen in der Kälte ausstieß.

Bei Ludwig angekommen, öffnete sie ihre voluminöse Tasche und holte einen kleinen Handbesen hervor, fegte den Schnee von der Bank und legte ihre Thermodecke darauf. Dann trat sie an das Grab, entfernte das ausgebrannte Grablicht und zündete ein neues an.

»Hallo Ludwig«, begrüßte Elfie ihren Verlobten. »Ist das nicht ein wundervoller Tag heute? Aber ganz schön kalt, nicht wahr?«

Sie klopfte den Schnee von ihren Handschuhen. Das Grablicht flackerte.

»Ich habe mir schon gedacht, dass du frierst, und uns deswegen einen heißen Punsch mitgebracht. Einen Moment.«

Elfie wandte sich zur Bank, holte die Thermoskanne aus ihrer Tasche und füllte einen Becher mit der dampfenden Flüssigkeit. Vorsichtig nippte sie daran.

»Für mich ist es noch zu heiß. Aber du kannst ja ordentlich Hitze vertragen.«

Mit diesen Worten verteilte sie den Inhalt des Bechers vorsichtig über das Grab, damit die hübsche Schneedecke nicht allzu sehr zerstört wurde.

»Ich habe dieses Mal den Orangensaft frisch gepresst und eine ganze Zimtstange hineingetan. Schmeckt es dir?«

Erwartungsvoll drehte Elfie sich zum Grablicht.

Es flackerte.

»Schön. Das freut mich.«

Sie setzte sich auf die Bank und füllte den Becher erneut mit Punsch.

»Stell dir vor, Ludwig, meine Arbeit bei Cord Claaßen Seereisen ist so gut wie abgeschlossen, viel früher als erwartet. Aber ich musste dort auch kein zusätzliches Projekt in Angriff nehmen, denn schikanierende Vorgesetzte sind in dieser Firma weit und breit nicht in Sicht.«

Jedenfalls bisher nicht, fügte sie in Gedanken hinzu. Allerdings hatte sie die neue Filiale der Reederei erst aufgebaut und dabei natürlich die Mitarbeiter sorgfältig ausgewählt. Aber man wusste ja nie, vielleicht entpuppte der eine oder andere sich später noch als Tyrann. Darum würde sie sich bei einem eventuellen Anschlussauftrag kümmern müssen.

Elfie lächelte und wärmte sich die Hände an dem heißen Becher.

»Da ging mir die Arbeit natürlich viel schneller von der Hand – ohne Beobachten eines Delinquenten, ohne Einträge in mein Notizbuch und ohne zeitaufwendige Suche nach Unfallmöglichkeiten und das Abpassen eines günstigen Augenblicks. Andererseits …«

Je intensiver sie darüber nachdachte, desto deutlicher kristallisierte sich ein unbestimmtes Gefühl der Leere und Unzufriedenheit heraus. Ohne Projekt hatte ihr eindeutig etwas gefehlt. Mittlerweile war es ihr in Fleisch und Blut übergegangen, unliebsame Zeitgenossen aus dem Weg zu räumen.

Kurz erinnerte sie sich an ihren guten Vorsatz vom vergangenen Jahr, ihre ordnenden Hände nur noch bei Akten und Arbeitsabläufen zum Einsatz zu bringen. Nun, für alle Regeln gab es Ausnahmen. Diesen Gedanken behielt sie jedoch lieber für sich.

»Du kannst zufrieden sein, Ludwig. Du wolltest ja keine Projekte dieser Art mehr.«

Auch wenn du dich früher nicht so geziert hast, dachte sie bei sich. Ludwig war jetzt mehr als dreißig Jahre tot. Seither hatte sie sich bei all ihren Vorhaben stets Rat und Unterstützung bei ihm geholt und viel Gutes bewirkt – bis zum Fall Windisch.

Elfie lief es kalt den Rücken herunter, als sie an das Fiasko bei der Sekuranz-Versicherung dachte. Dort war ihr zum ersten Mal in ihrer langen und erfolgreichen Laufbahn als selbständige Office-Managerin, die von Firma zu Firma zog und dort in jeder Beziehung für Ordnung sorgte, ein Projekt aus dem Ruder gelaufen – weil Ludwig nicht mehr mit ihr gesprochen hatte. Oder waren sie beide inzwischen zu alt für solch anspruchsvolle Aufgaben? Immerhin wurde Elfie nächstes Jahr 63.

Sie sah zum Grablicht hinüber. Es brannte nur schwach. Elfie wollte schon nachschauen, ob der Docht womöglich zu kurz war.

»Möchtest du noch etwas Punsch, mein Lieber?«

Das Grablicht flackerte heftig, der Docht war offenbar in Ordnung.

Elfie war froh, dass Ludwig so deutlich mit ihr sprach, und erfüllte ihm seinen Wunsch.

Mittlerweile war die Sonne verschwunden, und es fing zu schneien an. Elfie fröstelte und packte ihre Sachen zusammen.

»Ich muss los. Nachher treffe ich mich noch mit Paul-Friedrich. Wir gehen zum Tango und …« Sie zögerte einen Moment. »Ich überlege, ob ich nächstes Jahr mit ihm gemeinsam in den Urlaub fahren soll. Was hältst du davon?«

Jetzt war es heraus. Beklommen sah Elfie zum Grablicht, das ungerührt vor sich hin brannte.

»Du hast keinen Grund, eifersüchtig zu sein. Dadurch ändert sich zwischen uns überhaupt nichts«, beteuerte Elfie. »Also, was sagst du?«

Sie fixierte das Grablicht genau. Doch die Flamme bewegte sich kein bisschen. Dann wurde sie von einer Schneeflocke ausgelöscht.

Elfie schnappte nach Luft. So deutlich hatte Ludwig sein Missfallen noch nie zum Ausdruck gebracht.

Auf dem Heimweg beschloss sie, künftig Grablichter mit Deckel zu kaufen. Dann konnte so etwas nicht noch einmal passieren.

»Jingle bells, jingle bells, jingle all the way«, dudelte es in Endlosschleife vom Weihnachtsmarkt zum Polizeipräsidium herüber.

Kriminalkommissarin Alexandra von Lichtenstein schob entnervt ihren Stuhl zurück, eilte zum Fenster und schloss es wieder. Dann eben keine Frischluft. Davon würde sie ja im Skiurlaub reichlich bekommen. Sie freute sich schon darauf.

Die Bürotür öffnete sich, und Alex' Kollegin Gudrun stürmte herein, schälte sich aus Steppjacke und Pudelmütze und warf beide achtlos auf den Besucherstuhl.

»Na, wie ist es bei Gericht gelaufen?«, fragte Alex.

»Ganz gut«, entgegnete Gudrun und ließ sich auf ihren Drehstuhl fallen. »Aber unser lieber Staatsanwalt Doktor Prinz macht immer noch ein Gesicht wie sieben Tage Regenwetter. Scheint ihm sehr nahezugehen, dass du ihn abserviert hast und reumütig zu Hubert zurückgekehrt bist. Was soll man dazu auch sagen? Ich kann es auch nicht begreifen.«

»Fang nicht wieder damit an!«, brauste Alex auf. »Du weißt doch, dass Hubert Besserung gelobt hat. Da musste ich ihm noch eine Chance geben.«

»Du musstest überhaupt nichts«, konstatierte Gudrun trocken. »Außerdem gebe ich dir Brief und Siegel, dass Hubert sich nie ändern wird. Bei ihm kommen an erster Stelle immer die Regenwürmer und dann erst du.«

Alex öffnete den Mund, um Huberts Zoologenehre zu verteidigen. Doch sie winkte nur müde ab. Diese Diskussion führte zu nichts.

Aber Gudrun gab keine Ruhe. »Und wenn du glaubst, der Skiurlaub könnte eure Beziehung kitten, irrst du dich gewaltig.«

»Warum denn nicht?«, gab Alex patzig zurück. »Wenn wir zwei Wochen fern vom Alltag ganz für uns haben …«

»Dann sind hinterher die Probleme immer noch dieselben«, unterbrach Gudrun sie. »Du hast etwas Besseres verdient.«

In dem Moment wurde die Tür aufgerissen, und Hauptkommissar Brause polterte herein. »Na, Mädels, habt ihr nichts zu tun? Ich warte noch auf einige Berichte.«

Alex, froh über die Unterbrechung und den Themenwechsel, griff nach den Mappen auf ihrem Schreibtisch und hielt sie ihrem Chef entgegen.

»Von meiner Seite ist alles erledigt«, erklärte sie. »Sonst

könnte ich morgen nicht ruhigen Gewissens in den Urlaub gehen.«

Brause nahm die Mappen mit einem anerkennenden Grunzen in Empfang. »Vorbildlich wie immer. Da könnte sich manch einer eine Scheibe abschneiden.«

Er klopfte Alex auf die Schulter und sah auffordernd zu Gudrun hinüber. Die verdrehte nur die Augen.

Brause wandte sich wieder an Alex. »Wo geht es denn hin, Prinzessin? – Verflixt, so wollte ich dich ja nicht mehr nennen. Kannst du mir noch ein einziges Mal verzeihen?«

Brause zog ein derart schuldbewusstes Gesicht, dass Alex lachen musste.

»Ein einziges Mal will ich noch Gnade vor Recht ergehen lassen«, sagte sie.

Brause hatte sie lange Zeit ausschließlich mit Adelstiteln angeredet, um sich über das »von« in ihrem Namen lustig zu machen – bis zu dem Tag, an dem sie sich das nicht mehr gefallen ließ. Doch ab und zu rutschte ihm noch ein »Hoheit« oder »Gräfin« heraus.

Insgeheim vermisste Alex diese Bezeichnungen ein wenig, auch wenn sie es niemals zugeben würde. Nachdem sie sich ihrem Chef gegenüber behauptet hatte, empfand sie seine Anreden nicht mehr als Beleidigung.

»Hubert und ich fahren nach Südtirol zum Skilaufen«, fuhr sie fort.

»Dann wünsche ich viel Spaß«, sagte Brause und wandte sich zum Gehen. »Es wird übrigens Zeit, dass du deinen Regenwurmexperten endlich ehelichst. Wenn du Schmid-Reichenwald heißt, kann ich wenigstens Frau Bindestrich zu dir sagen.«

Er zwinkerte Alex spitzbübisch zu und verließ eilig das Zimmer.

2.

Cord Claaßen III. machte einen überaus zufriedenen Eindruck. Zu Recht, fand Elfie, denn der heutige Eröffnungstag der CCS-Filiale, zu dem der Seniorchef höchstpersönlich angereist war, hatte sich als voller Erfolg erwiesen.

»Schon siebenundzwanzig feste Buchungen. Respekt«, dröhnte Claaßens Stimme so laut durch das kleine Besprechungszimmer, als ob er vor einer riesigen Menschenmenge sprechen würde.

Elfie wusste jedoch, dass er schwerhörig war und sich weigerte, ein Hörgerät zu tragen.

»Das ist etwas für alte und gebrechliche Leute«, hatte er vor versammelter Mannschaft erklärt. Mit seinen 75 Lenzen stehe er dagegen noch in der Blüte seines Lebens.

»Sie haben hervorragende Arbeit geleistet, Frau Ruhland«, donnerte Claaßen jetzt weiter. »Perfekte Räumlichkeiten, vielversprechende Mitarbeiter und effiziente Arbeitsabläufe.«

»Vielen Dank«, sagte Elfie und freute sich über das differenzierte Lob. »Aber der Aufbau Ihrer neuen Filiale war ja mein Auftrag. Und wenn ich eine Aufgabe übernehme, dann erledige ich sie auch so gut wie möglich.«

»Das ist eine Arbeitsauffassung, die ich sehr schätze. Immer volle Kraft voraus«, röhrte Claaßen.

Dann beugte er sich zu Elfie hinüber und sprach plötzlich in normaler Lautstärke weiter. »Eine solche Einstellung findet sich leider nur noch bei uns Dinosauriern – nichts für ungut, aber wir sind ja beide nicht mehr ganz taufrisch. In der heutigen Spaßgesellschaft zählt sie nichts mehr.«

Bei dem Wort Dinosaurier zuckte Elfie kurz zusammen, ließ es jedoch unkommentiert. Denn viel interessanter fand sie, dass Claaßen plötzlich nicht mehr schrie.

Dieser schien ihre Gedanken zu erraten.

»Ich bin überhaupt nicht schwerhörig«, erklärte er schmunzelnd. »Aber nachdem mein Sohn das seit Jahren behauptet, lasse ich ihn und den Rest der Welt gern in dem Glauben. Sie können sich nicht vorstellen, was ich dadurch alles belauschen kann. Unter uns Pastorentöchtern ist das jedoch nicht nötig.«

Er kicherte.

Elfie wusste nicht recht, was sie davon halten sollte. Auf jeden Fall empfand sie das Gespräch mit weniger Phon als deutlich angenehmer.

»Doch zurück zum Geschäftlichen.« Claaßen wurde wieder ernst. »Eine qualifizierte Mitarbeiterin wie Sie möchte ich gern weiterbeschäftigen. Deswegen habe ich Sie auch zu so später Stunde zu dieser Unterredung gebeten, denn ich muss heute noch nach Bremerhaven zurück.«

»Das ehrt mich sehr«, warf Elfie sofort ein. »Aber ich arbeite grundsätzlich nur selbständig und möchte mich nicht an eine Firma binden. Mir gefällt es, immer wieder neuen Herausforderungen entgegenzutreten.«

Claaßen hob beschwichtigend die Hände.

»Keine Bange, ich will Sie nicht in Ketten legen, sondern Sie nur für einen weiteren Auftrag gewinnen – der allerdings viel Fingerspitzengefühl erfordert und absoluter Vertraulichkeit unterliegt. Interesse?«

»Sie machen mich neugierig.« Elfie beugte sich erwartungsvoll vor. »Worum geht es?«

»Gerade habe ich die neuesten Umsatzzahlen auf den Tisch bekommen«, erläuterte Claaßen. »Daraus geht hervor, dass die *Aphrodite* zum wiederholten Mal deutlich niedrigere Gewinne erwirtschaftet hat als unsere anderen Schiffe. Mein Sohn hat das schon überprüfen lassen und keine Unregelmäßigkeiten gefunden. Ich bin mir jedoch sicher, dass da etwas faul ist. Ich kann es förmlich riechen.«

»Und worin würde meine Aufgabe liegen?«, fragte Elfie.

»Sie sollen meine Augen und Ohren auf der *Aphrodite* sein und herausfinden, was da schiefläuft. Offiziell haben Sie den Auftrag, Buchhaltung und Arbeitsabläufe zu überprüfen und Neuerungen auf dem Schiff zu bewerten. Dadurch haben Sie Zugang zu allen Bereichen. Sie berichten ausschließlich an mich. Besondere Aufmerksamkeit sollten Sie dem Spielcasino widmen. Das bringt so wenig Geld ein, dass der Betrieb sich kaum lohnt.«

»Ich soll auf dem Schiff mitfahren?«, fragte Elfie freudig überrascht.

Vielleicht könnte sie Paul-Friedrich mitnehmen, mit dem sie ohnehin eine Kreuzfahrt geplant hatte. Dieser könnte sich zudem mit seiner Erfahrung beim Roulette als verdeckter Ermittler im Casino nützlich machen. Irgendwie fügte sich wieder einmal alles.

»Ist das ein Ja?«, hakte Claaßen nach.

Elfie nickte.

»Gut, dann gehen Sie am besten gleich nach Hause und packen. Die *Aphrodite* läuft am Samstag in Genua aus.«

»Das ist ja schon in drei Tagen«, sagte Elfie erschrocken.

»Genau. Und die Reise dauert drei Wochen. Sie können dem Weihnachtsrummel hier entfliehen. Ich beneide Sie.

Leider sind jedoch nur noch Personalkabinen frei. Dafür kann ich Ihnen eine zweite Kabine zur Verfügung stellen, wenn Sie eine Begleitperson mitnehmen möchten – selbstverständlich alles inklusive und kostenlos.«

Elfie schwirrte der Kopf. Nach dem langen und anstrengenden Tag kam das ein wenig plötzlich. Andererseits konnte sie sich ein so lukratives Angebot nicht entgehen lassen – drei Wochen Kreuzfahrt mit Paul-Friedrich zum Nulltarif. Sie würde durch ihren Auftrag sogar noch Geld verdienen, und sie liebte es, zwei Fliegen mit einer Klappe zu schlagen.

»Ich erwarte täglich Meldung von Ihnen.« Claaßen gab Elfie eine Visitenkarte. »Hier ist meine private E-Mail-Adresse. Haben Sie einen Hund?«

»Ja … nein … eigentlich nicht«, stotterte Elfie, verwirrt von dem abrupten Themenwechsel.

»Ist auch egal.« Claaßen winkte ab.

In dem Moment öffnete sich die Tür, der Filialleiter steckte den Kopf herein und deutete auf seine Armbanduhr. »Wenn Sie den letzten Flieger noch erwischen wollen, ist es höchste Zeit.«

»Ja, ich komme schon«, dröhnte Claaßen jetzt wieder in voller Lautstärke. »Wegen der Reisedetails wird sich mein Büro morgen mit Ihnen in Verbindung setzen, Frau Ruhland.«

Er stand auf und schüttelte Elfie die Hand.

»Also: Schiff ahoi!« Mit diesen Worten eilte er aus dem Raum.

Alex hievte den großen blauen Koffer vom obersten Regalbrett herunter und legte ihn geöffnet auf das Bett. Zuerst packte sie die Skibekleidung ein: Thermo-Unterwäsche, Socken, Rollis und Fleecejacken.

Während sie geschäftig hin und her lief, kam der Mops Amadeus ins Schlafzimmer gewatschelt, ließ sich vor dem Bett nieder und verfolgte jeden ihrer Handgriffe – mit trauriger Miene, wie Alex mit einem Anflug von schlechtem Gewissen empfand.

Sie kniete sich vor den Hund hin und streichelte ihn.

»Jetzt zieh nicht so ein Gesicht«, sagte sie. »Zum Skifahren können wir dich nicht mitnehmen. Aber du darfst bei Elfie bleiben. Die magst du doch.«

Bei Elfies Erwähnung wedelte Amadeus mit seinem Ringelschwänzchen. Alex stand auf und holte die Skianzüge. Der Mops seufzte, legte den Kopf zwischen den Vorderpfoten flach auf den Boden und blickte noch zerknautschter drein als vorher.

»Du bist wirklich arm dran«, sagte Alex. »Zuerst lädt dich dein Frauchen bei uns ab, und jetzt lassen wir dich auch noch im Stich.«

Alex ärgerte sich immer noch, dass Huberts Tante Lydia, die eine üble Xanthippe war, ihnen das Tier einfach mit Sack und Pack vorbeigebracht hatte, um am nächsten Tag eine viermonatige Kreuzfahrt anzutreten.

»Bevor wir beide noch trübsinnig werden, mache ich uns Musik an«, sagte Alex und schaltete das Radio auf ihrem Nachtschränkchen ein.

»Love, love me do. You know I love you«, klang es aus dem Lautsprecher.

Mit diesem Song trafen die Beatles genau Alex' Gefühlslage. Sie liebte Hubert noch immer, und deswegen hatte sie Staatsanwalt Constantin Prinz einfach nicht näher an sich heranlassen können, so nett und charmant er auch sein mochte. Vor allem hatte sie es nicht mehr gekonnt, nachdem Hubert bei einer Aussprache beteuert hatte, künftig mehr

Zeit mit ihr verbringen zu wollen. Doch schon kurz darauf kamen wieder wichtige Termine dazwischen. Hubert ging völlig in seinem Beruf auf, das war schon immer so gewesen. Alex hatte das zu Beginn als interessant empfunden, zumal sie selbst ebenfalls viel arbeitete. Inzwischen kam es ihr jedoch so vor, als ob in Huberts Leben neben den Regenwürmern kein Platz für sie war. So konnte es nicht weitergehen.

Alex setzte ihre ganze Hoffnung auf den Urlaub. Fernab vom Alltag könnten sie sich in Ruhe über ihre Erwartungen aneinander und an ihre Beziehung klar werden. Vielleicht war dann doch noch eine gemeinsame Zukunft möglich.

In der Oldie-Sendung im Radio wurde jetzt Elvis Presley gespielt. Alex sang mit ihm um die Wette:

»It's now or never. Come hold me tight.«

Nachdem sie die voluminösen Skianzüge in den Koffer gestopft hatte, ließ dieser sich nicht mehr schließen. Sie warf sich auf die eine Seite, doch es reichte einfach nicht, und die andere Seite klaffte dadurch umso weiter auseinander.

Hilfesuchend sah Alex sich um, bis ihr Blick auf Amadeus fiel.

»Ich brauche dich«, sagte sie kurzerhand, hob den Mops hoch und setzte ihn auf eine Seite des Koffers. Sofort senkte sich der Deckel um ein paar Zentimeter. Alex presste sich auf die andere Seite, und das Schloss rastete ein.

»Jetzt bin ich ausnahmsweise froh, dass du immer noch vierzehn Kilo wiegst.« Alex grinste und tätschelte Amadeus. »Aber deine Diät geht natürlich weiter.«

Sie beförderte den Hund wieder auf den Boden und schüttelte unwillkürlich den Kopf, als sie daran dachte, wie oft Lydia den Mops mit Pralinen gefüttert hatte. Seit er sich in ihrer Obhut befand, wurde er gesund ernährt, bekam viel Auslauf und hatte schon drei Pfund abgenommen.

Die Haustür klappte.

»Hallo, niemand zu Hause?«, ertönte Huberts Stimme von unten.

So früh hatte Alex ihn nicht erwartet. Rasch lief sie die Treppe hinunter. Amadeus folgte ihr in gemächlicherem Tempo.

Hubert stand in der Diele – in einer Hand einen riesigen Blumenstrauß, in der anderen eine Flasche Champagner – und strahlte aus allen Knopflöchern.

Alex' Herz machte einen kleinen Hüpfer vor Freude. Offenbar setzte Hubert ebenfalls seine Hoffnungen auf den Urlaub und wollte ihn entsprechend einläuten.

Er breitete die Arme aus, umschloss sie mitsamt seinen Mitbringseln, wirbelte sie herum und küsste sie so stürmisch wie schon lange nicht mehr. Alex spürte ein angenehmes Kribbeln im Bauch. Als sie sich voneinander lösten, überreichte Hubert ihr mit einer formvollendeten Verbeugung die Blumen.

»Für die schönste Frau der Welt«, sagte er.

Alex nahm den Strauß in Empfang und schnupperte daran. Die Rosen und Lilien verbreiteten einen betörenden Duft.

»Vielen Dank, die sind wundervoll«, sagte Alex gerührt. »Der Strauß muss ein Vermögen gekostet haben, mitten im Winter.«

Beinahe hätte sie hinzugefügt: Da wir übermorgen wegfahren, ist das eigentlich eine Verschwendung. Sie wollte jedoch die Harmonie des Augenblicks nicht aufs Spiel setzen und behielt den Gedanken lieber für sich.

»Besondere Gelegenheiten erfordern besondere Maßnahmen«, erwiderte Hubert lachend. »Einen guten Tropfen habe ich uns auch mitgebracht.«

Er wies auf das Etikett. »Ein Veuve Clicquot Ponsardin. Damit stoßen wir gleich an.«

Alex freute sich über den Elan, mit dem Hubert ihrer Beziehung neues Leben einhauchen wollte. Es fühlte sich fast so an, als wären sie frisch verliebt.

»Ich stelle nur schnell die Blumen in die Vase«, sagte sie und verschwand in der Küche.

Als sie mit dem kunstvoll arrangierten Strauß ins Wohnzimmer kam, ließ Hubert gerade den Korken knallen, füllte zwei Sektflöten und reichte ihr eine davon. Amadeus hatte auf seinem Hundesofa Platz genommen.

»Worauf trinken wir? Auf uns?«, schlug Alex vor und lächelte Hubert an.

»Ja, ja, natürlich«, entgegnete Hubert und prostete ihr zu.

Sie tranken einen Schluck. Der Champagner prickelte angenehm auf der Zunge.

»Es gibt noch einen Grund«, platzte Hubert heraus.

Auf seine überschäumende Freude konnte Alex sich langsam keinen Reim mehr machen.

»So? Welchen denn?«, fragte sie vorsichtig.

»Du wirst es nicht glauben. Ich habe den außergewöhnlichsten Forschungsauftrag unserer Tage bekommen. Im amerikanischen Great Smoky Mountains National Park sind ein asiatischer Amynthas agrestis sowie eine weitere Regenwurmart gefunden worden, die offenbar noch nicht klassifiziert ist.«

Huberts Augen leuchteten. Er fuchtelte aufgeregt mit den Händen. »Vor allem für Letzteres braucht man meine Expertise. Darüber hinaus bietet sich mir dadurch die Chance, beim Biodiversitätsexperiment mitzuarbeiten.«

Alex versuchte, sich mit Hubert zu freuen. Doch es gelang ihr nicht. In ihrem Inneren breitete sich lähmende Enttäuschung aus. Wieder einmal war es der Beruf, der Huberts Leidenschaft wachrief. Und sie hatte geglaubt, er lege sich so ins Zeug, um ihr zu gefallen.

Während Hubert weiterredete und seine Worte mit ausholenden Gesten unterstrich, glitt Amadeus von seinem Sofa herunter, trippelte auf Alex zu und legte sich auf ihre Füße. Es kam ihr vor, als wolle er sie trösten.

»Die Auswirkungen auf die etablierten Räuber-Beute-Beziehungen und damit auf das gesamte Ökosystem sind noch gar nicht absehbar«, führte Hubert gerade aus. »Da ergeben sich spannende Fragestellungen.«

Er trank sein Glas in einem Zug leer und füllte es wieder auf. »Zur Feier des Tages habe ich für zwanzig Uhr einen Tisch im Königshof reserviert. Da wollten wir doch schon lange zusammen hin«, fuhr Hubert fort.

Alex schluckte. Irgendwie fühlte sich alles falsch an. Trotzdem riss sie sich zusammen und brachte ein Lächeln zustande.

»In den Königshof, wow! Da muss ich mich noch ein bisschen zurechtmachen. Für wann ist das Projekt geplant, für nächsten Sommer?«

Hubert sah sie verständnislos an. »Das ist eine hochbrisante Geschichte. Ich muss sofort dorthin, bevor der Boden gefroren ist.«

»Was meinst du mit sofort?« Alex' Stimme klang in ihren eigenen Ohren schrill.

»Corinna und ich fliegen morgen Abend. Früher ging es leider nicht.«

»Spinnst du eigentlich?« Alex sprang so plötzlich auf, dass Amadeus von ihren Füßen purzelte, und funkelte Hubert zornig an. »Was ist mit unserem Urlaub? Was ist mit unserer Beziehung, über die wir in Ruhe reden wollten? Statt auch nur ein einziges Mal die Priorität auf uns und unsere Zukunft zu legen, interessierst du dich wieder nur für deine Arbeit – und für Corinna Rieker natürlich.«

»Jetzt fang nicht wieder damit an.« Huberts Miene hatte sich bei ihren letzten Worten schlagartig verdüstert. »Corinna ist eine qualifizierte Kollegin, mit der ich gern zusammenarbeite, sonst nichts. Wie oft soll ich dir das noch erklären?«

Er schenkte sich das dritte Glas Champagner ein, kippte es herunter und lehnte sich seufzend in seinem Sessel zurück. »Den Urlaub holen wir natürlich nach, sobald ich zurück bin.«

»Und wann wäre das, bitte schön?«, fragte Alex mit schneidender Stimme, doch eigentlich wollte sie die Antwort überhaupt nicht mehr hören.

Hubert räusperte sich und schien seine Worte abzuwägen.

»Nun, bei der komplexen Problematik ist das schwer abzuschätzen. Ich könnte mir jedoch vorstellen, dass wir in drei oder vier Monaten erste Ergebnisse …«

»Drei oder vier Monate«, brauste Alex auf. »Das ist wohl nicht dein Ernst. Du lässt mich über Weihnachten und Silvester allein hier sitzen und kommst vielleicht in einem Vierteljahr mal wieder.«

»Es handelt sich um eine einmalige Chance«, gab Hubert patzig zurück. »Das musst du doch verstehen.«

»Ich muss überhaupt nichts.« Alex spürte, wie es in ihrer Kehle brannte.

»Lass uns im Königshof über alles reden. Ich dachte …«

»Du dachtest, mit einem Abendessen im Gourmetrestaurant, Blumen und Champagner könntest du mich darüber hinwegtäuschen, dass du nicht die geringste Absicht hast, etwas zu ändern. Du willst einfach weitermachen wie bisher«, fauchte Alex. »Aber da hast du dich gewaltig geschnitten.«

»Jetzt wirst du ungerecht.« Nun gab Hubert den Beleidigten. »Ich tue doch alles für dich.«

Alex lachte bitter auf. »Spar dir deine Worte. Wenn du immer noch nicht gemerkt hast, dass es fünf vor zwölf ist, kann ich dir auch nicht helfen.«

Hubert stand auf. »Lass uns doch einen schönen Abend im Königshof verbringen und alles in Ruhe besprechen.«

Er machte ein paar Schritte auf sie zu und wollte sie in den Arm nehmen.

Doch Alex wich vor ihm zurück. »Deinen Königshof kannst du dir sonst wo hinschieben. Und geredet haben wir genug. Aber es hat sich nichts geändert. Ich lasse mich nicht mehr vertrösten.«

Hubert ließ die Arme sinken. »Jetzt sei doch nicht so kompromisslos!«

»Wenn hier einer kompromisslos ist, dann wohl du.« Alex drehte sich um und rauschte hinaus.

Im Schlafzimmer lief immer noch das Radio. The Everly Brothers sangen: »Bye bye love, bye bye happiness. Hello loneliness. I think I'm gonna cry.«

Das Lied brachte das Fass zum Überlaufen. Alex stützte sich am Türrahmen ab und schrie ihre Wut heraus. Dann stürzte sie zum Nachtschränkchen und schlug mehrmals wild auf den Ausschaltknopf des Radios.

Von unten hörte sie Huberts besorgte Stimme: »Ist alles in Ordnung?«

»Überhaupt nichts ist in Ordnung, du Idiot!«, brüllte sie zurück und knallte die Schlafzimmertür zu. Sie schloss ab und warf sich bäuchlings aufs Bett. Dabei stieß sie sich den

Knöchel am Koffer, beförderte diesen mit einem wütenden Fußtritt nach unten. Die Schlösser sprangen auf, und der sorgsam gepackte Inhalt verteilte sich auf dem Boden.

Alex hämmerte mit den Fäusten auf das Kopfkissen ein, bis ihr die Puste ausging. Dann richtete sie sich wieder auf und fuhr sich wütend mit der Hand über die Augen.

Wegen Hubert würde sie keine Träne mehr vergießen. Er hatte seine zweite Chance gehabt. Jetzt war Schluss, endgültig.

3.

Elfie schlug die Augen auf und sah zur Uhr. Kurz vor sieben. Bevor der Wecker läutete, stellte sie ihn aus und überlegte einen Moment, ob sie noch weiterschlafen sollte. Immerhin war die Arbeit bei CCS beendet.

CCS – Cord Claaßen Seereisen.

»Ach du meine Güte!«

Schlagartig war Elfie hellwach, und die gestrigen Ereignisse fielen ihr wieder ein.

Sie sprang aus dem Bett und hastete ins Bad.

Gestern Abend hatte sie Paul-Friedrich telefonisch nicht erreicht. Wahrscheinlich war er bei einem seiner Computerkurse. Ohnehin wollte Elfie ihm die frohe Botschaft lieber persönlich überbringen. Sie freute sich schon auf seinen Gesichtsausdruck, wenn sie ihm von dem großzügigen Angebot des Reeders erzählen würde.

Nach einem kurzen Frühstück verließ sie eilig das Haus und stapfte durch den Schnee zur Bushaltestelle.

Zum ersten Mal würde sie gemeinsam mit Paul-Friedrich verreisen – ein bis vor kurzem undenkbares Unterfangen. In den zwanzig Jahren, die sie sich mittlerweile kannten, hatte sie ihn stets auf Abstand gehalten. Wegen ihrer Projekte, die keinen Mitwisser vertrugen, und wegen Ludwig, mit dem sie schließlich immer noch verlobt war. Erst kürzlich hatte sie beschlossen, sowohl ihre Projekte als auch ihren verstorbenen Verlobten ruhen zu lassen und sich enger mit Paul-Friedrich anzufreunden.

Während der Busfahrt malte Elfie sich voller Vorfreude aus, wie sie gemeinsam an Bord herumspazieren oder in einem Liegestuhl die Sonne genießen würden. Ihr wurde warm ums Herz. Auch wenn sie bisher bei ihrer Reiseplanung aus Kostengründen die Möglichkeit einer Doppelkabine erwogen hatten, war es Elfie sehr recht, dass es nun zwei Kabinen gab. Man musste ja nichts überstürzen. Immerhin duzten sie sich erst seit ein paar Monaten.

Als sie aus dem Bus ausstieg, gewann gerade die Sonne die Oberhand über den Nebel. Fröhlich pfeifend legte Elfie die letzten Meter zurück.

Die Eingangstür des Antiquariats war noch verschlossen. Elfie sah durch das Fenster und entdeckte Paul-Friedrich, der gerade behutsam einen alten Folianten abstaubte. Sie klopfte an die Scheibe und winkte ihm zu.

Sofort eilte er zur Tür, schloss auf und hielt den schweren russischgrünen Vorhang zur Seite, damit Elfie eintreten konnte.

»Wie schön, dich zu sehen«, sagte er und gab ihr ein Küsschen auf die Wange. »Was führt dich so früh hierher – und das so froh gelaunt?«

»Unsere Kreuzfahrt«, platzte Elfie heraus. »Der Seniorchef von CCS hat mir einen Anschlussauftrag auf einem seiner Schiffe angeboten, und du kannst kostenlos mitfahren. Ist das nicht toll?«

»Elfie, du bist genial. Wie du das nur wieder angestellt hast!« Paul-Friedrich umarmte sie so fest, dass sie kaum noch Luft bekam.

Lachend befreite sie sich aus seinen Armen. »Wenn du mich erdrückst, fällt die Reise ins Wasser.«

»Entschuldige, aber ich freue mich so, dass unsere Pläne Gestalt annehmen.« Paul-Friedrichs Augen strahlten. »Und dann auch noch kostenlos. Nach den neuesten Statistiken haben im vergangenen Jahr zwei Komma fünf Prozent der Deutschen eine Kreuzfahrt unternommen. Den Schnitt werden wir im nächsten Jahr kräftig erhöhen, nicht wahr?«

Er zwinkerte Elfie zu. »Übrigens erwirtschaftet die deutsche Kreuzfahrtindustrie jährlich fast drei Milliarden Euro.«

»Auf dem Schiff gibt es sogar ein Spielcasino«, warf Elfie schnell ein, bevor Paul-Friedrich noch weitere Zahlen aus seinem reichen Wissensschatz zum Besten geben konnte. »Und wir fahren nicht erst nächstes, sondern noch in diesem Jahr.«

»Ein Spielcasino – das muss ein luxuriöses ...« Paul-Friedrich stoppte mitten im Satz und runzelte die Stirn. »Noch in diesem Jahr? Wie meinst du das?«

»Die Reise beginnt am Samstag und dauert drei Wochen. Mehr weiß ich, ehrlich gesagt, auch noch nicht. Um die Details kümmere ich mich heute«, sagte Elfie.

»Das wäre ja schon übermorgen. Wie soll das funktionieren?« Paul-Friedrich blickte sie verständnislos an.

»Mach dir keine Sorgen«, entgegnete Elfie. »Die Formalitäten erledigt Claaßens Büro für uns. Du musst nur deinen Koffer packen. Das wirst du wohl bis übermorgen schaffen.«

Sie lächelte ihn aufmunternd an, während sich Paul-Friedrichs Miene verdüsterte.

»Das ist völlig ausgeschlossen. Ich kann das Antiquariat nicht für drei Wochen schließen.«

»Warum solltest du?«, fragte Elfie. »An drei Tagen ist

doch sowieso Frau Gregorius da. Und wie ich sie kenne, tut sie dir sicher gern den Gefallen, die anderen Tage ebenfalls zu übernehmen.«

»Frau Gregorius ist zur Kur. Sie kommt erst im Januar wieder«, sagte Paul-Friedrich. »Ach, Elfie, wie schön wäre das gewesen.«

Er griff nach ihrer Hand, doch sie wich zurück.

»Ein Nein akzeptiere ich nicht«, sagte sie mit Nachdruck. »Wir finden sicher eine Lösung. Du könntest dir zum Beispiel eine Aushilfe über das Arbeitsamt besorgen.«

»Wo denkst du hin?«, fragte Paul-Friedrich entrüstet. »Mein Geschäft kann ich doch keinem Wildfremden anvertrauen.«

Langsam verlor Elfie die Geduld. »Was soll schon passieren? Meinst du, der Laden ist nachher ausgeraubt?«

»Darum geht es nicht«, antwortete Paul-Friedrich ein wenig pikiert. »Aber eine neue Aushilfe müsste ich zunächst an die Aufgaben heranführen und erst einmal abschätzen, ob sie mit den wertvollen Büchern respektvoll umgeht. Sonst hätte ich keine ruhige Minute. Das ist in der Kürze der Zeit nicht machbar.«

Elfie startete einen letzten Versuch. »Und wenn du einfach schließt? Du hast fast ausschließlich Stammkunden, die du über deine Abwesenheit informieren könntest und die sicher Verständnis dafür aufbringen.«

»Das geht auf keinen Fall. Für nächste Woche hat sich zum Beispiel Professor Wendlandt angesagt, ein wichtiger Kunde, der nur alle zwei Monate in die Stadt kommt. Außerdem verlassen sich meine Kunden darauf, dass ich immer da bin. Und meinen Computerkurs kann ich auch nicht so oft ausfallen lassen.« In Paul-Friedrichs Miene schwang ein Anflug von Trotz mit.

»Sei doch nicht so unflexibel«, schimpfte Elfie. »So eine einmalige Gelegenheit bekommen wir nie wieder.«

»Ich bin untröstlich, aber es geht wirklich nicht.« Paul-Friedrich schüttelte traurig den Kopf.

»Natürlich geht es«, hielt Elfie dagegen. »Du willst nicht, weil dir deine alten Schinken wichtiger sind als ich.«

Bei dieser despektierlichen Bezeichnung seiner bibliophilen Schätze war Paul-Friedrich zusammengezuckt. Er sagte jedoch nichts, sondern hob nur hilflos die Schultern.

»Dann suche ich mir eine andere Reisebegleitung«, stieß Elfie wütend hervor und wandte sich zum Gehen.

»Aber … aber …«, stotterte Paul-Friedrich. »Kannst du deinen Auftrag nicht verschieben? Wenn Frau Gregorius wieder da …«

»Nein«, schnitt Elfie ihm brüsk das Wort ab. »Das kann ich nicht.«

Sie öffnete die Tür. »Ich muss los. Ich habe noch viel zu erledigen.«

Kurz bevor die Tür hinter ihr ins Schloss fiel, hörte sie Paul-Friedrich sagen: »Und was ist mit Amadeus? Den solltest du doch hüten.«

Elfie fuhr vor Schreck zusammen. In der ganzen Aufregung hatte sie völlig vergessen, dass sie den Mops, den sie normalerweise zweimal in der Woche betreute, während Alex' Skiurlaub ganz zu sich nehmen wollte.

Missmutig stapfte sie zur Bushaltestelle zurück. Die Sonne war inzwischen verschwunden, und nasskalter Schneeregen wehte ihr ins Gesicht. Sie schlug den Mantelkragen hoch.

Warum musste Frau Gregorius ausgerechnet jetzt zur Kur sein?

Elfie war davon ausgegangen, dass sie den Laden während Paul-Friedrichs Abwesenheit betreuen könnte. Etwas anderes war ihr überhaupt nicht in den Sinn gekommen, deswegen hatte seine Reaktion sie völlig unvorbereitet getroffen. Inzwischen tat es ihr leid, dass sie ihn so schroff behandelt hatte.

Der Bus fuhr ihr genau vor der Nase weg. Während sie auf den nächsten wartete, stampfte sie von einem Fuß auf den anderen, um sich einigermaßen warm zu halten. Plötzlich hielt sie inne. Hatte Ludwig hier vielleicht seine Finger im Spiel? Er hatte Elfies Plan eines gemeinsamen Urlaubs mit Paul-Friedrich bei ihrem letzten Besuch jedenfalls missbilligt, das Erlöschen des Grablichts war ein überdeutliches Zeichen gewesen. Sollte sie die Kreuzfahrt wieder absagen? Konnte Amadeus anderweitig untergebracht werden?

Elfie schwirrte der Kopf vor lauter Fragen, als endlich der Bus kam.

Während der Fahrt beruhigte sie sich langsam wieder und brachte Ordnung in ihre Gedanken. Wenn Paul-Friedrich nicht mitfuhr, würde sie eben allein in See stechen. Sie war es schließlich gewohnt, ihre eigenen Wege zu gehen. Außerdem wäre Ludwig dann nicht beleidigt.

Aber was sollte sie mit Amadeus anfangen? Immerhin hatte sie Alex zugesichert, ihn während der nächsten zwei Wochen zu sich zu nehmen.

Sie sah auf die Uhr. Die beiden würden schon in zwei Stunden vor ihrer Wohnungstür stehen. Auch wenn es ihr äußerst unangenehm war, müsste sie Alex fragen, ob sie den Hund anderswo unterbringen könnte. Und wenn nicht? Müsste sie dann doch hierbleiben?

Zu Hause angekommen, trocknete sie sich die Haare und brühte eine Kanne Zitronen-Ingwer-Tee auf, mit dem sie sich an ihren Schreibtisch setzte. Sie schaltete den Computer ein.

Während er hochfuhr, betrachtete sie ihre Pinnwand, die gespickt war mit Zeitungsausschnitten über ihre abgewickelten Projekte – Unfallmeldungen, Todesanzeigen, Nachrufe. Es waren mittlerweile so viele, dass sie teilweise übereinander hingen. Sollte sie eine zweite Pinnwand kaufen?

Nein, sie hatte sich doch geschworen, überhaupt keine Projekte mehr durchzuführen. Ihr Blick blieb an der jüngsten Notiz hängen. *Tödlicher Sturz vom Hochhaus.*

Bei näherer Überlegung war die Beseitigung von Harry Liedke gar kein richtiges Projekt mit all den entsprechenden Vorkehrungen gewesen, sondern eine völlig spontane Aktion, bei der Amadeus tatkräftig mitgewirkt hatte. Und sie bereute es kein bisschen, diesen Gangstertypen aus dem Weg geräumt zu haben, der seine Frau schlug und sie in Angst und Schrecken versetzte. Ohne ihn war die Menschheit definitiv besser dran – genauso wie ohne all die schikanierenden Chefs, von deren plötzlichem Ableben die restlichen Zeitungsausschnitte Zeugnis ablegten.

»Oh, du lieber Himmel!« Elfie sprang so abrupt auf, dass der Stuhl nach hinten kippte.

Wenn Alex ihre Pinnwand sähe, wüsste sie sofort Bescheid. Warum hatte Elfie sich ausgerechnet mit einer Kommissarin anfreunden müssen? Als sie sich auf dem Friedhof kennenlernten, wusste Elfie noch nicht, dass Alex Polizistin war. Anschließend waren sie sich jedoch mehrmals im Rahmen von Ermittlungen über den Weg gelaufen. Auch wenn Elfie in den betreffenden Fällen unschuldig war, hatte sie trotz der gegenseitigen Sympathie bei Alex einen gewissen Argwohn bemerkt – und dem sollte man besser keine neue Nahrung geben.

Hastig nahm Elfie die erste Reißzwecke heraus und hielt den Nachruf auf Stefan Windisch in den Händen.

So einfach ging das nicht. Es widerstrebte ihr in höchstem Maße, die sorgfältig über die Jahre aufgebaute Dokumentation ihrer Erfolge zu zerstören. Vielleicht sollte sie besser die ganze Pinnwand abhängen und verstecken.

Nur wo? Mit ihrer stattlichen Größe passte sie nicht einmal in den Kleiderschrank. Und sie nur im Schlafzimmer abzustellen, erschien Elfie zu gefährlich. Man wusste nie, durch welchen Zufall es Alex dorthin verschlagen könnte.

War der Besuch der Kommissarin in Elfies Wohnung vielleicht ein Zeichen, endlich einen Schlussstrich unter ihre Projekte zu ziehen?

Elfie seufzte tief und machte sich schweren Herzens an die Arbeit. Behutsam entfernte sie einen Zeitungsausschnitt nach dem anderen von der Pinnwand, strich sie glatt und legte alles zu einem ordentlichen Stapel zusammen. Zum Schluss verstaute sie ihre gesammelten Werke in einer Schreibtischschublade, schloss diese zweimal ab und legte den Schlüssel in eine andere Schublade.

Auf die Schnelle musste diese Sicherung ausreichen. Später würde sie in Ruhe über einen würdigen Platz für die Früchte ihrer Arbeit nachdenken. Jetzt hatten andere Probleme Priorität. Als Erstes wollte Elfie unbedingt Genaueres über die Kreuzfahrt in Erfahrung bringen.

Sie wandte sich wieder ihrem Computer zu und rief im Internet die Seite von Cord Claaßen Seereisen auf.

Die *Aphrodite* war ein schönes und stolzes Schiff. Sie gefiel Elfie auf Anhieb, und die Vorfreude auf die Kreuzfahrt kehrte nach der Enttäuschung über Paul-Friedrichs Absage langsam zurück.

Methodisch ging Elfie alle Informationen über ihre bevorstehende Reise durch. Die *Aphrodite* schien ein wahrer Luxusliner mit einem reichhaltigen Freizeitangebot zu sein. Als sie zum Schluss den Punkt *News* anklickte, gingen ihr die Augen über. Nachdem sie den Text durchgelesen hatte, lehnte sie sich entspannt zurück und lächelte zufrieden.

Es gab wirklich für alle Probleme eine Lösung – so oder so!

Der Scharfrichterplatz – wie passend! Bisher hatte Alex nie über die Bedeutung des Straßennamens nachgedacht. Er war immer nur eine Adresse wie jede andere gewesen. Heute jedoch wurde ihr in ihrem Zorn auf Hubert plötzlich bewusst, dass hier im Mittelalter der Scharfrichter die Todesstrafe vollstreckt hatte.

Sie stellte sich ein Holzgerüst mitten auf dem Platz vor. Darauf stand ein Mann mit Kapuze und einem großen Beil, das er mit beiden Händen weit über den Kopf erhoben hatte. Vor ihm kniete der arme Sünder. Sein Kopf lag seitlich auf einem großen Holzklotz. Er sah aus wie Hubert und flehte sie um Verzeihung an. Doch sie kannte keine Gnade und drehte den Daumen nach unten. Die Menge johlte vor Vergnügen. Der Scharfrichter ließ das Beil niedersausen.

Den Rest malte sie sich lieber nicht aus. Was hatte sie überhaupt für Gedanken? Rachephantasien waren jedoch nicht strafbar, und wenn sie sich so ein wenig abreagieren konnte, umso besser.

Amadeus zog an der Leine und trippelte zielstrebig voraus.

Ob es eine besondere Bedeutung hatte, dass Elfie ausgerechnet am Scharfrichterplatz wohnte? Wohl eher nicht, bei ihrer freundlichen und hilfsbereiten Art.

Andererseits verfügte Elfie über ganz eigene Vorstellungen von Gerechtigkeit. Alex hatte sogar schon zweimal befürchtet, sie würde diese zuweilen in Eigenregie verwirklichen, als in ihrer Umgebung Leichen auftauchten. Glücklicherweise hatte sich der Verdacht in beiden Fällen als unbegründet erwiesen.

Amadeus blieb vor einer Haustür stehen. Scharfrichterplatz 7. Hier wohnte Elfie also. Es handelte sich um einen vierstöckigen gepflegten Altbau.

Alex klingelte und stieg dann mit Amadeus die Treppen hinauf. Manche der Holzstufen knarrten. Ein leichter Geruch nach Bohnerwachs lag in der Luft. Gab es so etwas heutzutage überhaupt noch? Auf jeden Fall passte es irgendwie zu Elfie, dachte Alex amüsiert.

Im zweiten Stock wartete Elfie bereits in der offenen Wohnungstür und begrüßte Alex und Amadeus herzlich. Die Wohnung vermittelte eine behagliche Atmosphäre, in der Alex sich auf Anhieb wohl fühlte. Eine antike Standuhr in der Diele, ein Wohnzimmer mit vielen Büchern und einer gemütlichen Sitzgruppe.

Elfie dirigierte Alex auf das Sofa, nahm selbst in einem alten Ohrensessel Platz und strich liebevoll über dessen zerschlissene Armlehnen, auf denen beigefarbene Häkeldeckchen drapiert waren. Amadeus legte sich auf Elfies Füße, als wäre das sein angestammter Platz.

»Der Sessel stammt noch von Ludwig«, erklärte Elfie. »Er ist das einzige Möbelstück, das ich von ihm behalten habe.«

Alex nickte und wunderte sich erneut über die unverbrüchliche Treue, mit der Elfie an ihrem Verlobten hing, der seit über dreißig Jahren tot war.

»Sie haben es sehr gemütlich, Frau Ruhland«, sagte Alex. »Und Amadeus fühlt sich hier offensichtlich schon ganz wie zu Hause.«

Sie sah zum Fenster, vor dem ein penibel aufgeräumter Schreibtisch mit einem Computer stand. Daneben hing eine riesige Pinnwand aus Kork, die jedoch völlig leer war – abgesehen von einer Unmenge farbiger Reißzwecken, die wild durcheinander auf der Fläche verteilt waren.

Das passte gar nicht zu Elfies ausgeprägtem Ordnungssinn, wunderte sich Alex. Aber jeder hatte wohl seine schwachen Momente.

»Brauchen Sie die Pinnwand für Ihre Arbeit?«, fragte sie interessiert.

Elfie schien von der harmlosen Frage peinlich berührt und suchte offenbar nach Worten.

»Nein, nein … nicht direkt …«, stammelte sie.

»So ein großes Exemplar habe ich noch nie gesehen«, rechtfertigte Alex ihre Neugier.

»Ja, im Laufe der Zeit sammelt sich so einiges an.« Elfie sprach nun wieder mit fester Stimme. »Sie wissen schon, Kochrezepte, Theaterprogramme, Busfahrpläne. Aber heute habe ich alles abgenommen. Manchmal ist es einfach an der Zeit, einen Schlussstrich unter die Vergangenheit zu ziehen und offen für Neues zu sein. Finden Sie nicht auch?«

Bei den letzten Worten sah sie Alex seltsam eindringlich an. Sprach sie etwa von Hubert? Aber das konnte sie gar nicht wissen. Manchmal war Elfie ihr fast ein bisschen unheimlich.

»Dem kann ich nur voll und ganz zustimmen«, sagte Alex, holte tief Luft und schilderte die Ereignisse des gestrigen Abends.

Während sie sich ihren Ärger von der Seele redete, hörte Elfie aufmerksam zu. Ihr Mienenspiel wechselte von Mitgefühl über Empörung zu Zufriedenheit. Zu guter Letzt umspielte sogar ein fröhliches Lächeln ihre Lippen, was Alex reichlich unangemessen fand.

»Der Skiurlaub fällt also ins Wasser«, schloss Alex ihren Bericht. »Sie brauchen Amadeus nicht zu übernehmen.«

Elfie schüttelte vehement den Kopf. »Ich habe genau das Richtige für Ihre Situation. Sie begleiten mich auf einer Kreuzfahrt. Da kommen Sie auf andere Gedanken.«

In knappen Worten erzählte sie Alex von dem Angebot des Reeders und der Absage Paul-Friedrichs.

»Frau Ruhland, das ist ein Geschenk des Himmels!«, sagte Alex. »Ohne Sie würde ich trübsinnig allein zu Hause sitzen und mich in meinem Elend suhlen.«

Dann fiel ihr Blick auf Amadeus, der auf Elfies Füßen leise vor sich hin schnarchte. Ihre Laune sank wieder auf den Nullpunkt.

»So ein Mist«, sagte sie. »Es geht nicht. Ich muss mich um Amadeus kümmern.«

»Geht nicht gibt es nicht«, entgegnete Elfie triumphierend. »Der Mops kommt mit. Auf der *Aphrodite* dürfen bei dieser Reise zum ersten Mal Hunde mit an Bord, für die es sogar ein spezielles Programm gibt.«

Alex merkte, wie ihr vor Erstaunen der Mund offen stand, und machte ihn schnell wieder zu.

»Ich weiß nicht, was ich sagen soll«, brachte sie schließlich heraus. »Die Reise scheint wie für uns gemacht zu sein.«

Elfie strahlte Alex an und tätschelte ihren Arm.

»Genau, es hat sich wieder einmal alles gefügt«, sagte sie voller Überzeugung.

4.

Der Chauffeur öffnete galant die Tür und half ihnen beim Aussteigen.

»Sie können gleich hier an Bord gehen.« Er deutete auf die Gangway vor ihnen. »Um das Gepäck kümmere ich mich.«

Elfie fühlte sich ein wenig steif nach der langen Fahrt, obwohl die Limousine, die Claaßen geschickt hatte, ausgesprochen komfortabel war.

Direkt vor ihnen lag die *Aphrodite*. In natura sah sie noch viel beeindruckender aus als auf den Fotos.

»Was für ein tolles Schiff«, schwärmte Alex. »Ich kann es kaum glauben, dass wir mitfahren dürfen. Und an den Service, in einer Stretchlimo bis in den Hafen gefahren zu werden, könnte ich mich glatt gewöhnen.«

Elfie konnte es kaum erwarten, an Bord zu gehen. Deswegen machten sie nur einen kurzen Spaziergang mit Amadeus und besahen sich die *Aphrodite* von allen Seiten.

Der Rumpf war schwarz gestrichen und die Aufbauten strahlend weiß. Davor baumelten die Rettungsboote als orangefarbene Tupfer.

»So einen riesigen Kahn habe ich noch nie aus nächster Nähe gesehen. Der ist bestimmt über hundert Meter lang. Echt imposant«, sagte Alex.

»Die Länge beträgt hundertfünfundachtzig Meter, die

Breite fünfundzwanzig Meter«, las Elfie aus einem Prospekt vor, den der Chauffeur ihr mit anderen Unterlagen von Claaßen übergeben hatte. »Die Besatzung besteht aus dreihundertzwanzig Personen. Das Schiff bietet Platz für vierhundertachtzig Passagiere auf sechs Decks.«

»Da kommen auf jeden Angestellten nur eineinhalb Gäste«, warf Alex ein. »Das klingt wirklich nach Luxus.«

»Die Baukosten betrugen zweihundertfünfzig Millionen Euro«, las Elfie weiter. »Dann wollen wir uns dieses schwimmende Luxushotel einmal näher ansehen.«

Vor der Gangway blieb Amadeus abrupt stehen. Alex zog an der Leine und redete ihm gut zu, doch der Mops legte den Rückwärtsgang ein und entfernte sich Schritt für Schritt von der Wasserkante.

»Das kann ja heiter werden«, sagte Alex. »Hoffentlich wirst du uns nicht seekrank.«

Sie klemmte sich den Hund unter den Arm und folgte Elfie in den Bauch des Schiffes.

Am Empfang erwartete sie ein junger Mann in schmucker Uniform.

Konnte das der Kapitän sein? In dem Alter? Elfie war unsicher. Je älter sie selbst wurde, desto jünger schienen alle anderen zu werden. Erst gestern hatte sie in der Zeitung ein Foto von einem Philosophieprofessor gesehen, der in ihren Augen aussah wie ein Kind.

»Herzlich willkommen, Frau Ruhland, Frau von Lichtenstein.« Der junge Mann schüttelte ihnen die Hände. »Und du musst Amadeus sein.« Er strich dem Hund kurz über den Kopf. »Mein Name ist Patrick.« Er deutete auf sein Namensschild. »Darf ich Ihnen den Mops abnehmen und Ihnen etwas bringen? Kaffee, Tee oder etwas Kaltes? Bitte setzen Sie sich doch. Unsere Rezeptionistin ist gleich für Sie da.«

Elfie und Alex sahen sich sprachlos an. Woher kannte er ihre Namen? Wahrscheinlich vom Chauffeur, überlegte Elfie.

Patrick nahm Amadeus, setzte ihn auf den Boden und geleitete Alex und Elfie zu einer Sitzecke. Sie bestellten zwei Cappuccino.

»Und das ist für dich«, sagte Patrick zu dem Mops und wies auf den Boden zu einem Wassernapf und einem Teller mit kleinen Keksen in Herzform.

Amadeus steuerte zielsicher darauf zu und schnupperte an den Keksen.

»Keine Angst, meine Damen. Es ist nichts Ungesundes, sondern unsere speziellen Hunde-Leckerlis, die täglich frisch gebacken werden.« Mit diesen Worten verschwand er.

Überwältigt von so viel zuvorkommender Freundlichkeit versank Elfie in dem bequemen Sofa und blickte sich neugierig um.

Sie fühlte sich wie in der Lobby eines altehrwürdigen Grandhotels. Klassische Möbel aus edlem Holz, die Wände mit feinsten Stoffen bespannt, üppige Blumenarrangements in kostbaren Vasen. Im Mittelpunkt des großzügig bemessenen Raums stand eine lebensgroße Marmorstatue.

Alex ging hinüber und las laut die Inschrift auf dem Sockel vor. »Aphrodite von Milos oder Venus von Milo. Göttin der Liebe und Beschützerin der Seefahrt.«

Als der Kaffee serviert wurde, hatte Amadeus bereits alle herzigen Leckerlis verspeist. Er schnüffelte an Patricks Hosenbein, sah ihn erwartungsvoll an und folgte ihm auf Schritt und Tritt. Alex holte ihn gerade noch rechtzeitig zurück, bevor er aus ihrem Blickfeld verschwand, und setzte sich zu Elfie.

»Seine Aversion vor dem Wasser scheint er überwunden

zu haben«, stellte Alex fest und grinste. »Kein Wunder, bei der Bestechung mit selbst gebackenen Hundekuchen.«

Eine junge Frau kam mit strahlendem Lächeln auf sie zu. Ihr blonder Pferdeschwanz wippte bei jedem Schritt fröhlich hin und her. Sie trug das gleiche Jackett wie Patrick, dazu einen schmalen Rock, der ihre langen Beine vorteilhaft zur Geltung brachte.

»Ich bin Sonja, die Rezeptionistin«, stellte sie sich vor und begrüßte ebenfalls jeden mit Namen.

Rasch und routiniert erledigte sie die Anmeldeformalitäten.

Währenddessen gesellte sich ein schmächtiger Mann zu ihnen, dem eine riesige Kamera um den Hals hing.

»Das ist unser Bordfotograf, Siegfried Schurike«, stellte Sonja vor. »Wir brauchen Fotos für unser Computersystem. Damit können wir sicherstellen, dass nach einem Landgang niemand Unbefugtes an Bord kommt.«

»Bitte recht freundlich«, bat der Fotograf und lichtete zuerst Alex und dann Elfie ab. Anschließend ging er vor Amadeus in die Knie.

»Von Mamas Liebling brauchen wir auch ein hübsches Foto«, sagte er und drückte mehrmals auf den Auslöser. »Sie können alle Fotos bei mir auch käuflich erwerben, in jedem beliebigen Format. Schauen Sie einfach mal in meinem Studio vorbei.« Er verabschiedete sich.

»Selbstverständlich bekommt jeder Hund eine eigene Bordkarte«, erläuterte Sonja und übergab ihnen drei Karten.

»Herr Claaßen hätte Ihnen gern eine Suite zur Verfügung gestellt. Wir sind jedoch restlos ausgebucht, so dass wir Sie in Personalkabinen unterbringen müssen«, fuhr sie fort. »Leider passt dort kein Hundesofa hinein. Wir haben stattdessen ein Körbchen für Amadeus besorgt.«

»Das ist völlig ausreichend«, warf Alex ein.

»Ansonsten stehen Ihnen natürlich alle Passagiereinrichtungen offen. Heute Abend sind Sie zum Aperitif beim Kapitän eingeladen.« Sonja wandte sich Elfie zu. »Frau Ruhland, für Sie habe ich Termine mit dem Kreuzfahrtdirektor, der Hotelmanagerin und dem Chief Purser, dem Zahlmeister, vereinbart. Hier ist eine Übersicht.«

»Vielen Dank.« Elfie freute sich über die Effizienz, mit der auf diesem Schiff offenbar gearbeitet wurde und die ihr erlauben würde, mit ihren Aufgaben schnell voranzukommen. »Dann kann ich gleich mit meiner Arbeit beginnen.«

»Den ersten Termin habe ich auf morgen Nachmittag gelegt«, entgegnete Sonja. »So können Sie sich zunächst mit dem Schiff und seinen Einrichtungen vertraut machen. Weitere Informationen finden Sie in Ihrer Kabine. Wenn Sie Fragen irgendwelcher Art haben, wenden Sie sich gern an mich. Patrick begleitet Sie jetzt zu Ihren Kabinen.«

Amadeus lief bereits schwanzwedelnd auf seinen neuen Freund zu. Alex erhob sich. Elfie blieb noch einen Moment sitzen und beugte sich zu Sonja hinüber.

»Wahrscheinlich ist das eine dumme Frage«, flüsterte sie. »Patrick ist nicht der Kapitän, oder?«

»Nein. Bei der schicken Uniform denken es jedoch viele«, gab Sonja ebenso leise zurück. »Patrick gehört zum Serviceteam und ist für Ihre Betreuung zuständig.«

Patrick führte sie durch einen langen Gang bis ans Heck des Schiffes.

»Wir befinden uns hier auf Deck Themis«, erklärte er. »Themis ist die Göttin der Gerechtigkeit und der Ordnung.«

Der alte Claaßen hatte offenbar ein Faible für griechische

Götter, dachte Alex amüsiert. Aber Gerechtigkeit und Ordnung bei den Personalkabinen? Das war wohl eher ein frommer Wunsch.

Elfie hingegen schien begeistert von der Symbolik.

»Gerechtigkeit und Ordnung, wie passend«, sagte sie. Ihre Augen strahlten. »Von einer solchen Göttin höre ich zum ersten Mal.«

Patrick öffnete die letzte Tür auf der linken Seite. »Frau Ruhland, das ist Ihre Kabine.«

Er ging mit Elfie hinein und knipste das Licht an.

Alex blieb mit Amadeus lieber auf dem Gang stehen. Sonst hätte man den Raum wegen Überfüllung schließen müssen. Ein Bett, ein kleiner Tisch mit Stuhl, ein Schrank und statt eines Fensters ein Fernseher an der Wand. Links ging es in ein kleines Bad. Da konnte man schnell Platzangst bekommen.

»Ihre Außenkabine ist größer und verfügt über ein Fenster, Frau von Lichtenstein«, erklärte Patrick und geleitete sie durch die gegenüberliegende Tür.

Beinahe hätte Alex laut aufgelacht. Es gab zwar tatsächlich ein Fenster, dennoch war es in der Kabine fast genauso dunkel wie bei Elfie. Denn direkt vor dem Fenster schaukelte ein orangefarbenes Rettungsboot.

Der Raum war vielleicht um einen halben Meter breiter, so dass zwischen Bett und Tisch das Hundekörbchen Platz gefunden hatte. Das Gepäck lag bereits auf dem Bett.

Patrick zeigte auf einen Stapel auf dem Tisch. »Das ist die Hundeausrüstung. Bitte sehen Sie in Ruhe nach, ob alles passt und ob Sie noch etwas benötigen. Die Hundewiese mit Möglichkeit zum Auslauf und Gassi gehen befindet sich auf Deck Atropos. Atropos ist die Schicksalsgöttin.«

Alex verkniff sich mit Mühe ein Grinsen, während sie

über die Schicksalhaftigkeit von Hundehaufen nachdachte. Auf jeden Fall würde sie sich nach dieser Reise in der griechischen Götterwelt bestens auskennen.

»Um siebzehn Uhr beginnt die Seenotrettungsübung«, erläuterte Patrick. »Bitte kommen Sie mit Hund und Schwimmwesten zur Sammelstelle. Ich wünsche Ihnen einen angenehmen Aufenthalt.«

Er deutete eine kleine Verbeugung an und verschwand.

Amadeus hatte es sich bereits in seinem Körbchen gemütlich gemacht. Daneben standen ein Wasser- und ein Futternapf aus schwarz-weißer Keramik. Auf einer Seite prangte jeweils das Logo von Cord Claaßen Seereisen, auf der anderen Seite war *Amadeus* zu lesen.

»Guck dir das an«, sagte Alex und hielt dem Mops einen Napf vor die Nase. »Für Eure Majestät höchstpersönlich. Dein Frauchen wäre begeistert.«

Amadeus hob den Kopf und fuhr mit der Schnauze durch den leeren Napf.

»Hast du Durst?«

Alex ging ins Bad, füllte den Napf mit Wasser und stellte ihn vor Amadeus hin. Der erhob sich und trank ausgiebig.

»So stilvoll serviert schmeckt es gleich viel besser, oder?« Alex lachte.

Sie inspizierte die restlichen Hundeutensilien: eine Kuscheldecke und ein kleiner Umhang aus edler Merinowolle, beides schwarz-weiß gemustert – offenbar waren dies die Firmenfarben – sowie mit CCS-Logo und *Amadeus* bestickt.

Alex nahm den Umhang und legte ihn Amadeus probeweise um. Der Klettverschluss am Hals des Mopses ließ sich gerade so eben schließen, an den Seiten dagegen schleifte der Umhang am Boden.

»Der ist wohl für Hunde mit längeren Beinen und dünnerem Hals gemacht«, befand Alex und befreite Amadeus wieder von dem ungewohnten Kleidungsstück. »Aber mach dir nichts daraus. Ein echter Hund braucht sowieso keinen Umhang. Das ist nur etwas für Weicheier.«

In einem Leinenbeutel – ebenfalls im Design der Reederei – fand Alex verschiedene Hundespielzeuge. Einen orangefarbenen Gummiball mit Band, ein rosa Schwein aus Latex, ein in Knochenform geflochtenes Tau sowie einen schwarzen Gummipantoffel.

Der Pantoffel quietschte, als Alex ihn in die Hand nahm. Sie schüttelte ungläubig den Kopf. Den Ball zum Apportieren und den Tauknochen zum Zerkauen ließ sie sich noch gefallen, aber ein Schwein und ein Quietschpantoffel? Brauchte ein Hund solche Dinge? Nun, irgendwohin musste das viele Geld ja fließen. Die Deutschen gaben immerhin mehr für ihre Haustiere als für ihre Kinder aus.

Alex hielt Amadeus das Schweinchen vor die Nase. »Magst du mit Miss Piggy spielen?«

Der Mops fasste tatsächlich zu, woraufhin Miss Piggy zu grunzen anfing. Erschreckt ließ er das Spielzeug fallen.

Auch das noch! Sogar das Schwein gab Töne von sich. Allerdings klangen sie ziemlich echt und daher weniger nervig als das grässliche Quietschen des Pantoffels.

Kurz entschlossen verstaute Alex den Pantoffel im Schrank. Der würde nicht zum Einsatz kommen.

Als Letztes faltete sie die Hundeschwimmweste auseinander.

»Komm her, Amadeus. Die müssen wir anprobieren.«

Mit stoischer Ruhe ließ der Mops sich die Weste anlegen. Die Bauchgurte waren zwar verstellbar, für Amadeus' Leibesfülle jedoch nicht annähernd lang genug.

»Das wird nichts«, sagte Alex und besah sich die Weste

genauer. »Kein Wunder, die wollen dich in Größe S zwängen.«

Der Mops lief zur Tür und sah Alex auffordernd an.

Offensichtlich war es Zeit zum Gassi gehen.

Alex warf einen Blick auf den Wegeplan an der Tür. Ihre Sammelstelle für die Seenotrettungsübung befand sich ohnehin auf dem Hundepromenadendeck. Dann würden sie vorher erkunden, wo die Vierbeiner auf diesem Schiff ihr Geschäft erledigen konnten.

Sicherlich besonders stilvoll, dachte Alex, nahm die Schwimmwesten und machte sich samt Mops auf den Weg.

Nachdem Elfie ihren Koffer ausgepackt und das Infomaterial über die Einrichtungen an Bord durchgearbeitet hatte, legte sie sich aufs Bett und schloss die Augen. Ein paar Minuten Ruhe würden ihr guttun.

Gerade als sie in einen leichten Halbschlaf hinüberglitt, ließ ein ohrenbetäubend lautes Tuten sie hochschrecken. Sieben Mal kurz, ein Mal lang. Das war das Alarmsignal. Schon folgte eine Durchsage.

Hastig erhob Elfie sich, zog ihre Rettungsweste an und begab sich zu ihrem Sammelpunkt.

Alex und Amadeus waren bereits dort, standen jedoch dicht gedrängt in einer Gruppe aus Menschen und Hunden, so dass Elfie sich nicht zu ihnen gesellen konnte.

Ein Steward rief die Kabinennummern auf. Als ihre genannt wurde, meldete Elfie sich und rief laut: »Hier!«, wie sie es im Infoblatt gelesen hatte.

Ein älterer Herr bahnte sich einen Weg durch die Menge an ihre Seite.

»Gestatten Sie, dass ich mich vorstelle«, sagte er und nahm Elfies Hand. »Mein Name ist Odenfels, Konrad Odenfels.«

Auf diesem Schiff schienen alle Menschen formvollendete Manieren zu haben. Hier würde Elfie sich wohl fühlen.

»Ich bin Elfie Ruhland.« Sie schenkte ihrem Gegenüber ein freundliches Lächeln.

»Es freut mich sehr, Sie kennenzulernen, Frau Ruhland. Sie reisen ebenfalls allein.«

Keine Frage, sondern eine Feststellung.

Auf Elfies verständnislosen Blick fügte Odenfels schnell hinzu: »Entschuldigung, ich wollte Ihnen nicht zu nahe treten. Mir ist nur aufgefallen, dass sich bei Nennung Ihrer Kabinennummer außer Ihnen niemand gemeldet hat.«

»Gut beobachtet«, erwiderte Elfie schmunzelnd. »Dennoch reise ich nicht allein …«

Ein Schatten fiel über Odenfels' Gesicht.

»Sondern in Begleitung einer Bekannten«, führte Elfie ihren Satz zu Ende.

Odenfels' Miene hellte sich schlagartig wieder auf. »Noch mehr weibliche Gesellschaft. Wie schön.«

Inzwischen waren alle Kabinennummern aufgerufen.

»Bitte haben Sie einen Moment Geduld«, bat der Steward. »Wir fahren gleich mit der Übung fort.«

Er deutete auf seine Liste und sprach mit einem Kollegen, woraufhin dieser schnellen Schrittes verschwand.

»Wahrscheinlich fehlt noch jemand«, meinte Odenfels.

»Das Signal und die Durchsage konnte man wohl kaum überhören«, sagte Elfie. »Es ist sehr unhöflich, alle anderen warten zu lassen.«

Alex nutzte die Pause, trat mit Amadeus an den Steward heran und hielt ihm die Hundeschwimmweste hin.

»Die ist zu klein«, erklärte sie. »Wir brauchen eine größere.«

»Selbstverständlich«, entgegnete der Steward und nahm

die Weste entgegen. »Oh, das ist Größe S. Wir haben nur kleine Hunde an Bord und daher keine größeren Westen geordert.«

Er kniete sich vor Amadeus hin. »Aber du bist ein wahrhaft stattliches Kerlchen. Vielleicht haben wir noch ein größeres Exemplar aus der Musterkollektion da.«

Er ging zu einer Kiste, öffnete sie und förderte ein paar Schwimmwesten zutage.

»S, XS, XXS«, las er die Etiketten vor. »Tut mir leid.«

Zu guter Letzt fischte er eine heraus, die deutlich größer aussah. »Hier haben wir noch eine. Das ist allerdings XL – für sehr große Hunde.«

Er sah Amadeus zweifelnd an.

»Komm, wir versuchen unser Glück«, sagte er und legte dem Mops die Weste an.

Deren Seitenteile stießen unter Amadeus' Bauch zusammen. Die Verschlüsse lagen direkt nebeneinander, wodurch die Gurtenden viel zu weit überstanden und am Boden schleiften.

»Na bitte, passt doch«, stellte der Steward fest, holte eine Schere aus der Kiste und schnitt die Gurte kurzerhand ab.

»Passen ist wohl nicht ganz der richtige Ausdruck«, murmelte Elfie.

Die Weste war viel zu groß für Amadeus. Nach hinten ragte sie weit über seinen Körper hinaus, so dass nur sein Kopf und die kurzen Beine aus dem orangefarbenen Monstrum herauslugten.

Der Steward hob den Mops am Haltegriff hoch, der am Rücken der Weste befestigt war, und wandte sich der Gruppe der Hundebesitzer zu.

»Sehen Sie! Sobald die Gurte mit den Security-Verschlüssen verbunden sind, ist das eine absolut sichere Sache«, erläuterte er mit erhobener Stimme. »Die ergonomisch geformte Hunderettungsweste ist superleicht und mit Auftriebszellen gefüllt, die ein schnelles und ermüdungsfreies Schwimmen ermöglichen.«

Elfie versuchte, sich vorzustellen, wie Amadeus schnell und ermüdungsfrei im Meer schwamm. Es gelang ihr nicht – weder mit noch ohne Rettungsweste.

Hinter Elfie begannen die Leute zu tuscheln. Sie drehte sich um.

Wie auf Befehl teilte sich die Menge und ließ eine seltsame Prozession passieren. An der Spitze ein kleiner Hund mit einem üppigen Haarkleid, das bis zum Boden reichte.

»Der sieht aus wie ein aufgeplatzter Wischmopp«, befand Elfie spontan.

Konrad Odenfels neben ihr lachte auf. »Ein treffender Vergleich. Aber sagen Sie das lieber nicht zu laut.«

Bei dem Tier war kaum zu erkennen, wo vorn und hinten waren. Deswegen trug es sicher das rosa Schleifchen, um den Kopf zu markieren.

Elfie verfolgte fasziniert, wie majestätisch der kleine Wischmopp mit einer langsam rollenden Bewegung einherschritt. Anders konnte man diese würdevolle Fortbewegungsart nicht beschreiben. Der Hund verfügte offenbar über ein ausgeprägtes Selbstbewusstsein und war an große Auftritte gewöhnt.Es folgte ihm eine junge Frau, die ihn an der Leine hielt. Nein. Elfie korrigierte sich. Hier führte eindeutig der Hund den Menschen spazieren und nicht umgekehrt.

Neben der Frau, die eher unscheinbar wirkte, ging ein so gut aussehender junger Mann, dass Elfie ihn sofort für einen Filmstar hielt.

Sie durchforstete ihr Gedächtnis. Brad Pitt? Johnny Depp? Nein, er war deutlich größer und hatte kürzere Haare. Außerdem war er viel jünger. Höchstens dreißig, schätzte Elfie. Über dem Arm trug er einen Stapel Schwimmwesten.

Den Abschluss der Prozession bildete ein Ehepaar in Elfies Alter. Der Mann, sehr distinguiert und mit grauen Schläfen, nickte jovial nach rechts und links, als begrüßte er seine Untertanen. Irgendwie kam er Elfie bekannt vor.

»Wissen Sie, wer das ist?«, fragte sie ihren Nachbarn.

»Das ist Familie Herrndorf«, antwortete Odenfels. »Sie kennen sicher das Bankhaus Herrndorf.«

Elfie fiel es wie Schuppen von den Augen.

Das war der prominente Bankier Herrndorf, angeblich einer der reichsten Männer Deutschlands.

Plötzlich winkte der Bankier in Elfies Richtung und rief: »Hallo Konrad. Schön, dass du dabei bist.«

Odenfels erhob ebenfalls die Hand zum Gruß. »Hallo Oskar. Wir sehen uns nachher.«

»Sie kennen Herrn Herrndorf persönlich?«, fragte Elfie erstaunt.

»Ja, ich bin seit Jahrzehnten Kunde bei seiner Bank«, antwortete Odenfels. »Im Laufe der Zeit hat sich daraus eine Art Freundschaft entwickelt. Oskar und ich treffen uns ab und zu zum Mittagessen oder zu einer Runde Golf.«

»Ich bitte um Ihre Aufmerksamkeit.« Der Steward klatschte in die Hände. »Jetzt sind wir vollzählig und können mit der Übung fortfahren.«

Während er Sicherheitshinweise und Verhaltensregeln für den Notfall erläuterte, fiel Elfies Blick auf Amadeus.

Der Mops, immer noch verschnürt wie ein Paket in seiner übergroßen Schwimmweste, bewegte sich langsam, aber zielstrebig von Alex fort.

Wo er wohl hinwollte? Elfie behielt ihn im Auge, um einschreiten zu können, falls er Dummheiten machte.

Mit einem Geschick, das sie ihm gar nicht zugetraut hätte, schlängelte Amadeus sich unbemerkt zwischen den vielen Menschenbeinen hindurch. Neben dem aufgeplatzten Wischmopp blieb er stehen und sah diesen unverwandt an.

Der andere Hund würdigte ihn jedoch keines Blickes, drehte ihm sogar nach einer Weile ostentativ sein Hinterteil zu, während der stolz erhobene und mit langen Haaren bestückte Schwanz wie ein Staubwedel zur Seite ausschlug.

Armer Amadeus! Sein Freundschaftsangebot schien auf keinerlei Gegenliebe zu stoßen.

Kaum hatte der Steward seine Ausführungen beendet, erklang ein satter Ton aus dem Schiffshorn.

»Wir legen ab«, erklärte der Steward. »Genießen Sie den Ausblick. Gleich hören Sie unsere Auslaufmelodie.«

Alle Passagiere drängten zur Reling, wobei Elfie von Konrad Odenfels getrennt wurde. Als aus den Lautsprechern die ersten Klänge ertönten, traten ihr unvermittelt Tränen in die Augen. Die Auslaufmelodie war eins ihrer Lieblingslieder der Comedian Harmonists.

Gib mir den letzten Abschiedskuss,
weil ich dich heut verlassen muss …

Elfie fühlte sich durch die Romantik des Moments seltsam berührt. Unwillkürlich hob sie die Hand und winkte den Menschen am Kai zum Abschied zu.

5.

Alex schlüpfte in ihr nachtblaues Designerkleid, das eleganteste Kleidungsstück ihrer Reisegarderobe. Für den Cocktailempfang beim Kapitän sicher genau das Richtige.

»Wie sehe ich aus?« Sie drehte sich zu Amadeus um, der zusammengerollt in seinem Körbchen lag.

Der Mops hob den Kopf und hechelte.

»Also gut, oder?« Alex lachte und trat vor den kleinen Spiegel in ihrer Kabine.

Das Kleid hatte sie erst ein einziges Mal getragen, bei ihrem Rendezvous mit Staatsanwalt Prinz im Königshof. Es war ein sündhaft teurer Spontankauf gewesen, eine Trotzreaktion darauf, dass Hubert mit seiner Assistentin Corinna Hals über Kopf zu einer Tagung nach Paris fuhr.

War ihre Hinwendung zu Constantin Prinz ebenfalls eine Trotzreaktion gewesen? Sie hatten sich gut verstanden. Aber war das am Anfang einer neuen Beziehung nicht immer so? Das böse Erwachen kam in der Regel erst später, dachte Alex bitter. So wie bei Hubert.

Sie war sich so sicher gewesen, dass sie in ihm den Mann fürs Leben gefunden hatte. So konnte man sich täuschen.

Sie war nicht mehr bereit, in Huberts Leben nur die zweite Geige zu spielen – nach den Regenwürmern samt Corinna Rieker.

Alex drapierte den pinkfarbenen Schal um ihren Hals.

Die Beziehung mit Hubert war für sie endgültig beendet. Während der Kreuzfahrt würde sie sich in Ruhe Gedanken über ihre Zukunft machen. Auf jeden Fall brauchte sie eine eigene Wohnung, bis Hubert aus den USA zurückkam.

»Amadeus, ich gehe jetzt. Du bleibst hier. Hunde sind beim Abendessen nicht erwünscht.«

Der Mops seufzte, legte den Kopf auf die Pfoten und schloss die Augen.

Alex ging zu Elfies Kabine hinüber und klopfte an die Tür, die sich sofort öffnete.

Dahinter stand Elfie in einem marineblauen Kleid mit weißen Kontrastblenden an Ärmeln, Kragen und Brusttasche sowie goldenen Knöpfen.

»Sie wollen wohl dem Kapitän Konkurrenz machen«, sagte Alex augenzwinkernd.

»Das Kleid habe ich mir extra für die Reise gekauft«, erklärte Elfie. »Ich dachte mir, etwas im Marinestil wäre passend. Nur das Einstecktuch will nicht so, wie ich will.«

Sie deutete auf das Tuch, das schlapp aus der Brusttasche des Kleides vornüberhing.

»Lassen Sie mal sehen«, sagte Alex. »Vielleicht kann ich helfen.«

Die Brusttasche war nur ein schmaler Schlitz, an dessen Innenseite das Tuch festgenäht war. Alex nahm das Tuch, stülpte den nach unten hängenden Rand wieder in den Schlitz hinein und zupfte den oberen Teil ein wenig zurecht.

Elfie war begeistert. »Genauso hat es im Geschäft ausgesehen. Sie haben ein Händchen für Dekoration. Ich bin in solchen Dingen völlig unbegabt.«

Sie musterte Alex. »In dem Kleid sehen Sie umwerfend aus. Die Männer werden Ihnen zu Füßen liegen.«

»Im Moment habe ich von Männern die Nase gestrichen

voll«, sagte Alex. »Aber wir zwei machen uns einen schönen Abend.«

Sie hakte sich bei Elfie unter und zog sie aus der Kabine.

Die Tür zur Captain's Lounge stand einladend offen. Von drinnen hörte man gedämpftes Stimmengewirr, klingende Gläser und dezente Pianomusik.

Das Empfangskomitee bestand aus drei Personen in eleganter Uniform. Elfie steuerte sofort auf den ersten Mann zu und stellte sich und Alex vor.

»Willkommen auf der *Aphrodite*«, erwiderte dieser. »Ich bin Kapitän Jens Mehrmann.«

Alex wunderte sich, wie man in dem Alter schon Kapitän sein konnte. Sie schätzte den Mann auf Anfang dreißig.

Elfie gingen offenbar ähnliche Gedanken durch den Kopf. Sie sah Mehrmann prüfend an.

»Sie sind wirklich der Kapitän?«, fragte sie ungläubig. »In Ihrem zarten Alter?«

Mehrmann lachte auf, mit einem feinen Glucksen, das unbeschwert und sehr sympathisch war.

»Großes Pfadfinderehrenwort.« Er hob eine Hand wie zum Schwur. »Ich bin wirklich der Kapitän. Hier ist meine Legitimation.« Er deutete auf die vier goldgelben Streifen am Ärmel seiner Uniformjacke. »Wenn Sie immer noch Zweifel haben, zeige ich Ihnen gern mein Kapitänspatent sowie die Ernennungsurkunde der Reederei.«

Er lächelte verschmitzt wie ein kleiner Junge, dem man einfach nicht böse sein kann.

»Das wird nicht nötig sein. Ich glaube Ihnen auch so«, wehrte Elfie hastig ab. »Bitte verzeihen Sie einer alten Frau ihre verstaubten Vorstellungen.«

»So verstaubt sind die gar nicht«, entgegnete Mehrmann. »Viele Kollegen sind tatsächlich deutlich älter. In letzter Zeit hat jedoch ein Generationswechsel stattgefunden, wodurch junge Offiziere schneller in Führungspositionen nachrücken konnten als bisher.« Er tätschelte Elfies Arm mit einer beschwichtigenden Geste. »Außerdem mag ich Ihre Offenheit. Die meisten Leute denken wie Sie, tuscheln aber nur hinter meinem Rücken darüber. Da ist mir ein ehrliches Wort viel lieber.«

Der Kapitän wies auf seine beiden Begleiter. »Darf ich Ihnen die anderen Hauptverantwortlichen auf dem Schiff vorstellen? Unsere Hotelmanagerin Tilda Meister.«

Eine kleine mollige Frau mit kurzen grauen Haaren begrüßte sie mit festem Händedruck und offenem Lächeln.

»Und der Kreuzfahrtdirektor Max Kaiser«, fuhr der Kapitän fort.

»Max A. Kaiser, bitte! So viel Zeit muss sein«, korrigierte dieser mit charmantem Lächeln und zupfte an den Manschetten seines weißen Hemdes, die aus den Ärmeln des dunkelblauen Blazers hervorlugten. Das Hemd stand am Kragen lässig offen. Eine Krawatte trug er nicht, dafür ein blütenweißes Einstecktuch in der Brusttasche seines Sakkos.

Alex grinste in sich hinein, als ihr auffiel, wie ähnlich Elfie und Kaiser gekleidet waren.

Dieser trat vor, breitete seine Arme aus und geleitete Elfie und Alex zur Bar. »Meine Damen, was darf ich Ihnen anbieten? Hugo, Aperol Spritz oder vielleicht einen Rossini?«

Alex entschied sich für Aperol Spritz. Elfie schloss sich ihr an.

»Wenn Sie Fragen oder Wünsche zu Freizeitprogramm

und Landausflügen haben, wenden Sie sich jederzeit gern an mich«, erklärte Kaiser. »Als Cruise Director trage ich die Verantwortung für die gesamte Reisedurchführung im touristischen Bereich und bin sozusagen der verlängerte Arm der Geschäftsleitung an Bord. Genießen Sie den Abend.«

Er eilte davon, um die nächsten Gäste zu begrüßen.

»Ein schicker Mann«, kommentierte Elfie. »Irgendwie kommt er mir spanisch vor.«

»Inwiefern?«, fragte Alex.

»Ich meine, er sieht irgendwie spanisch aus«, präzisierte Elfie. »Vielleicht hat er spanische Vorfahren.«

Alex musterte Kaiser genauer. Er war dunkelhaarig, hatte kräftige Augenbrauen und einen gepflegten Vollbart.

»Auf jeden Fall ist er ein südländischer Typ«, pflichtete sie Elfie bei.

»Jetzt stoßen wir erst einmal auf unsere Reise an«, sagte Elfie und erhob ihr Glas. »Ich freue mich sehr, dass Sie mitgekommen sind.«

Sie stießen an und tranken.

»Ist das lecker«, schwärmte Elfie. »So etwas habe ich noch nie getrunken.«

Sie sah Alex intensiv in die Augen und sagte feierlich: »Meine Liebe, ich finde, es ist an der Zeit, dass wir uns duzen.«

»Das finde ich auch«, sagte Alex erfreut.

Sie prosteten sich erneut zu.

Der ältere Herr, der bei der Seenotrettungsübung nicht von Elfies Seite gewichen war, gesellte sich zu ihnen. Elfie stellte ihn als Konrad Odenfels vor.

Dieser küsste beiden Damen zur Begrüßung die Hand.

»Darf ich Sie in den Speisesaal hinüberbegleiten?«, fragte Odenfels. »Erfreulicherweise konnte ich den Restaurantchef davon überzeugen, dass wir unbedingt an einem Tisch sitzen müssen.«

Er zwinkerte Elfie zu, die wie ein Schulmädchen errötete.

Nach einem köstlichen Menü und einer angeregten Unterhaltung lehnte Elfie sich auf ihrem Stuhl zurück und blickte zufrieden in die Runde. Sie fühlte sich ausgesprochen wohl.

»Was für ein schöner Abend«, sagte sie.

»Darf ich die Damen noch auf ein Gläschen in die Bar einladen?«, fragte Konrad Odenfels.

»Ein anderes Mal gern«, entgegnete Alex. »Aber heute bin ich zu müde. Ich drehe noch eine Runde mit Amadeus und gehe dann ins Bett.«

Sie verabschiedete sich und machte sich auf den Weg in ihre Kabine.

Odenfels sah Elfie erwartungsvoll an. »Wie steht es mit Ihnen, Frau Ruhland?«

Elfie zögerte. Trinken sollte sie besser nichts mehr. Zuerst der Aperitif, dann hatte Odenfels zum Essen zwei Flaschen Wein bestellt. Andererseits würde sie, so aufgekratzt wie sie war, ohnehin noch nicht schlafen können. Also wieso nicht das Angenehme mit dem Nützlichen verbinden?

»Ich würde gern einen Blick ins Spielcasino werfen«, sagte sie.

»Selbstverständlich, gern.« Odenfels erhob sich und rückte Elfies Stuhl zurecht, damit sie bequem aufstehen konnte. Dann bot er ihr seinen Arm an.

Einen Moment lang überlegte Elfie, was Ludwig dazu sagen würde. Sie kannte Odenfels erst seit ein paar Stunden. Waren da solche Vertraulichkeiten nicht ein wenig verfrüht?

Nein, entschied Elfie und erinnerte sich an ihren Vorsatz, sich mehr den Lebenden als den Toten zuzuwenden.

Leichten Herzens hakte sie sich bei Odenfels unter. Nach ein paar Schritten war sie regelrecht dankbar für die Unterstützung, denn sie hatte einen kleinen Schwips.

Das Casino befand sich auf Deck Tyche. Am Eingang stand die moderne Bronzeskulptur einer Frau mit einer Krone und einem eng anliegenden Kleid, das auf einer Seite bis zum Oberschenkel hinauf geschlitzt war. In der Hand hielt sie ein großes Füllhorn mit Goldmünzen, von denen schon etliche zu ihren Füßen lagen.

»Die Dame streckt ihr nacktes Bein reichlich kokett nach vorn«, bemerkte Elfie kichernd. »Ist das auch eine griechische Göttin? Herr Claaßen hat sicher ein humanistisches Gymnasium besucht.«

»Das habe ich ebenfalls«, entgegnete Odenfels. »Eine klassische Bildung bereichert das Leben. Die Idee Claaßens, dieses Schiff den griechischen Göttinnen zu weihen, finde ich sehr reizvoll.«

Elfie entdeckte ein Schild am Sockel der Statue: *Tyche, Göttin des Schicksals und des Zufalls.*

»Die Darstellung suggeriert, dass man beim Glücksspiel gewinnt«, überlegte Elfie laut. »Die meisten verlieren jedoch.«

»Irgendwer gewinnt immer«, warf Odenfels ein. »Meistens die Spielbank.«

Elfie nickte nachdenklich.

»Allerdings bevorzuge ich eine klassische Darstellung der Tyche«, fuhr Odenfels fort. »Diese hier ist mit den Goldmünzen zu einseitig interpretiert. Denn Tyche schüttelt ihr Horn, in dem sie den Reichtum der Welt aufbewahrt, nur gelegentlich, um den Menschen etwas Gutes zu tun. Sie ist nicht nur die Göttin der glücklichen, sondern auch der bösen Fügung und führt launenhaft den Wechsel der Geschichte herbei.«

»Das entspricht schon eher der Wirklichkeit«, meinte Elfie und lachte.

Gemeinsam gingen sie weiter in den großen Raum hinein, der von vielarmigen Kronleuchtern illuminiert wurde. An den Wänden hingen in kunstvoll verschnörkelten Rahmen große Spiegel, die das Licht reflektierten. Das gesamte Mobiliar war aus Mahagoni gefertigt, die Platten der Spieltische mit klassisch grünem Tuch bespannt.

Elfie gefiel das stilvolle Ambiente ausnehmend gut – bis ihr Blick auf die gegenüberliegende Seite des Saales fiel. Dort war eine Reihe von Spielautomaten installiert, die stark frequentiert waren, in unregelmäßigen Abständen aufblinkten und ab und an ein Pling von sich gaben.

»Einarmige Banditen!«, schnaubte Elfie. »Damit wird den Leuten das Geld aus der Tasche gezogen.«

»Das ist an den Tischen nicht anders«, kommentierte Odenfels. »Außerdem wird niemand zum Spielen gezwungen.«

»Und was ist mit der Suchtgefahr?«, fragte Elfie und zog dabei ihre Augenbrauen streng nach oben.

Odenfels lachte. »Kommen Sie, wir sehen uns bei den Tischen um.«

Linker Hand befanden sich die Roulettetische. Sie blieben an einem stehen und beobachteten das Spiel. Es lagen bereits etliche Stapel von Jetons auf den markierten Feldern. Ein Croupier warf die Kugel in den Kessel. Sie rollte ein paarmal umher und hüpfte schließlich von Zahl zu Zahl. Da rief ein Mann mit roter Fliege noch schnell »Einundzwanzig, vier, vier« – Sekundenbruchteile bevor der Croupier »Rien ne va plus« verkündete.

Elfie hielt die Luft an und starrte gebannt auf die Kugel, bis sie tatsächlich bei der 21 liegen blieb. Der Mann mit der roten Fliege bekam mehrere Stapel Jetons zugeschoben.

Das Casino war gut besucht, fast alle Plätze waren besetzt, zusätzlich standen einige Zuschauer um die Spieltische herum. Elfie fragte sich, warum der Betrieb dennoch kaum etwas abwarf. Nun, die Gründe würde sie herausfinden.

Auf jeden Fall verrichteten die Croupiers ihre Arbeit mit routinierten Handgriffen. Elfie bewunderte ihre Fingerfertigkeit und Reaktionsschnelligkeit.

Während sie mit Odenfels zwischen den Tischen herumspazierte, musterte sie verstohlen die Namensschilder der Angestellten. Sie suchte den Chefcroupier Leo Spielberg. An einem Black-Jack-Tisch wurde sie fündig. Ein junger Mann mit schwarzem zurückgegelten Haar und gewinnendem Lächeln hatte hier die Oberhand über das Spiel.

»Dabei möchte ich gern einmal zuschauen«, erklärte Elfie. »Wie funktioniert Black Jack eigentlich?«

Während die Spieler ihre Einsätze platzierten und der Croupier nach und nach die Karten austeilte, erklärte Odenfels ihr die Regeln.

»Das ist ja genau wie Siebzehnundvier«, stellte Elfie erstaunt fest.

Die Runde war zu Ende. Einige Spieler erhoben sich und tauschten beim Croupier ihre Jetons in Geld zurück. Die meisten steckten einige Scheine in einen Schlitz in der Tischplatte.

»Das ist die Trinkgeldkasse«, erklärte Odenfels.

»Der Mann mit der Glatze hat fünfzig Euro hineingetan – ganz schön spendabel«, meinte Elfie verwundert.

»Wahrscheinlich hat er gewonnen«, vermutete Odenfels. »Je größer der Gewinn, desto höher fällt meist das Trinkgeld aus. Wobei es sich bei der Kasse nicht um ein zusätzliches Salär handelt, sondern um die einzigen Einnahmen der Croupiers. Der Inhalt der Kassen wird unter allen aufgeteilt.«

Elfie sah Odenfels ungläubig an. »Die Croupiers bekommen kein festes Gehalt, sondern müssen vom Trinkgeld leben?«

»So ist es. Wie Sie gerade gesehen haben, kommt da jedoch einiges zusammen.«

Am Tisch erhob sich eine weitere Dame und ging leicht schwankend zum Croupier. Sie hatte offensichtlich mehr als einen kleinen Schwips. Demonstrativ öffnete sie ihr Portemonnaie, holte fünf Hundert-Euro-Scheine heraus und wedelte damit vor Spielbergs Augen herum.

Die anderen Gäste sahen sich peinlich berührt an.

Die Frau legte einen Arm um Spielbergs Schultern und flüsterte ihm etwas ins Ohr.

Spielberg schüttelte leicht, aber unmissverständlich den Kopf.

»Mein lieber Leo«, sagte die Frau mit lallender Stimme. »Jetzt hab dich nicht so!«

Sie steckte die Scheine in die Trinkgeldkasse und zerzauste Spielberg das Haar.

»Also dann, bis nachher«, sagte sie.

Unter den Umstehenden erhob sich Gemurmel.

Spielberg strich seine Haare glatt, erhob sich und winkte zwei Pagen heran.

»Die jungen Herren begleiten Sie jetzt zu Ihrer Kabine, Frau Vandertrost«, sagte er zu der Frau, der das Lächeln im Gesicht festzukleben schien, obwohl ihre Laune offenbar rapide sank.

Sie zog einen Schmollmund.

»Leo, Leo, das kannst du mit mir nicht machen.« Ihre Stimme wurde immer lauter, während das künstliche Lächeln blieb. »Ich will, dass du mich begleitest.«

»Leider bin ich hier unabkömmlich«, erwiderte Spielberg mit bemühter Freundlichkeit. An seiner Stimme hörte man jedoch, dass er seinen Ärger nur mühsam unter Kontrolle hielt.

»Das wird dir noch leidtun«, zischte die Frau, drehte sich abrupt um und ließ sich von den Pagen hinauseskortieren.

»Was für ein Benehmen!«, sagte Elfie empört. »Und seltsam, dass sie ständig grinst, selbst wenn sie wütend ist.«

»Botox macht's möglich«, sagte Odenfels süffisant. »Haben Sie nicht gesehen, wie unnatürlich voll die Lippen waren? Sicher alles aufgespritzt, um ein faltenfreies, jugendliches Äußeres vorzugaukeln. Ich bevorzuge echte Frauen, die in Schönheit gealtert sind.«

Er sah Elfie tief in die Augen. »Wollen wir noch einen Spaziergang an Deck machen? Heute ist Vollmond. Das finde ich sehr romantisch.«

»Nein, ich möchte jetzt in meine Kabine«, antwortete Elfie abwehrend. »Es war ein langer Tag.«

»Dann begleite ich Sie.« Odenfels bot ihr erneut seinen Arm.

»Danke, ich komme allein zurecht. Gute Nacht.« Sie drehte sich auf dem Absatz um und verließ fluchtartig das Casino.

Odenfels' Annäherungsversuche gingen ihr eindeutig zu weit. Was war der Mann nur für ein Draufgänger!

Als sie ihre Kabine betrat, standen die Türen des Kleiderschranks weit offen, aber Elfie war sich absolut sicher, dass sie sie geschlossen hatte. War jemand eingebrochen? Schnell kontrollierte sie, ob etwas fehlte. Es befand sich jedoch alles an seinem Platz, genauso wie sie ihre Sachen eingeräumt hatte. Nachdenklich klappte sie die Schranktüren zu. Am liebsten hätte sie den Schrank abgesperrt. Einen Schlüssel gab es allerdings nicht.

Elfie fühlte sich mit einem Schlag unwohl und setzte sich kraftlos auf das Bett. In ihrem Kopf dröhnte und hämmerte es. Ihr ganzer Körper schien zu vibrieren.

Konnte daran der Alkohol schuld sein? Nein, so viel hatte sie nicht getrunken. Wahrscheinlich war sie übermüdet. Nach einer geruhsamen Nacht wäre sie wieder frisch und munter. Unter Aufbietung ihrer letzten Energiereserven erhob sie sich und ging ins Bad.

Als sie zurückkam, blieb sie wie angewurzelt stehen. Die linke Tür des Kleiderschranks stand erneut einen Spaltbreit offen.

Langsam zweifelte Elfie an ihrem Verstand. Oder trieben die Geister der griechischen Göttinnen ihr Unwesen auf dem Schiff? Wollte etwa eine von ihnen die schöne Ordnung der Themis durcheinanderbringen?

Angesichts dieser krausen Gedanken schalt Elfie sich selbst eine Närrin. Sie schloss die Schranktür mit Nachdruck, legte sich ins Bett und löschte das Licht.

Nach einer Weile ging das Hämmern in ihrem Kopf in ein stampfendes Geräusch über, das leichter zu ertragen war. Langsam glitt Elfie in den Schlaf hinüber. Wie aus weiter Ferne drang ein Quietschen in ihr Bewusstsein.

Voller Panik öffnete sie die Augen. Es war stockdunkel. Dennoch spürte Elfie, dass sich etwas in der Kabine bewegt hatte. Mit zitternden Fingern tastete sie nach dem Lichtschalter.

Als die Lampe über ihrem Bett aufleuchtete, hielt Elfie entsetzt die Luft an. Diesmal war es die rechte Schranktür, die schräg in den Raum hineinstand.

Elfie schlug die Bettdecke zurück. Ihr ganzer Körper kribbelte, als ob Hunderte von Ameisen darüber laufen würden. War das nicht ein typisches Symptom für Delirium tremens? Wie viel hatte sie eigentlich getrunken? Sie wusste es nicht, da Odenfels immer wieder nachgeschenkt hatte.

Sie zog sich rasch an und verließ die Kabine. Vielleicht brauchte sie ein wenig Bewegung und frische Luft, damit sie schlafen konnte.

Zunächst lenkte Elfie ihre Schritte zur Rezeption, wo sie nach einer Aspirin gegen ihre dröhnenden Kopfschmerzen fragen wollte.

Hinter dem Tresen saß ein junger Mann und arbeitete am Computer. Als Elfie näher kam, stand er sofort auf und lächelte sie an.

»Wie kann ich Ihnen helfen?«, fragte er zuvorkommend.

Sein Namensschild wies ihn als Mike aus.

»Hätten Sie eine Schmerztablette für mich?«, bat Elfie. »Mein Kopf …«

Sie stoppte mitten im Satz und horchte in sich hinein.

»Sehr seltsam«, fuhr sie dann fort. »In meiner Kabine dröhnte mir noch furchtbar der Kopf. Jetzt sind die Schmerzen wie weggeblasen.«

Mike betrachtete sie mit gerunzelter Stirn. »Darf ich fragen, wo sich Ihre Kabine befindet?«

»Auf Deck Themis, ganz hinten am Heck«, erklärte Elfie.

»Oje.« Mike zuckte mit den Schultern. »Das ist direkt über dem Maschinenraum.«

»Das Hämmern und Stampfen findet also nicht in meinem Kopf statt, sondern kommt von den Motoren?« Elfie war erleichtert, dass es einen äußerlichen Grund für ihr Unwohlsein gab. »Dagegen hilft wohl kein Aspirin.«

»Nein«, bekräftigte Mike. »Aber ich kann Ihnen Ohrstöpsel geben, die dürften das Problem beheben.«

Er öffnete eine Schublade und legte drei Schachteln auf den Tisch.

»Sie haben die Wahl zwischen Wachs, Schaumstoff und Silikon«, erklärte er. »Ich würde Ihnen die klassischen Wachskügelchen empfehlen. Die dichten am besten ab.«

»Klassisch ist immer gut, vor allem auf diesem Schiff«, meinte Elfie. »Mich wundert, dass die Ohrstöpsel nicht nach Figuren der griechischen Mythologie benannt sind.«

Mike räusperte sich. »Um ehrlich zu sein, tragen unsere Wachskügelchen den Namen Odysseus. Der hat nämlich schon die Ohren seiner Schiffsmannschaft mit Kugeln aus Bienenwachs vor dem tödlichen Gesang der Sirenen verschließen lassen.«

Auf der *Aphrodite* besaß sogar der Nachtportier eine humanistische Bildung. Elfie war beeindruckt.

»Wenn das so ist, nehme ich eine Packung Odysseus«, sagte sie.

Mike griff erneut in die Schublade und förderte etwas zutage, das wie ein eingelaufener trägerloser BH aussah.

»Wir haben auch Schlafmasken«, erläuterte er. »Durch die dreidimensionale Formgebung entsteht kein Druck auf Augenlider und Wimpern, und man schwitzt nicht so leicht. Sie sind völlig lichtundurchlässig.«

Elfie lachte auf. »Die brauche ich nicht. Vielen Dank. Ich habe eine Innenkabine. Da herrscht absolute Dunkelheit.« Dann setzte sie hinzu: »Ich wette, die Schlafmaske hat auch einen griechischen Namen. Lassen Sie mich raten! Heißt sie Morpheus?«

»Nein, aber Sie sind ganz nah dran.« Mike grinste. »Die Maske heißt Hypnos. Das ist der Gott des Schlafes. Morpheus ist sein Sohn, der Gott der Träume.«

Er verstaute die Maske wieder in der Schublade.

Elfie bedankte sich und wollte schon gehen. Da fielen ihr die Schranktüren wieder ein.

»Da wäre noch etwas.« Sie sah Mike prüfend an.

Würde er sie für verrückt halten? Sie suchte nach den passenden Worten.

»Mit dem Schrank in meiner Kabine stimmt etwas nicht«, tastete sie sich langsam vor.

»Inwiefern?« Mike neigte den Kopf zu einer Seite, wodurch sein Doppelkinn deutlich zutrage trat.

»Die Türen gingen heute Nacht mehrmals von allein auf … wie durch Geisterhand«, sagte Elfie stockend. »Heute Nachmittag war das nicht der Fall.«

»Auch dafür gibt es eine simple Erklärung«, sagte Mike. »Am Nachmittag waren wir noch im Hafen. Doch seit dem Auslaufen arbeiten die Maschinen auf Hochtouren. Am Heck befindet sich der Antriebsstrang, von dem ziemlich starke Vibrationen ausgehen. Die können schon einmal eine Schranktür öffnen. Wenn Sie das stört, stellen Sie einen Stuhl davor.«

»Ich bin froh, dass es eine logische Erklärung für alles gibt«, sagte Elfie erleichtert. »Ich sah mich schon mit einem Fuß in der Gummizelle. Jetzt verstehe ich die Zusammenhänge und kann etwas dagegen tun. Besten Dank und eine gute Nacht.«

Sie nahm die Ohrstöpsel und machte sich auf den Rückweg. Jetzt noch ein wenig frische Luft.

Sie stieg bis zum Promenadendeck hinauf, trat ins Freie und atmete die kühle Nachtluft in tiefen Zügen ein. Sie ging ein paar Schritte, blieb dann an der Reling stehen und sah hinauf in den klaren Himmel, an dem Tausende von Sternen funkelten.

Schade, dass sie diesen Augenblick nicht mit Paul-Friedrich teilen konnte. Sie seufzte und stützte sich mit den Händen auf dem Geländer ab. Erschrocken fuhr sie zurück, als das Holz unter ihrem Gewicht nachgab.

Nachdem ihr Herzschlag sich wieder normalisiert hatte, trat sie erneut an die Reling und untersuchte die Stelle genauer. Sowohl die Metallverstrebungen als auch der obere Abschlussbalken waren hier auf einer Breite von rund sechzig Zentimetern nicht fest mit der übrigen Reling verbunden, sondern nur mit Schrauben an den Seitenstreben befestigt.

Elfie ging einen Schritt nach links und prüfte dort die Reling. Bombenfest! Sie umklammerte den sicheren Teil mit einer Hand und rüttelte an dem eingesetzten Stück.

Es bewegte sich ein paar Zentimeter vor und zurück. Vorsichtig beugte Elfie sich nach vorn. Die Schrauben waren nicht festgezogen. Unter dem eingesetzten Teil führte über die gesamte Breite eine Leiter nach unten, wahrscheinlich für Wartungsarbeiten. Deswegen konnte man hier ein Stück der Reling herausnehmen. Elfie folgte mit den Augen dem Verlauf der Leiter, die irgendwo im Nichts endete. Erst viel weiter unten entdeckte Elfie die Wasseroberfläche und starrte gebannt auf die Bewegung der Wellen.

Glücklicherweise war sie schwindelfrei und hielt sich zudem gut fest. Dennoch flößte ihr die enorme Höhe gewaltigen Respekt ein. Es waren bestimmt zwanzig Meter.

Sollte hier jemand hinunterfallen, starb er wahrscheinlich

schon durch den Aufprall. Wenn nicht, wie lange konnte man sich in offener See über Wasser halten? Bis ein so großes Schiff gewendet hatte, war man wahrscheinlich schon untergegangen. Und wenn überhaupt niemand bemerkte, dass man über Bord gefallen war? Dann sanken die Überlebenschancen auf null.

Elfie richtete sich wieder auf und ging nachdenklich davon.

Auf dem Rückweg nach unten kam ihr eine fröhliche Truppe von Passagieren entgegen, unter ihnen der Glatzkopf, der am Black-Jack-Tisch fünfzig Euro in die Trinkgeldkasse gesteckt hatte. Er schwenkte eine Magnum-Champagnerflasche in der Hand.

Elfie beschloss, noch einmal beim Casino vorbeizugehen. Als sie um die letzte Ecke bog, sah sie den schicken Kreuzfahrtdirektor Max Kaiser gerade mit energischen Schritten den Saal betreten und die Türen hinter sich schließen.

Elfie ging die letzten Meter auf Zehenspitzen und lugte vorsichtig durch die Glasscheiben. Niemand war zu sehen. Sachte drückte sie die Klinke herunter und öffnete die Tür einen Spalt.

Erregte Stimmen drangen an ihr Ohr. Langsam schob Elfie sich in den Raum hinein und erspähte Kaiser hinten bei den Spielautomaten. Er redete auf Chefcroupier Leo Spielberg ein. Rasch trat Elfie hinter die Statue der Tyche.

Spielberg ging von einem Automaten zum anderen und ließ die Einnahmen in einen Beutel gleiten.

»Mehrere Passagiere haben sich bei mir beschwert.« Kaisers Stimme wurde lauter. »Sie hatten die Situation offenbar nicht im Griff. Solche peinlichen Vorfälle dulde ich nicht auf meinem Schiff.«

Spielberg blieb vor dem letzten Automaten stehen und wandte sich Kaiser zu.

»Ich wusste gar nicht, dass die *Aphrodite* Ihnen gehört«, sagte er und musterte Kaiser verächtlich von Kopf bis Fuß. »Meines Wissens befindet sie sich im Eigentum der Familie Claaßen.«

»Jetzt stellen Sie sich nicht dumm«, herrschte Kaiser ihn an. »Sie wissen genau, wie ich das meine. Als Cruise Director bin ich der verantwortliche Guest Relation Manager und für die aktive Betreuung und Kommunikation mit den Gästen zuständig.«

»Zitieren Sie jetzt aus Ihrer Stellenbeschreibung?« Spielberg lachte abfällig auf. »Was wollen Sie überhaupt von mir?«

»Die *Aphrodite* ist ein schwimmendes Luxushotel. Fünf Sterne Superior«, entgegnete Kaiser hitzig. »Die Gäste erwarten eine kultivierte und exklusive Atmosphäre – und keine billigen Szenen. Sie hätten viel früher merken müssen, dass die Vandertrost betrunken war. Und dann wäre es Ihre Aufgabe gewesen, sie diskret zu ihrer Kabine zu eskortieren.«

»Das gehört garantiert nicht zu meinen Aufgaben«, brauste Spielberg auf. »Außerdem haben Sie mir überhaupt nichts zu sagen. Das Casino untersteht nicht Ihrer Befugnis.«

»Von Ihnen lasse ich mir nicht ans Bein pinkeln.« Kaiser ging drohend einen Schritt auf Spielberg zu. »Wir bekommen demnächst einen Tester an Bord. Und Sie werden mir die Bewertung nicht versauen.«

Er drehte sich abrupt um und stürmte zur Tür, so dass Elfie nicht mehr ungesehen verschwinden konnte.

Sie presste sich dicht an die Statue, zog den Bauch ein,

hielt die Luft an und hoffte das Beste. Hätte die Göttin Tyche doch nur mehr Fleisch auf den Rippen gehabt oder wenigstens ein wallendes Gewand getragen!

Kaiser riss die Tür auf, ohne nach links und rechts zu sehen, und verschwand.

Elfie atmete erleichtert aus. Sie spähte vorsichtig um das Füllhorn der Tyche herum – und sah direkt in Spielbergs Augen.

Er stand nur ein paar Meter entfernt und musterte Elfie misstrauisch.

»Was tun Sie da?«, wollte er wissen.

Elfie ging auf ihn zu und stellte sich vor.

»Herr Claaßen hat mich beauftragt, alle Abläufe auf dem Schiff zu überprüfen«, erklärte sie.

»Sie sind also die Spionin.« Spielberg grinste spöttisch. »Das gibt Ihnen noch lange nicht das Recht, uns zu belauschen. Oder sehen so Ihre Methoden aus?«

Elfie war empört. »Was erlauben Sie sich? Ich bin keine Spionin. Aber ich werde das Casino genauso wie alle anderen Bereiche genau unter die Lupe nehmen.«

»Das werden Sie schön bleiben lassen«, sagte Spielberg schneidend. »Sonst könnte das schlecht für Sie enden.«

»Wollen Sie mir drohen?« Elfie schlug das Herz bis zum Hals.

»Sie haben mich schon verstanden.« Spielberg bedachte sie mit eisigem Blick. Dann wandte er sich den Spieltischen zu und begann, die Trinkgeldkassen zu leeren.

Elfie war fassungslos. Mit kleinen Schritten tastete sie sich rückwärts zur Tür. Sie wagte es nicht, diesem Unhold den Rücken zuzukehren. Auf dem Gang angekommen, fing sie an zu laufen.

Sie zitterte so stark, dass es ihr erst nach mehreren Versuchen gelang, mit der Schlüsselkarte das Kabinenschloss zu öffnen. Schnell schlüpfte sie hinein, schloss die Tür und legte den Riegel vor.

Sie ließ sich aufs Bett sinken und atmete tief ein und aus, um ihren Herzschlag wieder unter Kontrolle zu bringen.

So ein Scheusal war ihr noch nie unter die Augen gekommen. Dabei hatte sie wirklich schon einiges erlebt. Dieser Spielberg hatte unter Garantie etwas zu verbergen.

Allmählich verwandelte Elfies Angst sich in Wut. Sie schlug mit der Hand auf das Bett.

Von einem gemeinen Verbrecher würde sie sich nicht einschüchtern lassen – auf keinen Fall. Stattdessen würde sie sich zum Gegenangriff rüsten.

6.

Alex ließ sich die Sonne ins Gesicht scheinen. Von ihrem Liegestuhl direkt neben der Hundewiese aus hatte sie Amadeus gut im Blick. Der Mops watschelte von einem stilvollen Laternenmast zum nächsten und schnüffelte daran. Anscheinend konnte er sich nicht entscheiden, an welchem er sein Bein heben sollte. Alex setzte ihre Sonnenbrille auf und blätterte die Prospekte durch, die sie aus der Kabine mitgebracht hatte.

Die *Aphrodite* war offenbar das luxuriöse Flaggschiff von CCS und ein Nachbau des ersten Ozeandampfers der Reederei Claaßen. Der Großvater des heutigen Seniorchefs hatte das Familienunternehmen Anfang des 20. Jahrhunderts gegründet. Seine *Viktoria Luise* lief am 13. September 1913 vom Stapel, zu Ehren des 21. Geburtstags der preußischen Prinzessin, nach der Claaßen sein erstes Schiff benannt hatte. Die *Viktoria Luise* war zwar längst nicht so groß und so berühmt wie die *Titanic*, dafür sank sie nicht bei der Jungfernfahrt, sondern tat ihre Dienste jahrzehntelang.

Ihre Nachfolgerin *Aphrodite* verfügte über modernste Technik und erfüllte alle Ansprüche an heutigen Komfort, orientierte sich jedoch im Stil an der *Viktoria Luise* und den Grandhotels ihrer Zeit. Etliche Einrichtungsgegenstände der *Aphrodite* stammten sogar aus dem Originalinterieur der *Viktoria Luise*, etwa Vasen und Möbel in der Lobby,

Spiegel und Kristallleuchter im Casino sowie die Laternenmasten auf dem Hundedeck.

Alex grinste und sah zu Amadeus hinüber, der inzwischen die richtige Stelle gefunden hatte und an den antiken Laternenmast pinkelte, ohne sich dessen historischen Werts bewusst zu sein.

Während der Mops weiter das Terrain erkundete, legte Alex die Prospekte zur Seite und dachte über Elfie nach. Noch immer wurde sie nicht ganz schlau aus ihr. Nachdem sie sich ihr gestern Abend so eng verbunden gefühlt hatte wie nie zuvor, kam es ihr heute so vor, als ginge Elfie ihr aus dem Weg. Mehrfach hatte sie vergeblich an ihrer Kabine geklopft. Bei ihrer Erkundungstour durch das Schiff hatte sie Elfie sogar aus der Ferne gesehen und ihr zugewunken. Doch Elfie hatte sich grußlos umgedreht und war verschwunden. Hatte sie Alex wirklich nicht bemerkt? Nun, vielleicht versank sie völlig in ihren beruflichen Aufgaben und sah und hörte nichts anderes mehr.

Alex blickte auf, als eine zierliche alte Dame neben ihr Platz nahm und sie freundlich grüßte. Sie hielt eine Leine in der Hand, an deren anderem Ende sich ein Hund befand, dessen Rasse Alex nicht auf Anhieb erkennen konnte, da er seine Schwimmweste trug.

»Ist das ein Dackel?«, fragte sie.

»Ja, ein Rauhaardackel.«

»Die Rettungsweste passt ihm prima«, sagte Alex. »Die Hunde müssen sie allerdings nicht ständig tragen. Soll ich beim Ausziehen helfen?«

»Nein, vielen Dank«, wehrte die Dame ab. »Ich lege ihm die Weste jedes Mal an, bevor wir an Deck gehen. Sicher ist sicher. Mein Hannibal ist alles, was ich noch habe, seitdem mein Mann gestorben ist.«

Alex nickte mitfühlend. »Vielleicht möchte Hannibal mit Amadeus spielen. Das ist mein Mops dort drüben.«

Die alte Dame lächelte müde. »Ich habe zu viel Angst, ihn von der Leine zu lassen. Außerdem ist Hannibal nicht mehr der Jüngste und hat Probleme beim Laufen, genau wie ich.«

Der Dackel hatte sich inzwischen neben seinem Frauchen niedergelassen. Seine buschigen Augenbrauen und sein deutlich ausgeprägter Bart waren von grauen Haaren durchzogen.

»Aber der Arzt hat uns beiden viel Bewegung und frische Luft verordnet«, fuhr die Dame fort. »Deswegen drehen wir jetzt weiter unsere Runde. Einen schönen Tag noch!«

Gerührt blickte Alex den beiden nach, wie sie sich Schritt für Schritt entfernten.

Im selben Moment sah sie, wie Amadeus die Ohren aufstellte und in einem ungewöhnlich schnellen Tempo an ihr vorbeilief – direkt zu dem Pekinesen, der schon bei der Seenotrettungsübung seine Aufmerksamkeit erregt hatte und in diesem Moment mit seinem Frauchen das Hundedeck betrat.

Patrizia Herrndorf, die Bankierstochter, wie sie in der Boulevardpresse genannt wurde, trug ausgewaschene Jeans und ein mintgrünes T-Shirt. Passend dazu zierten heute zwei mintgrüne Schleifchen die Löwenmähne des Hundes.

Amadeus stand nur da und starrte den Pekinesen erwartungsvoll an. Alex kannte diesen Blick an ihm, der sonst allerdings für Leckerlis reserviert war. Der Pekinese würdigte Amadeus' besondere Wertschätzung in keiner Weise, sondern stolzierte an ihm vorbei, ohne die geringste Notiz von ihm zu nehmen.

»Darf ich mich zu Ihnen setzen?«, fragte Patrizia Herrndorf.

»Natürlich, gern«, antwortete Alex.

Das Frauchen schien deutlich kommunikativer als der Hund zu sein.

Kaum hatte Patrizia Herrndorf sich einen Liegestuhl zurechtgerückt und sich darauf niedergelassen, kam der Pekinese angelaufen und postierte sich zwischen den beiden Liegen.

»Aber Lillifee, du musst nicht eifersüchtig sein«, sagte Patrizia Herrndorf und hob den Hund auf ihren Schoß.

An Alex gewandt, fügte sie entschuldigend hinzu: »Meine kleine Prinzessin hat es in letzter Zeit nicht leicht, weil sie meine Liebe nun teilen muss. Ich bin übrigens Patrizia Herrndorf. Aber das wissen Sie wahrscheinlich schon.«

Der letzte Satz wurde von einem traurigen Lächeln begleitet. Die Bankierstochter kam Alex wie ein verlorenes Kind vor. Sie schätzte sie auf Mitte zwanzig.

Alex stellte sich ebenfalls vor und setzte, einem plötzlichen Impuls folgend, hinzu: »Wollen wir uns nicht duzen? Ich bin Alex.«

»Das finde ich total lieb.« Patrizia strahlte über das ganze Gesicht. »Die meisten gehen auf Abstand, sobald sie wissen, wer ich bin. Außer Tom natürlich.«

»Tom ist dein Freund?«, fragte Alex.

Patrizia nickte und streichelte mit einem strahlenden Lächeln über den Kopf ihres Hundes, dessen Gesicht Alex an ein kleines Äffchen erinnerte.

Inzwischen hatte Amadeus sich zwischen die beiden Liegen gezwängt. Alex hievte ihn auf ihren Schoß. »Du möchtest wohl auch ein paar Streicheleinheiten.«

Eine Weile kraulten die beiden jungen Frauen schweigend ihre Hunde.

»Ich studiere Betriebswirtschaft«, erklärte Patrizia. »Und was …«

Sie brach mitten im Satz ab, wühlte hektisch in ihrer Umhängetasche, förderte eine Sonnenbrille mit riesigen Gläsern zutage und setzte sie auf.

»Ein Fotograf«, wisperte sie Alex zu und sank in ihrem Liegestuhl zusammen, als wollte sie sich möglichst klein machen.

Bordfotograf Siegfried Schurike steuerte mit seiner Kamera um den Hals auf sie zu.

Patrizia hob schützend die Hände vor das Gesicht. »Keine Fotos, bitte! Das wissen Sie doch.«

»Ja, ist schon gut. Ich halte mich an die Abmachung«, entgegnete Schurike.

Dennoch stand Patrizia auf. »Ich muss gehen.« Sie eilte mit Lillifee auf dem Arm davon.

Schurike ließ sich auf ihre Liege fallen.

»Von welcher Abmachung haben Sie gesprochen?«, fragte Alex.

»Herr Herrndorf hat sich ausbedungen, dass während der Reise keine unautorisierten Fotos von ihm und seiner Familie gemacht werden«, erklärte Schurike. »Die könnte ich natürlich für viel Geld verkaufen.«

»Es ist sehr anständig von Ihnen, auf die Privatsphäre der Herrndorfs Rücksicht zu nehmen«, sagte Alex anerkennend.

»Haben Sie eine Ahnung!« Schurike schnaubte abfällig. »Wer im Licht der Öffentlichkeit steht, hat sein Recht auf Privatsphäre verwirkt. Die breite Masse giert danach, schmutzige Details über Promis zu erfahren oder unvorteilhafte Fotos von ihnen zu sehen.«

»Aber Sie liefern solche Fotos nicht«, warf Alex ein.

»Normalerweise schon.« Schurike grinste. »In diesem Fall springt für mich jedoch mehr heraus, wenn ich mich von Herrndorf für offizielle Familienfotos bezahlen lasse. Einige davon darf ich außerdem mit seiner Genehmigung an die Regenbogenpresse verkaufen.«

»Berühmte Menschen müssen also für ihre Privatsphäre bezahlen«, folgerte Alex.

»Die haben doch mehr als genug Geld«, sagte Schurike. »So etwas zahlen die aus der Portokasse, während unsereins sehen muss, wo er bleibt.«

Er musterte Alex. »Sie gehören nicht zu den Reichen und Berühmten. Das wüsste ich.«

Alex lachte. »Ich werte das mal als Kompliment.«

Amadeus sprang von ihrem Schoß und nahm Kurs auf zwei Pudel, die auf der Rasenfläche herumsprangen.

»Haben Sie zufällig Leo Spielberg gesehen, den Chefcroupier?«, fragte Schurike.

»Den kenne ich nicht«, antwortete Alex. »Wie sieht er denn aus?«

»Groß, schlank, Anfang dreißig. Schwarzes, nach hinten gekämmtes Haar.«

»Aufgefallen ist er mir jedenfalls nicht. Wieso suchen Sie ihn?«

Die letzte Frage kam automatisch. Alex ärgerte sich über diesen berufsbedingten Reflex. Sie war im Urlaub.

»Er ist zu seinem Dienstantritt im Casino nicht erschienen. An seiner Kabine habe ich geklopft, aber vergeblich. Dort ist er auch nicht.« Schurike fingerte nervös an seiner Kamera herum. »Ich mache mir Sorgen um ihn.«

»Wieso?« Alex sah den Fotografen forschend an. »Gibt es dafür einen Grund?«

»Leo und ich haben schon mehrere Kreuzfahrten gemeinsam absolviert. Unzuverlässigkeit gehört nicht zu seinen Schwächen.«

Während Alex über die Bedeutung dieser seltsamen Formulierung nachdachte, sprach Schurike zögernd weiter. »Vielleicht ist ihm etwas passiert.«

Alex' kriminalistischer Spürsinn erwachte.

»Zunächst muss systematisch nach ihm gesucht werden«, sagte sie. »Wer ist dafür zuständig?«

»Keine Ahnung.« Schurike zuckte mit den Achseln. »Das Casino hat Leos Fehlen schon dem Kreuzfahrtdirektor gemeldet. Der sieht jedoch keinen Handlungsbedarf.«

»Vermisstenfälle darf man nicht auf die leichte Schulter nehmen.« Alex stand entschlossen auf und rief nach Amadeus, der den Pudeln beim Herumtollen zusah.

»Kommen Sie«, sagte sie zu Schurike. »Wir gehen gemeinsam zum Kreuzfahrtdirektor und sehen, was wir ausrichten können.«

Cruise Director Maximilian A. Kaiser prangte in goldenen Lettern an der Bürotür. Schurike klopfte. Von drinnen ertönte ein genervtes »Ja«. Schurike öffnete die Tür.

»Was wollen Sie?«, fragte Kaiser in barschem Ton. »Ich bin in einer Besprechung.«

Alex folgte Schurike in das Büro.

Kaiser saß hinter seinem Schreibtisch, und davor – Elfie Ruhland.

»Leo Spielberg ist verschwunden«, sagte Schurike. »Wir müssen etwas unternehmen.«

Elfie, die gerade ihre Kaffeetasse zum Mund führte, hielt mitten in der Bewegung inne. Etwas Kaffee schwappte auf die Untertasse.

Kaiser schlug zornig mit der Faust auf den Tisch. »Sie sagen mir nicht, was ich zu tun habe. Wahrscheinlich vergnügt der schöne Leo sich mit einer reichen Lady in deren Luxuskabine. Der taucht schon wieder auf.«

Schurike schüttelte entschieden den Kopf, wagte jedoch offenbar nicht, Kaiser zu widersprechen.

»Sie sollten wenigstens in seiner Kabine nachsehen«, schaltete Alex sich ein. »Vielleicht ist er krank und braucht Hilfe.«

Elfie sah Alex merkwürdig an.

»Darf ich fragen, in welcher Funktion Sie hier sind?« Kaiser konnte seinen Ärger nur mühsam im Zaum halten.

Noch bevor Alex antworten konnte, sagte Elfie mit belegter Stimme: »Sie ist Polizistin.«

Kaiser und Schurike starrten zunächst Elfie und dann Alex erstaunt an.

Kaiser fing sich als Erster und sagte betont jovial: »Wenn Sie unbedingt wollen, sehen wir in der Kabine nach. Ich habe einen Generalschlüssel.«

Er stand auf. »Frau Ruhland, wir sind wohl ohnehin fertig.«

Elfie nickte stumm und huschte hinaus.

»Schurike, Sie brauchen wir nicht«, blaffte Kaiser den Fotografen an, als dieser ihm und Alex folgen wollte.

»Aber …«, setzte Schurike an.

»Kein Aber«, schnitt Kaiser ihm das Wort ab. »Und kein Wort mehr über die Geschichte, schon gar nicht zu Passagieren! Verstanden?«

Ohne eine Antwort abzuwarten, rauschte Kaiser davon. Anscheinend war er es gewohnt, dass seine Anordnungen befolgt wurden.

Vor Spielbergs Kabine holte er eine Schlüsselkarte aus seinem Jackett und öffnete die Tür. Sie traten ein.

Das Bett war ordentlich gemacht, die ganze Kabine tadellos aufgeräumt.

»Sind Sie nun zufrieden?«, fragte Kaiser. »Ich habe doch gleich gesagt, dass Leo nicht krank im Bett liegt.«

»Es könnte ihm etwas zugestoßen sein«, gab Alex zu bedenken und inspizierte das Badezimmer.

Dort herrschte ebenfalls peinliche Ordnung – bis auf eine aufgerissene Pappschachtel, aus der kleine Plastiktütchen hervorquollen.

»Kondome XXL, genoppt und gerippt«, las Kaiser die Packungsaufschrift in süffisantem Ton vor. »Da hat es wohl jemand eilig gehabt, zu seiner Sexorgie zu kommen.«

Er stand so dicht hinter Alex, dass sie seinen Atem in ihrem Nacken spürte.

Sie drehte sich um, und Kaiser trat einen Schritt zurück.

»Es scheint Sie nicht besonders zu beunruhigen, dass ein Mitarbeiter vermisst wird«, sagte Alex.

»Sie waren wohl noch nie auf einer Kreuzfahrt.« Kaiser grinste herablassend. »Sonst wüssten Sie, mit welch entfesselten Leidenschaften wir zu kämpfen haben. Natürlich behandeln wir alles vollkommen diskret.«

»Sie wollen also nichts unternehmen, um Spielberg zu suchen?«, fragte Alex.

»Exakt. Wir brauchen keinen Skandal an Bord.«

»Ob der Kapitän das auch so sieht?« Alex musterte Kaiser herausfordernd.

»Ich bin der Personalmanager. Das liegt in meiner Entscheidung.«

»Soweit ich informiert bin, ist hinsichtlich der Sicherheit an Bord der Kapitän die oberste Instanz. Deswegen werde ich ihn jetzt aufsuchen.« Alex verließ die Kabine.

Kaiser folgte ihr wortlos.

Der Kapitän befand sich nicht auf der Brücke. Der wachhabende Offizier telefonierte kurz und schickte sie weiter.

»Kapitän Mehrmann erwartet Sie in seiner Kabine«, sagte er.

Als Alex und Kaiser dort ankamen, stand die Tür bereits offen.

»Kommen Sie bitte herein. Ich bin gleich bei Ihnen«, hörte Alex den Kapitän rufen.

Sie traten in ein geräumiges Wohn- und Arbeitszimmer. Auf dem Schreibtisch am Fenster häuften sich Papiere.

Mehrmann kam aus einem Nebenraum, wahrscheinlich dem Schlafzimmer. Er trug kein Jackett, sondern nur ein kurzärmeliges weißes Hemd mit dunkelblauen Schulterklappen, auf denen vier goldene Streifen prangten. Das linke Schulterstück schwang beim Gehen hin und her.

»Ich habe wohl einen Knopf verloren«, sagte Mehrmann, öffnete eine Schreibtischschublade und entnahm ihr einen neuen Knopf mit Ankersymbol, den er mit geübtem Handgriff aufschraubte. Dann begrüßte er seine Besucher und lud sie mit einer Handbewegung ein, in der Sitzecke Platz zu nehmen.

»Was kann ich für Sie tun?«, fragte er.

Alex berichtete, was sie über das Verschwinden Spielbergs wusste, und erklärte, dass sie Polizistin war.

»Ich denke, Sie sollten nach ihm suchen lassen«, schloss sie ihre Ausführungen.

Mehrmann hatte konzentriert zugehört.

»In welcher Abteilung der Polizei arbeiten Sie?«, fragte er.

»Ich bin Kriminalkommissarin bei der Mordkommission.«

Mehrmann nickte, während Kaiser hörbar nach Luft schnappte.

Der Kapitän wandte sich an den Kreuzfahrtdirektor. »Wie ist Ihre Meinung?«

»Ich vermute, dass Spielberg in irgendeiner Kabine, die nicht die seine ist, seinen Rausch ausschläft oder mit anderen erfreulichen Dingen beschäftigt ist. Wenn er damit fertig ist, wird er wieder auftauchen.«

»Wir sollen also nichts unternehmen?«, hakte Mehrmann nach.

»Wir können auf keinen Fall die Passagierkabinen nach einem verschwundenen Croupier durchsuchen«, sagte Kaiser mit Nachdruck. »Wir sollten überhaupt kein Aufhebens von der Geschichte machen. Das gibt nur negative Publicity.«

Mehrmann runzelte die Stirn und schwieg eine Weile.

»Herr Kaiser, Sie lassen alle öffentlichen Bereiche unauffällig durchsuchen«, ordnete er dann an. »Und Sie, Frau von Lichtenstein, würde ich bitten, ein wenig Ihre geschulten Augen und Ohren offen zu halten. Vielleicht entdecken Sie einen Hinweis auf den Verbleib von Leo Spielberg. Wenn ja, kommen Sie damit direkt zu mir.«

Elfie traf sich mit dem Zahlmeister in der Lobby. Mit Hilfe seines Laptops demonstrierte er ihr, wie die verschiedenen Konten an Bord geführt wurden.

»Die Kassenabschlüsse jeder Abteilung werden täglich in das zentrale Buchhaltungssystem eingegeben«, erläuterte er.

»Woher bekommen Sie die Zahlen?«, wollte Elfie wissen.

»Aus den meisten Bereichen werden alle Zahlungsvorgänge direkt elektronisch übermittelt«, sagte der Zahlmeister. »Nur von den Boutiquen, die externen Unternehmen gehören, sowie vom Casino bekommen wir sie in Papierform.«

»Ob die einzelnen Buchungen stimmen, können Sie also nicht überprüfen«, warf Elfie ein.

»Wenn sich ein Fehler einschleicht, kommt das meistens schnell ans Licht.« Der Zahlmeister lächelte. »Denn die Summen werden täglich auf den Bordkonten der Passagiere ausgewiesen, die über den Kabinenfernseher einzusehen sind. Wenn etwas nicht stimmt, beschweren die Leute sich sofort.«

»Wieso hat das Casino eine Sonderstellung?«, fragte Elfie.

»Weil dort Bargeld eingenommen wird«, erklärte der Zahlmeister. »Dabei handelt es sich täglich um zwei verschiedene Posten, die Einnahmen des Spielbetriebs und der Inhalt der Trinkgeldkassen. Letzteren rechnen wir für die Croupiers auf und zahlen es ihnen monatsweise aus.«

»Warum kann man im Casino nicht mit der Bordkarte bezahlen?«, hakte Elfie nach.

»Beim Glücksspiel kommen, gerade bei unseren Gästen, schnell hohe Summen zusammen, die manchmal nicht von den Kreditkarten gedeckt sind«, sagte der Zahlmeister. »In dem Fall hätten wir den Schwarzen Peter und müssten sehen, wie wir an unser Geld kommen.«

»Dann müssen die Spieler mit Koffern voller Geld anreisen«, sagte Elfie erstaunt.

»Sie werden lachen«, erwiderte der Zahlmeister. »Manche tun das tatsächlich. Deswegen sind die Safes in den Kabinen auch besonders groß.« Er zwinkerte ihr zu. »Ein paar Stapel Fünfhundert-Euro-Scheine kann man allerdings auch dezenter unterbringen. Für Nachschub steht zudem ein Geldautomat bereit.«

»Wer macht die tägliche Abrechnung im Casino?«, fragte Elfie.

»Der Chefcroupier. Er rechnet die Einnahmen aus den Automaten, von den Tischen und aus den Trinkgeldkassen zusammen und bringt uns das Geld. Wir zählen nach und quittieren den Erhalt.«

»Aha«, machte Elfie.

An den Chefcroupier wollte sie jetzt nicht denken, sie musste sich auf ihre beruflichen Aufgaben konzentrieren. Hier war offensichtlich eine Schwachstelle im System.

»Wie ich sehe, sind nur die Einnahmen von gestern eingetragen.« Sie deutete auf den Laptop. »Können Sie auch auf die Zahlen der vergangenen Monate zurückgreifen?«

»Dazu bin ich nicht befugt.« Der Zahlmeister schüttelte den Kopf. »Vielleicht kann Ihnen der Kreuzfahrtdirektor weiterhelfen. Da kommt er gerade.«

Der Zahlmeister verabschiedete sich und verschwand.

Wenn man vom Teufel spricht, dachte Elfie und musterte Kreuzfahrtdirektor Kaiser, der gemeinsam mit dem prominenten Bankier Herrndorf die Lobby betrat.

Wie der erste Eindruck täuschen konnte. Gestern Abend hatte sie Kaiser attraktiv und sympathisch gefunden. Bei ihrer Unterredung heute in seinem Büro war er jedoch sehr abweisend gewesen. Und wie er den Fotografen behandelt hatte! Mit den Passagieren verstand er allerdings hervorragend umzugehen, das musste man ihm lassen. Er war ständig präsent, immer freundlich und kümmerte sich um alle Wünsche.

Auch jetzt unterhielt er sich angeregt mit Bankier Herrndorf und machte offenbar einen Scherz. Herrndorf, der zuvor mürrisch ausgesehen hatte, entspannte sich sichtlich. Die beiden Männer setzten sich, und Kaiser winkte Sonja von der Rezeption zu ihnen heran.

»In der Suite der Familie Herrndorf hat heute Morgen

um sechs Uhr das Telefon Sturm geläutet«, sagte Kaiser in vorwurfsvollem Ton zu Sonja. »Der Nachtportier war dran und hat behauptet, er wäre mit einem Weckruf beauftragt.«

»Das war extrem ärgerlich«, ergänzte Herrndorf. »Endlich Urlaub, und dann werden wir in aller Herrgottsfrühe aus dem Schlaf gerissen. Meine Frau und ich konnten beide nicht mehr einschlafen.«

»Sehen Sie im Computer nach, was es mit dem Weckruf auf sich hat«, forderte Kaiser Sonja auf.

Dann wandte er sich wieder Herrndorf zu. »Die Störung tut mir aufrichtig leid. Als kleine Entschuldigung lasse ich sofort einen Obstkorb und zwei Flaschen Champagner auf Ihre Suite schicken.«

Sonja kam vom Computer zurück. »Es handelt sich um ein Missverständnis. Bitte verzeihen Sie, Herr Herrndorf.«

»Wenn es nicht wieder vorkommt«, entgegnete dieser herablassend. »Ansonsten sähe ich mich zu einer Beschwerde gezwungen. Ich kenne Claaßen IV. persönlich.«

»Selbstverständlich kommt es nicht wieder vor«, beteuerte Kaiser mit charmantem Lächeln.

»Das will ich hoffen.« Herrndorf erhob sich, nickte Kaiser zu und entschwand.

Kaiser stand ebenfalls auf und funkelte Sonja böse an.

»Nach hinten«, zischte er ihr zu und stürmte in das Büro hinter der Rezeption. Sonja folgte ihm mit hochrotem Kopf, schloss jedoch nicht die Tür.

Kaiser redete wütend auf sie ein. Was er sagte, konnte Elfie allerdings nicht verstehen. Deswegen schlich sie auf leisen Sohlen näher und postierte sich vor dem Gemälde der *Viktoria Luise*, das links neben der Rezeption hing. Sie starrte auf den Ozeandampfer, ohne ihn wahrzunehmen, und spitzte die Ohren.

»Fehler dulde ich nicht«, schnauzte Kaiser. »Wer hat den Weckruf falsch eingetragen?«

»Der Weckruf war für Kabine fünfhundertelf. Den Auftrag habe ich selbst entgegengenommen«, sagte Sonja. »Warum er im System zusätzlich bei Suite sechshundertelf steht, kann ich mir nicht erklären.«

»Sieh mal einer an! Die gnädige Frau hat es eigenhändig verbockt.« Kaisers Stimme klang schadenfroh. »Noch ein solcher Schnitzer, dann gibt es richtig Ärger.«

Elfie hatte genug gehört. Sie ging zurück zu ihrem Platz, schnappte sich ihre Handtasche und eilte hinaus auf das Promenadendeck. Dort ließ sie sich in den nächstbesten Liegestuhl fallen und atmete ein paarmal tief durch.

Schon wieder ein fieser Vorgesetzter!

Sie öffnete ihre Handtasche, griff hinein und tastete suchend darin herum. Vergeblich.

Das bordeauxfarbene Notizbuch lag zu Hause in der Schreibtischschublade.

Elfie seufzte. Sie hatte nicht damit gerechnet, dass sie es auf der Kreuzfahrt benötigen würde. Doch dieser Kaiser war eindeutig ein Kandidat für ein neues Projekt. Wie konnte er die nette Sonja so zur Schnecke machen? Den Fotografen hatte er auch schon schikaniert, ebenso den Chefcroupier – wobei Letzterer es bestimmt verdient hatte. Beim Gedanken an Leo Spielberg beschleunigte sich Elfies Herzschlag.

Erneut griff sie in ihre Tasche und fühlte nach der weinroten Fliegenklatsche. Ein fester Hieb damit auf die Armlehne würde befreiend wirken.

Oje! Die Fliegenklatsche mit dem zusammenschiebbaren Teleskopstiel hatte es ebenfalls nicht in ihr Reisegepäck geschafft. Vor ihrem inneren Auge sah Elfie sie in der Diele ihrer Wohnung im Schirmständer stehen.

Wie hatte sie nur so unvorbereitet aufbrechen können? Sicher, die Zeit war knapp gewesen, und das Hin und Her mit Paul-Friedrich hatte sie abgelenkt. Trotzdem war es ihre eigene Schuld, wusste sie doch aus langjähriger Erfahrung, dass es überall tyrannische Chefs und andere unliebsame Zeitgenossen geben konnte. Nun also auch auf hoher See!

Mangels Fliegenklatsche legte Elfie ihre geballte Empörung in ihre Faust und ließ sie auf die Armlehne niedersausen. »Au!«

Eine Frau, die einige Meter entfernt saß, blickte irritiert von ihrer Lektüre auf.

»Da saß eine Fliege«, erklärte Elfie mit entschuldigendem Lächeln und schüttelte verstohlen ihre schmerzende Hand.

Kaiser hatte schon drei Minusstriche verdient. Sie brauchte unbedingt ein Notizbuch. Oder konnte sie ausnahmsweise ihre Beobachtungen auf einem Blatt Papier festhalten?

Sie horchte angestrengt in sich hinein. Nein, es musste schon alles seine Ordnung haben. Allein der Gedanke an einen losen Zettel als Arbeitsmaterial für ein wichtiges Projekt war ihr ein Gräuel.

Entschlossen stand sie auf und fragte einen Steward nach dem Weg zu den Geschäften.

Diese befanden sich auf Deck Artemis. Elfie schmunzelte. Claaßen senior hatte einen ausgeprägten Sinn für Humor. Artemis war die Göttin der Jagd.

Während Elfie langsam den Gang entlangschlenderte, sah sie in den Modeboutiquen etliche Damen auf der Jagd nach den neuesten Modellen. An einem Schaufenster blieb Elfie stehen und studierte die Preise. Ein Blazer für 800 Euro, ein Jäckchenkleid für 1200 Euro.

Kopfschüttelnd ging sie weiter. Mode, Kosmetik, Schmuck, alles schien es zu geben, bloß keine Schreibwaren. Ihre Hoffnung sank, bis sie am Ende des Gangs doch noch fündig wurde: eine Buchhandlung.

Die Verkäuferin war gerade mit einem Kunden beschäftigt, so dass Elfie sich in Ruhe umsehen konnte. Krimis, Reiseführer, Bildbände, Kalender. Eine ganze Abteilung war der griechischen Mythologie gewidmet.

Enttäuscht wollte Elfie wieder gehen, da trat die Verkäuferin zu ihr. »Kann ich Ihnen helfen?«

»Ich suche ein Notizbuch.«

»Da haben wir etwas ganz Besonderes.« Die Verkäuferin lächelte vielversprechend. »Bitte folgen Sie mir.«

Bei den griechischen Göttern blieb sie stehen und nahm ein Buch aus dem Regal, dessen Cover ein Bild der Aphrodite zierte.

»Eine Sonderedition für Cord Claaßen Seereisen«, sagte die Verkäuferin mit unverhohlenem Stolz in der Stimme. »Ein Designer-Reisejournal mit außergewöhnlicher Oberflächenveredelung und vielfältigen Funktionen.«

Sie strich mit einer zärtlich anmutenden Geste über den Einband und klappte das Buch auf. »Inhaltsverzeichnis, drei Lesebändchen, ein Kapitel über die griechischen Göttinnen, denen dieses Schiff gewidmet ist, sowie vier Themenabschnitte, in denen Sie Ihre Reiseeindrücke strukturiert festhalten können.«

Die Verkäuferin war beim Durchblättern am Ende des Buchs angekommen. Triumphierend zog sie einige Bogen mit Blanko-Aufklebern heraus. »Und hiermit können Sie das Journal personalisieren.«

Bei diesem Wort sah Elfie im Geist die verschiedenen Personen vor sich, über die sie Buch zu führen pflegte. Die Klebeetiketten gab es in mehreren Farben. Auf ihnen könnte sie die Namen der Kandidaten vermerken und mit der Farbe bereits eine erste Klassifizierung vornehmen.

»Das ist eine sehr gute Idee«, sagte sie begeistert.

Die Verkäuferin reichte ihr das Buch. »Bitte nehmen Sie es selbst in die Hand, damit Sie die besondere Haptik spüren.«

Die Oberfläche fühlte sich samtig weich an. Das Buch war jedoch für Elfies Zwecke zu groß und zu unhandlich. Sie blätterte unentschlossen darin herum. Die Seiten sahen verschmutzt aus.

»Ist das ein Ansichtsexemplar, das schon durch viele Hände gegangen ist?«, fragte Elfie.

Die Verkäuferin zog ihre sorgfältig modellierten Augenbrauen in die Höhe. »Wie meinen Sie das?«

»Die Seiten sehen ein wenig … nun ja, irgendwie vergilbt aus. Haben Sie ein neues Exemplar mit sauberen weißen Seiten?«

»Die Seiten sind keineswegs vergilbt«, bemerkte die Verkäuferin spitz. »Sie sind nur nicht weiß, sondern chamoisfarben, was für die unverwechselbare Identität dieses Lifestyle-Accessoires sorgt.«

Verständnislos blickte Elfie auf die Seiten und schüttelte den Kopf. Trotz der hochtrabenden Erklärungen gefiel ihr der schmutzige Farbton nicht.

»Außerdem brauche ich mehr Platz für meine eigenen Eintragungen«, sagte sie. »Auch bei den Themen bin ich lieber völlig frei. Und ich bräuchte ein kleineres Format.«

Die Verkäuferin runzelte die Stirn. »Mit einem kleineren Exemplar kann ich nicht dienen. Aber im Hundejournal ist nicht so viel Text vorgegeben.«

Sie griff nach einem Buch, auf dem statt Aphrodite Artemis abgebildet war.

»Haben Sie einen Hund?«

»Nein, aber meine Bekannte, mit der ich reise.«

»Dann können Sie Ihrer Bekannten ein exklusives Geschenk machen.« Die Stimme der Verkäuferin wurde wieder lebhafter. »Das CCS-Hundejournal wurde erst für diese Reise produziert. Hier kann man erinnerungswürdige Momente der Kreuzfahrt mit dem Vierbeiner festhalten. Außerdem enthält das Buch eine Rasseliste, Gesundheitsinformationen sowie Trainings-, Fütter- und Pflegepläne. Ein absolutes *must have* für jeden Hundefreund.«

Elfie bezweifelte, dass Alex ein solches Geschenk goutieren würde. Und für ihre eigenen Zwecke kam es überhaupt nicht in Frage. Ihre Projekte zwischen Trainings- und Fütterplänen – nicht auszudenken!

Dennoch fragte sie interessehalber nach dem Preis.

»Der Preis für die Ausgaben Aphrodite und Artemis ist derselbe. Jedes der Bücher ist ein handgefertigtes Unikat und angesichts des hohen Designanspruchs mit fünfundsechzig Euro recht günstig.«

Elfie schnappte nach Luft. 65 Euro für ein Notizbuch – das war jenseits von Gut und Böse!

»Vielen Dank. Ich überlege es mir.« Sie wandte sich zur Tür.

»Qualität hat eben ihren Preis«, rief die Verkäuferin ihr nach, mit einem Anflug von Trotz in der Stimme.

Auf dem Rückweg entdeckte Elfie im Schaufenster des Fotostudios ein Bild von Amadeus – in voller Lebensgröße. Sie betrat den Laden.

Bordfotograf Schurike saß an seinem Computer. Als er Elfie sah, lächelte er. »Mamas Liebling ist ausgesprochen fotogen, nicht wahr?«

»Das Foto ist wirklich gelungen. Sie verstehen etwas von

Ihrem Handwerk«, sagte Elfie. »Ich möchte es gern meiner Bekannten schenken, vorausgesetzt es kostet nicht fünfundsechzig Euro wie das Notizbuch …«

»Sie dürfen auf diesem Schiff nichts kaufen.« Schurike stand auf und sah Elfie eindringlich an. »Die Preise sind völlig überteuert, der reinste Nepp.«

Er nahm das Foto von Amadeus aus dem Fenster und rollte es zusammen.

»Was kostet das Bild denn?«, fragte Elfie vorsichtig.

»Normalerweise verlange ich dafür achtzig Euro. Aber Sie gehören nicht zu den betuchten Passagieren. Wir armen Schlucker müssen zusammenhalten.« Er stülpte ein Gummiband über das zusammengerollte Bild und hielt es Elfie hin. »Deswegen schenke ich Ihnen das Foto, unter Freunden sozusagen.«

»Wie reizend von Ihnen.« Elfie strahlte über das ganze Gesicht. »Besten Dank.«

Nach der herben Enttäuschung mit dem Notizbuch munterte sie das großzügige Geschenk des Fotografen wieder auf.

Während sie zu ihrer Kabine ging, sang sie leise vor sich hin: »Ein Freund, ein guter Freund, das ist das Schönste, was es gibt auf der Welt …«

7.

Amadeus lief so schnell die Gangway hinunter, dass Alex Mühe hatte, mit ihm Schritt zu halten. Sobald er festen Boden unter den Pfoten spürte, verfiel er augenblicklich in ein geruhsames Tempo.

Alex war ebenfalls froh, wieder an Land zu sein. Amadeus' Angst vor dem Wasser teilte sie zwar nicht, aber der abgeschlossene Kosmos des Schiffes war auf Dauer nicht nach ihrem Geschmack. Sie fragte sich, wie Lydia wohl ihre viermonatige Kreuzfahrt überstand, oder vielmehr, wie die anderen Passagiere Lydia so lange ertrugen. Denn aus dem Weg gehen konnte man sich kaum. Heute beim Frühstück hatte eine der vielen alleinreisenden älteren Damen sich zu Alex an den Tisch gesetzt und ihr in atemberaubender Geschwindigkeit ihre ganze Lebensgeschichte erzählt. Alex schwirrte immer noch der Kopf.

Nun also Landgang auf Ibiza. Die meisten Passagiere strömten in Richtung Altstadt. Alex wollte nicht mit der Horde mittraben, sondern ein wenig für sich sein und ihre Gedanken sortieren. Sie hielt sich rechts und schlenderte die Uferpromenade entlang. Amadeus wahrte stets einen gebührenden Sicherheitsabstand zum Wasser.

Was nur mit Elfie los war? Inzwischen war Alex sich sicher, dass sie ihr aus dem Weg ging.

Gestern Abend hatte sie einen Zettel vor ihrer Tür gefunden. Darauf teilte Elfie ihr mit, dass sie nicht zum Abendessen mitgehen würde, weil sie so viel zu tun habe. An Elfies Kabinentür hing das Bitte-nicht-stören-Schild.

Alex beschlich ein ungutes Gefühl. Hatte Elfies seltsames Verhalten etwas mit dem Verschwinden des Croupiers zu tun? Unwillkürlich fiel ihr der vermisste Rentner ein, den Amadeus schließlich im Grünabfall des Südfriedhofs gefunden hatte. Immer wieder tauchten in Elfies Umgebung Leichen auf. Doch was sollte Elfie mit dem Croupier zu tun gehabt haben? Nun, bei Elfie wusste man nie.

Mittlerweile war es so warm, dass Alex ihre Jacke auszog und im T-Shirt lief. An den Stadthafen schloss sich ein moderner Yachthafen an, in dem Dutzende luxuriöser Privatschiffe vor Anker lagen, die sicher ein Vermögen kosteten.

Alex dachte an ihren Segeltörn mit Constantin Prinz zurück, bei dem sie und der Staatsanwalt sich nähergekommen waren. Dennoch war sie anschließend ein weiteres Mal auf Hubert hereingefallen. Was für eine Zeitverschwendung! Ob Constantin wohl noch Interesse hätte, nachdem sie ihn so hatte abblitzen lassen?

Spontan beschloss sie, ihm eine Ansichtskarte zu schicken. An einem Kiosk kaufte sie eine Karte mit einer Ansicht des Yachthafens. Sie setzte sich auf die Hafenmauer und nahm einen Stift aus ihrer Tasche. Amadeus legte sich mit einem Seufzen neben sie.

Was sollte sie schreiben? *Wish you were here.* Nein, das klang zu intim, zu aufdringlich. Viele Grüße aus Ibiza? Banaler ginge es nicht.

Schließlich entschied sie sich für folgende Zeilen: *Die tollen Boote würden Dir gefallen. Herzliche Grüße von Kreuzfahrerin Alexandra.*

Beschwingt stand Alex auf und warf die Karte in den nächsten Briefkasten, bevor sie ihre Meinung ändern konnte. Amadeus folgte ihr unwillig.

Was würde Constantin wohl denken, wenn er die Karte bekam? Sicher wäre er erstaunt, hoffentlich auch erfreut.

Sie überlegte, ob sie ihren Kollegen ebenfalls eine Karte schicken sollte. Dann kam ihr eine bessere Idee. Sie würde anrufen und nebenbei um ein wenig Amtshilfe im Fall Spielberg bitten.

Alex fischte ihr Handy aus der Tasche, schaltete es ein und rief Gudruns Nummer auf. Vor dem Wählen zögerte sie jedoch.

Zu Hause glaubten alle, sie wäre mit Hubert im Skiurlaub. Sie würde erklären müssen, warum sie sich nun auf einer Kreuzfahrt befand, und dazu verspürte sie nicht die geringste Lust. Andererseits hätte sie das unangenehme Gespräch dann hinter sich und könnte es am Telefon möglichst kurz halten.

Entschlossen drückte sie die Taste mit dem grünen Hörer. Während sich die Verbindung aufbaute, spielte Alex mit dem Gedanken, ihren Aufenthaltsort von sich aus nicht zu erwähnen. Wie sie Gudrun kannte, würde diese jedoch sofort danach fragen.

Bereits nach dem ersten Läuten meldete Gudrun sich. »Hey, du Urlauberin. Hier geht es gerade rund. Wir haben eine Messerstecherei am Hauptbahnhof. Ich muss gleich los. Bei dir alles okay?«

»Mir geht es gut«, antwortete Alex. »Könntest du für mich bitte jemanden überprüfen?«

»Hat jemand auf der Piste unerlaubterweise deine Spur gekreuzt?« Gudrun lachte. »Du bist im Urlaub. Entspann dich mal!«

»Die Zusammenhänge erkläre ich dir später«, sagte Alex. »Ich brauche Informationen über einen Mann namens Leo Spielberg. Bitte schick sie mir auf mein Handy.«

Alex hörte Brause im Hintergrund schimpfen.

»Ich muss Schluss machen«, rief Gudrun und legte auf.

Alex atmete erleichtert auf.

»Noch einmal davongekommen«, sagte sie zu Amadeus und ging weiter.

Vom Yachthafen aus hatte man einen herrlichen Blick auf die Stadt. Schmale Gassen mit weißen Häusern schlängelten sich malerisch den Berg hinauf. Hier und da ragte eine Palme empor. Weiter oben erhoben sich trutzige Festungsmauern, die offenbar das historische Zentrum umrahmten. Am höchsten Punkt thronte die Kathedrale und schien über die Stadt zu wachen.

Amadeus wurde zunehmend langsamer. Sehnsüchtig blickte Alex zu dem alten Leuchtturm, der sich am Ende der Halbinsel mit seiner weißen Silhouette vom Blau des Meeres und des Himmels abhob. Bis dahin war es noch mindestens ein Kilometer.

»Komm, Amadeus!«, versuchte sie, den Mops aufzumuntern. »Du schaffst das.«

Als Antwort blieb Amadeus gänzlich stehen und ließ sich auf die Hinterpfoten plumpsen. Alex zog an der Leine, zunächst zaghaft, dann etwas kräftiger. Doch statt aufzustehen und weiterzulaufen, rutschte Amadeus in unveränderter Position über das Pflaster.

Bevor sie der Tierquälerei bezichtigt wurde, gab Alex nach. »Du hast gewonnen. Wir suchen uns ein Café und ruhen uns für den Rückweg aus.«

Sie steuerte auf das nächste Lokal zu, Amadeus trottete hinterher. Noch bevor Alex einen freien Tisch entdeckt hatte, zog Amadeus plötzlich heftig an der Leine und strebte zum benachbarten Café.

Alex ließ ihm seinen Willen. Nach ein paar Schritten wusste sie, wer seine müden Lebensgeister wieder erweckt hatte. Pekinesendame Lillifee hockte neben einem der Tische. Heute trug sie eine gelbe Schleife im Haar.

Da von Patrizia Herrndorf jedoch nichts zu sehen war, wollte Alex weitergehen, allerdings hatte sie die Rechnung ohne Amadeus gemacht. Er drängte so stark in Richtung seiner Angebeteten, dass er an seinem Halsband zu ersticken drohte.

Also ließ Alex ihn gewähren und trat notgedrungen zu Patrizias Freund an den Tisch. »Hallo, unsere Hunde kennen sich vom Schiff. Ich bin Alex. Ist Patrizia auch da?«

»Ich bin Tom.« Er stand auf und gab Alex die Hand. »Nett, dich kennenzulernen. Patrizia hat mir von dir erzählt. Sie ist noch beim Shoppen. Setz dich doch zu mir, bis sie kommt. Die hausgemachte Limonade hier ist köstlich.«

Er befreite einen Stuhl von Einkaufstüten und lächelte Alex einladend an.

Sie nahm Platz, bestellte eine Limonade und musterte Tom verstohlen.

Wie ein Großindustrieller sah er nicht gerade aus. Alex fragte sich, wie er zur Familie Herrndorf passen mochte.

»Wie lange kennt ihr euch schon, du und Patrizia?«, fragte sie.

»Seit einem guten Jahr«, antwortete Tom. »Sie hat bei uns in der Bank ein Praktikum absolviert.«

Also doch ein Bankierssohn?

»Bei euch in der Bank, was heißt das?«, fragte Alex vorsichtig.

»Ich arbeite beim Bankhaus Ehrenreich«, erklärte Tom.

»Und, nein, falls deine Frage darauf gerichtet war, die Bank gehört mir nicht. Ich bin nur ein kleiner Angestellter.«

Alex fühlte sich ertappt, wiegelte jedoch schnell ab. »So habe ich es nicht gemeint.«

»Die meisten Leute meinen es so. Glaub mir, davon kann ich ein Lied singen.« Tom lächelte traurig.

»Erzähl mir von deiner Arbeit.« Alex trank einen Schluck Limonade. »Womit genau beschäftigst du dich?«

»Ich bin im Corporate Banking und berate mittelständische Unternehmen bei der Auswahl und Umsetzung optimaler Finanzierungsstrukturen.«

»Somit kennst du dich in der Finanzwelt bestens aus und bist der ideale Schwiegersohn in spe für einen Bankier wie Herrndorf.«

»Schön wär's«, murmelte Tom.

»Wieso denn nicht?«, hakte Alex nach.

»Für Oskar Herrndorf bin ich nicht gut genug, nur ein simpler Bankkaufmann: kein Vermögen, keine angesehene Familie, noch nicht einmal einen Doktortitel kann ich vorweisen.«

»Mach dir nichts daraus«, sagte Alex, die sofort an Lydia dachte, für die sie auch nie gut genug gewesen war. »Hauptsache, du und Patrizia, ihr seid glücklich zusammen. Alles andere wird sich ergeben.«

Sie schwiegen eine Weile. Alex sah zu Amadeus, der platt auf dem Boden vor Lillifee lag und sie nicht aus den Augen ließ.

Um das Thema zu wechseln, fragte sie: »Kennst du den Chefcroupier der *Aphrodite*, Leo Spielberg?«

Tom gab keine Antwort. Er starrte durch sie hindurch und schien nicht zuzuhören. Wahrscheinlich kreisten seine Gedanken immer noch um den Standesdünkel von Patrizias Eltern.

In dem Moment begann Lillifee aufgeregt zu kläffen. Amadeus fiel mit ein.

»Hallo, da seid ihr ja.« Patrizia Herrndorf schlängelte sich zwischen den Tischen hindurch, ein nicht ganz leichtes Unterfangen angesichts der vielen Einkaufstüten, mit denen sie bepackt war.

Sie ließ die Tüten fallen und küsste Tom leidenschaftlich auf den Mund. Lillifee bellte immer noch und tänzelte um ihr Frauchen herum.

Patrizia wandte sich Alex zu und umarmte sie herzlich. »Wie schön, dich hier zu treffen.«

Erst als sie sich zu ihrem Hund herabbeugte und ihn auf den Schoß nahm, hörte das Gekläffe auf. »Ist ja gut. Mami ist jetzt wieder da.« Sie streichelte den Pekinesen mit beiden Händen und band dann seine gelbe Haarschleife neu.

Anschließend fuhr sie Tom zärtlich über die Wange. »Ich wollte dir heute erneut mein Herz schenken. Leider habe ich keins gefunden.«

Alex sah sie verständnislos an.

Patrizia griff in ihren Ausschnitt und zog eine silberne Kette heraus, an der ein kleiner Anhänger in Herzform hing.

»Ich trage Toms Herz immer bei mir. Sieh mal!« Sie hielt Alex den Anhänger entgegen.

Auf einer Seite war *Tom* eingraviert.

»Die Ketten haben wir uns in New York bei Tiffany in der Fifth Avenue gekauft. Es war so romantisch. Ich musste die ganze Zeit an Audrey Hepburn in *Frühstück bei Tiffany* denken.«

»Bei meiner Kette hat der Verschluss nicht mehr richtig

gehalten«, erklärte Tom. »Vor der Reise habe ich es nicht geschafft, die Kette noch zum Juwelier zu bringen. Dummerweise habe ich sie irgendwo an Bord verloren.«

»Auf ganz Ibiza gibt es keine Tiffany-Filiale. Sonst hätte ich heute gleich für Ersatz gesorgt.« Patrizia zuckte betrübt mit den Schultern.

Tom erhob sich. »Wollt ihr noch etwas bestellen, oder gehen wir zurück zum Schiff?«

»Ich bin ziemlich geschafft vom Herumlaufen in den Geschäften und möchte gern vor dem Abendessen noch ins Spa. Übrigens essen wir heute in unserer Suite. Komm doch mit Amadeus dazu, so gegen sieben.«

»Okay, gern.« Alex freute sich über die spontane Einladung, auch wenn sie als Aufforderung formuliert war, die keinen Widerspruch erwartete.

Patrizia stand ebenfalls auf. »Also gehen wir. Wenn jeder ein paar Tüten nimmt …«

Offenbar war die Bankierstochter es gewohnt, Anweisungen zu erteilen. Andererseits tat sie dies so unbekümmert, dass Alex ihr nicht böse sein konnte. Aber für Tom war es sicher schwer, sich in dieser Familie zu behaupten. Sie beneidete ihn nicht darum.

Auf dem Rückweg plapperte Patrizia ununterbrochen, erzählte von den Boutiquen, die sie durchstöbert, und den Kleidern, die sie gekauft hatte. Lillifee lief voran, dicht gefolgt von Amadeus.

Je näher sie der *Aphrodite* kamen, desto weiter fiel Amadeus zurück. Alex zog ihn an der Leine hinter sich her, was mit zwei voluminösen Tüten in jeder Hand nicht ganz einfach war.

Als die anderen die Gangway betraten, streikte Amadeus komplett, ließ sogar ein klägliches Winseln hören.

Patrizia kam zurück. »Was ist los?«

»Amadeus hat Angst vor dem Wasser«, erklärte Alex. »Ich muss ihn auf das Schiff tragen. Kannst du die Tüten nehmen?«

»Zuerst versuchen wir etwas anderes.« Patrizia nahm Lillifee ganz kurz an die Leine, führte sie direkt vor Amadeus und ließ ihn eine Weile schnüffeln.

Dann bewegte sie sich mit Lillifee Schritt für Schritt vorwärts – und tatsächlich folgte Amadeus ihnen, ohne noch einmal stehen zu bleiben.

»Das ist unglaublich«, sagte Alex, als sie im Bauch der *Aphrodite* angekommen waren.

Patrizia lachte fröhlich. »Du weißt doch, dass Liebe blind macht. Manchmal hat das auch seine Vorteile.«

Elfie klappte den Laptop zu. Ihr ausführlicher Bericht an Claaßen war verschickt. Gestern Abend war sie trotz aller Bemühungen über einen groben Entwurf nicht hinausgekommen, da ständig andere Fragen in ihrem Kopf kreisten.

Sollte sie ein neues Projekt für den Kreuzfahrtdirektor beginnen, obwohl ihr Notizbuch zu Hause lag? Oder ließ sich das Problem auch anders lösen?

Warum musste Alex sich in den Fall des verschwundenen Croupiers einmischen? Ohne diesen Unhold war die Welt definitiv besser dran. Außerdem war Alex nicht als Polizistin hier, sondern im Urlaub.

Beim Gedanken an Leo Spielberg lief es Elfie kalt den Rücken hinunter. Er hatte ihr gedroht. So etwas konnte nicht ungestraft bleiben.

Erst heute Vormittag hatte sie den Bericht fertiggestellt. Die meisten ihrer bisherigen Beobachtungen, die sie Claaßen bis ins Detail beschrieben hatte, fielen positiv aus. Lediglich zwei Punkte gaben Anlass zu Beanstandungen: das Verhalten des Kreuzfahrtdirektors gegenüber Mitarbeitern und die Abrechnungsmodalitäten im Spielcasino.

Elfie war auf Claaßens Antwort gespannt. Bis diese kam, würde sie einen Happen essen gehen.

Im Buffetrestaurant holte sie sich einen Teller Antipasti und setzte sich damit an einen Tisch im Freien. Sie nahm ihren *Ewigen Quell* aus der Tasche – wenigstens den hatte sie dabei – und schlug eine beliebige Seite auf. Novalis.

Wenn nicht mehr Zahlen und Figuren
Sind Schlüssel aller Kreaturen

Wie passend. Die Zahlen und Figuren hatte Elfie gerade mit ihrem Bericht in der Kabine zurückgelassen.

Während sie sich die Antipasti schmecken ließ, las sie weiter.

Wenn dann sich wieder Licht und Schatten
Zu echter Klarheit werden gatten

Licht und Schatten, die gab es natürlich auch auf der *Aphrodite*. Die echte Klarheit darüber wollte sich bei Elfie jedoch noch nicht einstellen. Allerdings wähnte sie sich auf einem guten Weg und erhoffte sich von Claaßens Antwort neue Impulse.

Und man in Märchen und Gedichten
Erkennt die wahren Weltgeschichten

Äußerst treffend formuliert. Elfie konnte sich ein Leben ohne Gedichte und deren tiefere Wahrheiten überhaupt nicht vorstellen. Es tat so gut, ab und zu im Alltag innezuhalten und sich mit einem Gedicht über die wesentlichen Dinge des Lebens klar zu werden.

Um die wohltuende Wirkung zu verstärken, las sie die beiden letzten Zeilen noch einmal laut.

Sie schrak zusammen, als sie ein Räuspern hörte. Neben ihrem Tisch stand Konrad Odenfels.

»*Dann fliegt vor Einem geheimen Wort Das ganze verkehrte Wesen fort*«, zitierte er die abschließenden Verse des Gedichts von Novalis.

»Sie sind ein Lyrikkenner«, sagte Elfie erfreut. »Bitte, setzen Sie sich doch.«

Wohlige Wärme durchströmte ihren Körper – ein Mann, der Gedichte rezitieren konnte.

»Kenner ist ein wenig übertrieben«, wehrte Odenfels bescheiden ab. »Ich mag Gedichte, und einige begleiten mich schon mein Leben lang.«

»Bei mir verhält es sich genauso. Die schönsten habe ich in meinem *Ewigen Quell* notiert, den ich immer bei mir trage.« Elfie reichte ihm ihr Gedichtbüchlein. »Sehen Sie ruhig hinein.«

»Ihr *Ewiger Quell*, was für eine zauberhafte Bezeichnung.« Er blätterte ein paar Seiten durch. »Sie haben die Gedichte mit der Hand geschrieben. Das verleiht ihnen eine persönliche Note. Und was für eine gestochen scharfe Schrift Sie besitzen. Sehr ausdrucksstark!«

Elfie fühlte sich geschmeichelt.

Odenfels gab ihr das Buch zurück und musterte sie einen Moment prüfend.

»Ich möchte Ihnen keineswegs zu nahe treten«, sagte er dann. »Neulich abends war dies offenbar der Fall, wofür ich mich hiermit in aller Form entschuldige.«

»Nun …« Elfie suchte nach versöhnlichen Worten. »Nach dem langen und ereignisreichen Tag war ich sehr müde. Vielleicht habe ich zu später Stunde ein wenig überreagiert.

Den unterhaltsamen Abend mit Ihnen habe ich jedoch sehr genossen.«

»Danke, dass Sie das sagen.« Odenfels errötete. »Ich habe mir schon Vorwürfe wegen meines Verhaltens gemacht. Zu meiner Entschuldigung kann ich nur vorbringen, dass ich vom ersten Moment an das Gefühl hatte, in Ihnen eine verwandte Seele gefunden zu haben. In meinem Alter ist das ein seltenes Geschenk, bei dem man nicht lange zögern darf.«

Elfie betrachtete ihn nachdenklich.

»Deswegen möchte ich einen weiteren Versuch wagen, Sie näher kennenzulernen«, fuhr Odenfels vorsichtig fort und sah Elfie fragend an.

Sie lächelte und nickte dann feierlich.

»Heute Nachmittag habe ich noch zu tun«, erklärte sie. »Den Abend würde ich jedoch gern mit Ihnen verbringen.«

»Darauf hatte ich gehofft.« Odenfels strahlte über das ganze Gesicht. »Noch dazu kann ich für heute Abend mit etwas Besonderem aufwarten. Ich bin zum privaten Dinner in der Suite der Herrndorfs eingeladen, mit Begleitung. Würden Sie mir die Ehre erweisen?«

»Gern.« Elfie erhob sich. »Zuvor muss ich aber noch ein paar Dinge erledigen.«

Odenfels sprang ebenfalls auf. »Darf ich Sie um sieben Uhr in der Lobby treffen, damit wir gemeinsam zu Herrndorfs gehen können?«

»Sie dürfen.« Elfie schenkte Odenfels ein weiteres herzliches Lächeln und verabschiedete sich.

Sie freute sich über die Einladung und war neugierig darauf, den Bankier und seine Familie im privaten Rahmen zu erleben.

Sobald Odenfels verschwunden war, kehrten Elfies Gedanken zu Leo Spielberg zurück und dem Auftrag, den sie zu erledigen hatte.

Raschen Schrittes begab sie sich zu ihrer Kabine.

In ihrem Mailprogramm entdeckte sie eine Nachricht von Paul-Friedrich und öffnete sie sofort. Ihr Herz machte einen kleinen Hüpfer, als sie die entschuldigenden Zeilen las. Er war untröstlich, sie verstimmt zu haben, und vermisste sie sehr.

»Ich hoffe inständig, dass Du mir nicht mehr böse bist, und ich freue mich schon auf unser Wiedersehen«, schrieb Paul-Friedrich.

Elfie war erleichtert, dass er den ersten Schritt getan hatte. Sie war zwar im ersten Moment erzürnt gewesen, konnte ihm jedoch nicht wirklich etwas vorwerfen. Dennoch hatte sie gezögert, ihm zu schreiben. Außerdem überschlugen sich die Ereignisse an Bord, so dass sie noch keine Muße gefunden hatte, sich die richtigen Worte zu überlegen.

»Ich bin Dir keineswegs böse«, antwortete sie nun. »Es tut mir nur leid, dass Du nicht hier bist und die Reise mit mir genießen kannst.«

Rasch verschickte sie die E-Mail und wandte sich Claaßens Nachricht zu.

Die von Elfie angefragten Zahlen zum Casino wollte Claaßen zusammenstellen lassen und ihr so bald wie möglich schicken. Er forderte sie auf, die Geldflüsse dort einer noch genaueren Überprüfung zu unterziehen.

Was den Kreuzfahrtdirektor betraf, lobte Claaßen dessen Souveränität und Geschick im Umgang mit den Gästen.

»Ihre Schilderungen belegen, dass Max Kaiser Verantwortung übernimmt und stets das Beste aus einer Situation macht«, schrieb Claaßen.

Diese Qualitäten seien nicht hoch genug einzuschätzen.

Zudem müsse er als Vorgesetzter über eine gehörige Portion Durchsetzungsvermögen verfügen. Wenn er dabei manchmal übers Ziel hinausschieße, sei das zwar bedauerlich, aber nicht weiter von Bedeutung.

Elfie schnaufte empört auf. Claaßen interpretierte Kaisers Schikanen als Durchsetzungsvermögen! Von dieser Seite war also keine Hilfe zu erwarten.

Sie lehnte sich in ihrem Stuhl zurück.

Musste sie nun doch ein neues Projekt beginnen? Bei dem Gedanken war ihr nicht wohl.

Sie stand auf und lief in ihrer winzigen Kabine auf und ab wie ein gefangener Tiger im Käfig.

Zu Hause würde sie jetzt zum Friedhof gehen und Ludwig um Rat fragen. Hier war sie auf sich allein gestellt. Was sollte sie nur tun?

Auf jeden Fall musste sie hier heraus. Die fensterlose Enge der Kabine, die mit jedem Schritt kleiner zu werden schien, bedrückte sie. Fluchtartig verließ sie den Raum.

Als sie sich der Lobby näherte, hörte sie Kaiser mit erhobener Stimme reden. Leise schlich sie bis zum Ende des Gangs und spähte vorsichtig um die Ecke.

Kaiser hatte eine Reihe von Mitarbeitern vor sich antreten lassen. Er ging von einem zum anderen und musterte jeden von Kopf bis Fuß.

Bei einem blieb er stehen und klopfte ihm gegen die Brust. »Namensschild fehlt.«

Bei einem anderen deutete er auf die Füße. »Schuhe nicht ordentlich geputzt.«

Beim dritten bemängelte er einen Fleck am Ärmel.

»Vor der Ausflugsrückkehr der Gäste sind diese Schlampereien behoben«, befahl Kaiser im Kasernenhofton. »Heute werde ich selbst dabei sein. Wir haben einige VIPs an

Bord. Da muss alles perfekt sein. Zudem gilt unser besonderes Augenmerk diesmal Frau Vandertrost.«

Er bedachte Sonja, die hinter der Rezeption beschäftigt war, mit einem giftigen Blick.

»Dank unserer fähigen Rezeptionistin«, Kaiser gab seiner Stimme einen ironischen Unterton, »kam es heute beim Ausschiffen zu einem Eklat, weil Frau Vandertrosts Landausflug nicht eingebucht war. Diesen dämlichen Patzer müssen wir wiedergutmachen.«

Sonja wurde blass, die anderen Mitarbeiter sahen betreten zu Boden.

»Und jetzt alle Mann wieder an die Arbeit.« Kaiser klatschte in die Hände.

Die Mitarbeiter eilten davon.

Kaiser baute sich vor der Rezeption auf. »Solche peinlichen Fehler fließen natürlich in die Beurteilung ein.«

Er grinste hämisch und stolzierte davon.

Sobald er verschwunden war, kam Elfie aus ihrem Versteck.

Sonja stand regungslos hinter der Rezeption und starrte ins Leere.

Elfie trat neben sie und berührte sie leicht am Arm. Keine Reaktion.

Behutsam öffnete Elfie die Hände der jungen Frau, die so krampfhaft zu Fäusten geballt waren, dass die Fingerknöchel weiß hervorstachen.

»Kommen Sie.« Elfie führte Sonja in das Büro, geleitete sie zu einem Stuhl und nahm ihr gegenüber Platz.

»Jetzt erzählen Sie mal, was Sie bedrückt«, sagte Elfie. »Das befreit. Und ich kann schweigen wie ein Grab.«

Sonja sah Elfie zögerlich an. Wieder ballten sich ihre Hände zu Fäusten.

Elfie schüttelte leicht den Kopf. »Tun Sie das nicht. Dadurch verkrampft man nur noch mehr. Hauen Sie lieber mit der Faust auf den Tisch.«

Zur Demonstration ließ Elfie ihre eigene Faust niedersausen, so dass Sonja zusammenzuckte. Doch dann huschte ein zaghaftes Lächeln über ihr Gesicht.

»Lassen Sie Ihren Zorn heraus«, forderte Elfie sie auf. »Ich weiß, wovon ich spreche.«

Langsam ließ Sonja ihre Faust auf den Tisch sinken.

»Ich kann das nicht«, flüsterte sie.

»Sie lernen das schon.« Elfie tätschelte ihr aufmunternd den Arm. »Lassen Sie sich nur nichts gefallen! Gegen Ungerechtigkeiten muss man sich zur Wehr setzen.«

»Wie soll das bei einem Vorgesetzten funktionieren?« Sonja sah sie verständnislos an.

»Es gibt für alle Probleme eine Lösung«, sagte Elfie mit Nachdruck. »Auch für einen Kreuzfahrtdirektor, der die Angestellten schikaniert.«

»Max kann so nett sein«, sagte Sonja.

»Gegenüber den Passagieren«, räumte Elfie ein. »Ansonsten pflegt er offenbar einen rüden Umgangston.«

»Nein, nein«, widersprach Sonja. »Auch privat. Am Anfang war er immer gut gelaunt und charmant. Ich habe mich Hals über Kopf in ihn verliebt.«

»Sie und Herr Kaiser sind ein Paar?«, fragte Elfie verwundert.

»Nicht mehr.« Sonjas Miene verdüsterte sich. »Während der letzten Wochen ist mir klargeworden, was für ein Egoist Max ist. Immer muss alles nach ihm gehen, dem supertollen Cruise Director. Als mein Selbstwertgefühl fast am Nullpunkt angekommen war, habe ich die Beziehung beendet.«

»Das haben Sie gut gemacht.« Elfie nickte zustimmend. »Ich bin stolz auf Sie.«

»Aber seitdem schikaniert Max mich bei jeder Gelegenheit«, fuhr Sonja fort. »Dabei ist er gar nicht mein direkter Vorgesetzter. Sonst hätte ich auch nie etwas mit ihm angefangen.«

»Wer ist dann Ihr Chef?«, wollte Elfie wissen.

»Die Rezeption untersteht der Hoteldirektorin«, erläuterte Sonja. »Dennoch gibt es viele Berührungspunkte mit der Kreuzfahrtabteilung, weil die meisten Passagiere alle ihre Wünsche einfach der Rezeption mitteilen. Wir leiten sie dann entsprechend weiter.«

»Und dabei läuft manchmal etwas schief«, vermutete Elfie.

Sonja schüttelte heftig den Kopf. »Bisher hat es nie Probleme gegeben. Ich arbeite sehr sorgfältig. Und nun soll ich gleich mehrere Male hintereinander Aufträge falsch oder gar nicht weitergegeben haben.«

»Jeder macht mal Fehler«, sagte Elfie. »Das ist jedoch kein Grund für abwertende Bemerkungen vor versammelter Mannschaft.«

»Ich könnte schwören, dass ich den Landausflug von Frau Vandertrost in den Computer eingegeben habe«, erklärte Sonja. »Aber vielleicht weiß ich schon nicht mehr, was ich tue, weil Max mich so unter Druck setzt.«

»Ich brauche unbedingt ein Notizbuch«, rief Elfie unvermittelt aus und sprang auf. »Gibt es in der Nähe des Hafens Geschäfte?«

Der abrupte Themenwechsel schien Sonja zu irritieren. Die Zeit drängte jedoch, wenn Elfie vor dem Auslaufen noch an Land wollte.

»In dem Viertel hinter der Hafenpromenade befinden

sich jede Menge Geschäfte«, sagte Sonja. »Ob es dort Notizbücher gibt, weiß ich allerdings nicht.«

»Ich versuche einfach mein Glück.« Elfie hastete zu ihrer Kabine, holte ihre Tasche und steckte das Mini-Spanischlexikon ein, das sie vor vierzig Jahren für eine Urlaubsreise mit Ludwig gekauft hatte.

Im Stadthafen herrschte geschäftiger Trubel. Unzählige Urlauber kehrten bereits von ihren Erkundungs- und Shoppingtouren zurück und strömten zu den Kreuzfahrtschiffen. Elfie bahnte sich einen Weg durch die Menschenmassen.

Als sie die Flaniermeile hinter sich gelassen hatte, wurde es ruhiger. Sie lief durch die verwinkelten kleinen Gassen und entdeckte Restaurants, Cafés und Boutiquen, jedoch kein einziges Geschäft, in dem es ein Notizbuch geben könnte.

Sie sah auf die Uhr. Viel Zeit blieb nicht mehr. Niedergeschlagen trat sie den Rückweg an, wählte dafür jedoch die Route über die Hafenpromenade. Vielleicht wurde sie dort fündig.

Vor einem Laden mit bunt gemischtem Angebot blieb Elfie stehen und inspizierte die Auslagen. Postkarten, Reiseführer in allen erdenklichen Sprachen, Sonnenbrillen, T-Shirts mit Ibiza-Motiven. Drinnen erspähte sie einen Ständer mit Taschenbüchern.

Sie ging hinein, zückte ihr kleines Lexikon und setzte ihre Lesebrille auf. Die Schrift war jedoch so winzig, dass Elfie das Büchlein mit ausgestrecktem Arm halten musste, um überhaupt etwas entziffern zu können.

Necesito, las sie und blätterte weiter. *Un cuaderno*. Erneutes Blättern. *Un pequeno cuaderno*.

Ich benötige ein kleines Notizbuch. *Necesito un pequeno cuaderno*.

Sie wiederholte den Satz ein paarmal und trug ihn dann einem Verkäufer vor.

Daraufhin ließ dieser einen spanischen Wortschwall los, in dem Elfie kein einziges Wort verstehen konnte. Aus seiner Gestik und Mimik meinte sie jedoch eine abschlägige Antwort zu erkennen. Der Mann redete ohne Punkt und Komma weiter, ging hinter seinen Ladentisch und holte etwas darunter hervor.

Elfies Herz machte einen Hüpfer vor Freude. Genau die richtige Größe.

»Sì, sì«, sagte sie begeistert und nahm das kleine Buch in Empfang.

Es war zwar schwarz, aber zur Not würde es gehen. Als sie es öffnete, sah sie, dass es sich um einen Taschenkalender handelte, noch dazu von diesem Jahr, das bald enden würde.

Enttäuscht schüttelte sie den Kopf und gab den Kalender zurück.

Hilfesuchend sah sie sich im Laden um. Ihr Blick glitt über Schnorchelausrüstungen, Wasserbälle und Sonnenmilch.

Einen letzten Versuch würde sie wagen. Entschlossen klappte sie erneut ihr Wörterbuch auf und blätterte.

»El matamoscas«, las sie vor und sah den Verkäufer fragend an.

Dieser schüttelte bedauernd den Kopf.

Also auch keine Fliegenklatsche!

Unverrichteter Dinge eilte Elfie zur *Aphrodite* zurück.

8.

Alex stand in ihrer Kabine vor dem Kleiderschrank und überlegte, was sie zum Abendessen bei Herrndorfs anziehen sollte.

Patrizia hatte bisher stets legere Freizeitkleidung getragen. Und für ein Essen im privaten Rahmen brauchte man sich wohl nicht herauszuputzen. Andererseits waren die Eltern Herrndorf immer sehr förmlich gekleidet. Würden die überhaupt dabei sein? Darüber hatte Patrizia nichts gesagt.

»Amadeus, was meinst du?«

Der Mops, der in seinem Körbchen lag, hob den Kopf.

»Was soll ich anziehen?«

Amadeus stand auf, streckte sich und stellte sich dann neben Alex. Nun starrten beide in den Kleiderschrank.

Alex zog eine Jeans und ein T-Shirt heraus.

»Wie findest du das?«

Amadeus zeigte keinerlei Regung.

Alex griff zu ihrem nachtblauen Designerkleid. »Und das?«

Immer noch keine Reaktion.

»Du hast recht. Damit wäre ich bestimmt overdressed.«

Schließlich holte Alex eine schwarze Leinenhose und eine cremefarbene Bluse hervor.

Amadeus wedelte mit seinem Ringelschwänzchen, drehte sich um und ließ sich mit einem Seufzer wieder in seinen Korb fallen.

Alex lachte. »Ja, es war eine schwierige Entscheidung. Besten Dank für die Beratung. Das ist sicher eine gute Wahl, weder zu schick noch zu sportlich.«

Ein paar Minuten später machten sich die beiden auf den Weg. Im Lift drückte Alex auf den obersten Knopf. Auf Deck Alekto war sie noch nicht gewesen. Hier befanden sich ausschließlich große Suiten.

Während sie den Gang bis zum Bug vorliefen, durchforstete Alex ihr Gedächtnis nach dem Namen Alekto, doch von einer solchen Göttin hatte sie nie gehört. Wofür diese bei den alten Griechen wohl zuständig war? Vielleicht für die schöne Aussicht. Oder für reichen Geldsegen, mit dem man sich eine Kabine auf diesem Deck leisten konnte.

Alex klopfte an der Präsidentensuite. Ein ihr unbekannter Mann öffnete die Tür.

»Ich wollte zu Herrndorfs. Bin ich hier falsch?«, fragte Alex.

»Nein, Sie sind völlig richtig«, antwortete der Mann. »Bitte kommen Sie herein.«

Erst jetzt registrierte Alex, dass er die Uniform des Servicepersonals an Bord trug.

Tom kam lächelnd auf sie zu und führte sie in einen riesigen Wohnraum mit einer verglasten Fensterfront. Amadeus wich nicht von ihrer Seite.

»Wow! Das ist echt luxuriös«, entfuhr es Alex.

»Das Beste ist der Balkon«, sagte Tom. »Ich zeige ihn dir.«

Sie durchquerten das Zimmer und traten durch eine Schiebetür ins Freie.

Alex verschlug es den Atem. Der Balkon war mindestens fünfmal so groß wie ihre bescheidene Kabine und mit Sofas, Sesseln, Liegen und Tischen im Kolonialstil bestückt.

Tom nahm ihren Arm und geleitete sie zur Reling.

Der Balkon befand sich am höchsten Punkt des Schiffes an der Bugseite. Bei Tageslicht musste die Aussicht überwältigend sein. Selbst jetzt verspürte Alex ein Gefühl grenzenloser Freiheit. Unwillkürlich musste sie an die Filmszene in *Titanic* mit Kate Winslet und Leonardo DiCaprio am Bug denken.

Tom stupste sie in die Seite und stieg auf die unterste Strebe der Reling. Alex grinste und tat es ihm nach.

»Und jetzt loslassen!« Tom warf die Arme in die Höhe.

Alex drehte sich um und sah nach Amadeus. Für ihn bestand jedoch keine Gefahr. Er hatte im Wohnzimmer einen sicheren Posten bezogen. Außer dem Mops war niemand zu sehen.

Tom hatte inzwischen die zweite Strebe erklommen. Alex stieg hinterher.

»Eins, zwei, drei«, zählte Tom vor.

Gleichzeitig warfen sie die Arme in die Höhe und lachten lauthals.

Alex fühlte sich unbeschwert wie selten. Schon lange hatte sie nicht mehr so herumgealbert. Tom schien den Moment ebenfalls zu genießen. Er funkelte sie herausfordernd an.

Langsam tastete sie sich mit den Füßen auf die nächste Strebe. Ihr Herz pochte laut in ihrer Brust. Das war ganz schön weit oben.

Tom folgte ihr. Auf sein Kommando warfen sie erneut die Arme nach oben und sprangen dann synchron nach hinten auf den Balkon zurück. Vor Aufregung schwer atmend lehnte Alex sich an die Reling.

»Du bist ganz schön wagemutig«, sagte Tom anerkennend. »Das hat Spaß gemacht.«

Alex nickte. Sie war verblüfft, wie gut sie sich quasi ohne

Worte mit einem Mann verstand, den sie erst seit kurzem kannte. Tom kam ihr vor wie der Bruder, den sie sich immer gewünscht hatte. Vielleicht gab es doch echte Freundschaft zwischen Männern und Frauen. Bei Tom konnte sie sich das jedenfalls vorstellen.

»Wir sollten uns für eine Neuverfilmung der *Titanic* bewerben«, witzelte Alex.

»Oder wir drehen unseren eigenen Film und nennen ihn *Die tollkühnen Abenteuer auf der Aphrodite.*« Tom kicherte.

Der Uniformierte erschien mit einem Tablett an der Terrassentür.

»Darf ich den Champagner draußen servieren?«, fragte er.

Tom ging zu ihm und nahm die Gläser. »Ja, vielen Dank.«

Er kam zu Alex zurück an die Reling, gab ihr ein Glas und stieß mit ihr an.

»Auf Kate und Leo«, sagte Alex und zwinkerte ihm zu.

Schlagartig wurde Tom ernst.

Alex musterte ihn neugierig. »Was ist dir jetzt für eine Laus über die Leber gelaufen?«

So schnell konnte sie aus ihrer ausgelassenen Stimmung nicht zurückfinden.

Tom wandte sich halb von ihr ab und starrte wortlos auf das dunkle Meer hinaus.

»Manchmal ist es nicht einfach«, begann er dann zögerlich.

»Wem sagst du das«, pflichtete Alex ihm bei, drang jedoch nicht weiter in ihn.

Sie schwiegen eine Weile. Alex nippte an ihrem Champagner. Ihr Magen knurrte. Wenn sie nicht bald etwas zu essen bekam, würde ihr der Alkohol schnell zu Kopf steigen.

»Patrizia hat sich diese Reise gewünscht, damit ihre Eltern mich besser kennenlernen«, fuhr Tom fort. »Sie meint, dass sie mich akzeptieren, sobald sie sehen, was für ein netter Kerl ich bin.«

»Mit seinen Wünschen sollte man vorsichtig sein. Sie könnten in Erfüllung gehen«, sagte Alex neckend.

Tom ging jedoch nicht auf ihren scherzhaften Tonfall ein.

»Ihre Rechnung scheint aber nicht aufzugehen«, sagte er düster. »Ganz im Gegenteil habe ich das Gefühl, dass ihr Vater mich mehr denn je ablehnt. Er belauert mich regelrecht. Wahrscheinlich wartet er darauf, dass ich irgendeinen schwerwiegenden Fehler begehe, mit dem er einen Keil zwischen Patrizia und mich treiben kann.«

»So schlimm wird es schon nicht sein«, versuchte Alex, ihn aufzumuntern.

Aus dem Wohnzimmer drangen Stimmen zu ihnen.

»Gehen wir hinein«, sagte Tom.

Drinnen wurden sie von Patrizias Eltern erwartet, die aussahen, als wollten sie in die Oper oder zu einer Gala. Er im dunklen Anzug mit Fliege, sie im schwarzen Cocktailkleid und mit Brillantschmuck behangen.

Tom übernahm die Vorstellung. Luise Herrndorf musterte Alex von Kopf bis Fuß. Anscheinend war sie ihr nicht elegant genug. Unvorstellbar, wenn sie in Jeans und T-Shirt aufgekreuzt wäre, glücklicherweise hatte Amadeus das verhindert. Alex bückte sich, um ihn zu streicheln.

Oskar Herrndorf bedachte Tom mit einem missbilligenden Blick.

»Dein Jackett wirst du wohl noch anziehen«, sagte er streng.

Am liebsten hätte Alex Toms Hand gedrückt, um ihm ihr Mitgefühl zu zeigen. Sie wagte es jedoch nicht.

Wortlos nahm Tom sein Sakko, das über einer Sessellehne hing, und zog es an.

»Setzen wir uns doch, bis die anderen Gäste kommen«, sagte Oskar Herrndorf mit bemühter Freundlichkeit und wies Alex einen Platz auf einem der Sofas zu.

Die anderen Gäste? Alex' Laune sank auf den Nullpunkt bei dem Gedanken, nicht nur mit den alten Herrndorfs, sondern mit weiteren Leuten ihres Schlages dinieren zu müssen. Sie hatte sich ein Essen in lockerer Atmosphäre mit Patrizia und Tom vorgestellt, als sie die Einladung annahm.

Von ihrem Sofa aus konnte sie einen Blick in das Speisezimmer erhaschen. Der Tisch war für sieben Personen gedeckt.

Der Butler servierte erneut Champagner. Zunächst wollte Alex ablehnen, überlegte es sich dann jedoch anders. Wie sollte sie den Abend sonst überstehen?

»Wo ist eigentlich Patrizia?«, fragte sie.

Sobald der Name ihrer Tochter fiel, entspannten Luise Herrndorfs Züge sich für einen Moment. Gleich darauf wurde sie wieder ernst.

»Lillifee hat sich heute übergeben, kaum dass wir abgelegt haben«, berichtete sie. »Wir waren mit ihr im Bordhospital. Der Schiffsarzt hat ihr ein Medikament gegen Seekrankheit verabreicht, musste sie jedoch glücklicherweise nicht stationär aufnehmen. Trizi bleibt so lange bei ihr, bis sie eingeschlafen ist.«

»Ein seekranker Hund im Bordhospital?« Bei der Vorstellung konnte Alex sich nur mühsam das Lachen verkneifen.

»Ich finde das auch suboptimal«, betonte Luise Herrndorf. »Aber zur Not muss es gehen. Ich hätte eine Tierarztpraxis an Bord erwartet. Oskar, darauf musst du Claaßen bei eurem nächsten Treffen unbedingt hinweisen.«

Alex hatte Mühe, ihr Lachen zu unterdrücken, und beugte sich zu Amadeus hinunter, der heute Abend ungewöhnlich anhänglich war und sich auf ihren Füßen niedergelassen hatte. Dabei sah sie, wie Toms Schultern zuckten. Offenbar amüsierte er sich ebenfalls. Alex wagte nicht, ihm ins Gesicht zu sehen, sonst hätte sie womöglich laut losgeprustet.

»Wie gut, dass wir das Hundewärmekissen dabei haben«, fuhr Luise Herrndorf fort, »und die homöopathischen Tropfen zum Wiederaufbau der Darmflora. Die wird unser kleiner Sonnenschein jetzt brauchen.«

Alex verdrehte die Augen, während sie Amadeus intensiv hinter den Ohren kraulte.

Lieber Himmel! Im Vergleich mit dieser Hundeübermutter wirkte Lydia mit ihren Macken geradezu harmlos.

In diesem Moment flatterte Patrizia herein – anders konnte man ihren Auftritt nicht beschreiben. Sie trug ein langes weißes Kleid, dessen zarter Stoff durch seinen luftigen Schnitt den Bewegungen ihres Körpers folgte. Sie tanzte völlig unbefangen zwischen den Sofas umher und rief: »Ist das nicht wunderschön?«

Dem Butler fielen fast die Augen aus dem Kopf.

Oskar Herrndorf räusperte sich. »Sehr hübsch, Trizilein. Aber für das Dinner vielleicht nicht ganz angemessen.«

»So gehen auf Ibiza alle zum Abendessen.« Patrizia lachte fröhlich. »Das sind die neuesten Modelle im Adlibstil. Weil ich mich nicht entscheiden konnte, habe ich alle gekauft. Eins mit Fledermausärmeln, eins mit Stufenrock, eins mit Holzperlen und eins mit Blumenstickereien.«

»Was ist denn der Adlibstil?«, fragte ihr Vater. »Für mich sieht das einfach hippiemäßig aus.«

Ausnahmsweise musste Alex ihm recht geben, das Wallekleid erinnerte sehr an die Blumenkindermode.

»Jetzt gönn dem Kind doch ein wenig Spaß«, wies Luise Herrndorf ihren Mann zurecht.

Patrizia lächelte ihren Vater unbekümmert an. »Paps, du hast ja keine Ahnung. Adlib steht für ad libitum und bedeutet: wie es gefällt. Das ist ein Modetrend, der auf Ibiza entstanden und international bekannt ist.«

»Na, wenn das so ist«, brummelte Oskar Herrndorf vor sich hin.

Vom Flur hörte man Stimmen. Offenbar waren die anderen Gäste gekommen. Amadeus spitzte die Ohren, erhob sich und watschelte Richtung Tür. Vielleicht war ein anderer Hund mit von der Partie.

Weit gefehlt! Alex hielt unwillkürlich die Luft an, als Elfie und Konrad Odenfels den Raum betraten. Elfie blieb wie angewurzelt stehen, als sie Alex entdeckte. Dann fing sie sich wieder und ging weiter. Alex gab einen Stoßseufzer von sich und trank noch einen Schluck Champagner.

Odenfels stellte Elfie der Familie Herrndorf vor. Die Begrüßung fiel deutlich freundlicher aus als bei Alex. Weil Elfie Odenfels' Begleitung war? Oder weil ihr Aufzug eher den Bekleidungsvorschriften im Hause Herrndorf entsprach?

Vielleicht kam beides zusammen. Auf jeden Fall musste Alex neidlos anerkennen, dass Elfie eine dem Anlass entsprechende Garderobe gewählt hatte. Sie trug ein schwarzes Jerseykleid, darüber einen kurzen schwarz-weiß gemusterten Bolero.

Auch ihr Begleiter Odenfels sah in Anzug und Krawatte sehr elegant aus.

Nun kam Alex sich endgültig falsch gekleidet vor, sie war

als einzige underdressed – abgesehen von Patrizia, doch die genoss bei ihren Eltern offenbar Narrenfreiheit. Trotzig beschloss Alex, sich dadurch den Abend nicht verderben zu lassen, und nahm das dritte Glas Champagner in Empfang.

Tom zwinkerte ihr verstohlen zu. Wenigstens ein normaler Mensch in dieser illustren Runde.

Zunächst drehte sich das Gespräch um die Vorzüge einer Kreuzfahrt im Allgemeinen und die Annehmlichkeiten der *Aphrodite* im Besonderen, was Alex als Austausch von Plattitüden empfand. Patrizia schien die Unterhaltung ebenfalls zu langweilen.

»Ich sehe mal nach Lillifee«, sagte sie und schwebte in ihrem weiten Flattergewand hinaus.

Jetzt wollen wir diese selbstzufriedenen Herrschaften mal ein wenig provozieren, dachte Alex amüsiert.

»Eine Kreuzfahrt ist nicht ganz ungefährlich«, sagte sie mit todernster Miene. »Wussten Sie schon, dass an Bord jemand vermisst wird?«

Alle blickten sie entgeistert an. Selbst Tom schien ihre ironischen Absichten nicht zu verstehen.

Im selben Augenblick wurde Alex schlagartig bewusst, welche Indiskretion sie begangen hatte. Daran war nur der Champagner schuld.

»Um wen handelt es sich denn?«, fragte Oskar Herrndorf.

Alex überlegte, ob sie den Namen preisgeben konnte. Nachdem sie sich so weit vorgewagt hatte, kam es darauf nun auch nicht mehr an. Außerdem könnte sie den Anwesenden dann ein wenig auf den Zahn fühlen. Vielleicht ergaben sich dadurch neue Anhaltspunkte.

»Um Leo Spielberg, den Chefcroupier im Casino«, sagte sie und warf einen prüfenden Blick in die Runde.

Luise Herrndorf seufzte erleichtert auf. »Ach so, ein Angestellter.«

Oskar Herrndorf sah Alex mit zusammengekniffenen Augen an. »Was haben Sie damit zu tun?«

Während Alex nach einer unverfänglichen Antwort suchte, platzte Elfie heraus: »Sie ist Polizistin.« Ihr Tonfall klang vorwurfsvoll.

Ein paar Sekunden lang herrschte eine dermaßen eisige Stille, dass die Raumtemperatur zu fallen schien.

Warum tat Elfie das nur? Alex funkelte sie zornig an.

Elfie wich ihrem Blick aus. Odenfels dagegen musterte Alex mit neuem Interesse. In Toms Augen meinte Alex Enttäuschung zu lesen.

Weil er keine Polizisten mochte? Oder weil sie ihm ihren Beruf verschwiegen hatte?

Meine Güte! Es war schließlich kein Verbrechen, bei der Polizei zu arbeiten. Leider hatte Alex schon mehrfach abweisende Reaktionen erfahren, sobald die Leute wussten, dass sie Kriminalkommissarin war. Normalerweise lachte sie darüber, bei Tom versetzte es ihr jedoch einen Stich.

»Sind Sie offiziell mit der Ermittlung beauftragt?«, fragte Oskar Herrndorf.

»Der Kapitän hat mich um diskrete Unterstützung gebeten«, erwiderte Alex.

»Also nein«, folgerte Herrndorf. »Dann lassen Sie uns Passagiere bitte in Ruhe. Wir möchten mit so etwas nicht belästigt werden.«

»Immerhin wird ein Mensch vermisst«, beharrte Alex. »Vielleicht ist ihm etwas zugestoßen.«

»Wenn er über Bord gegangen ist, besteht keine Chance, ihn noch zu finden«, warf Elfie ein.

Alle sahen sie schockiert an. Elfie errötete.

»Wie kommen Sie darauf?«, fragte Odenfels.

»Nun … ich dachte …«, stammelte Elfie. »So etwas kann doch passieren.«

»Was für ein schreckliches Gesprächsthema«, sagte Luise Herrndorf mit einem gekünstelten Lachen. »Wir sollten das Essen nicht länger warten lassen. Tom, sieh bitte nach, wo Patrizia bleibt.«

Folgsam stand Tom auf und verließ den Raum.

»Kennt jemand von Ihnen Leo Spielberg?«, fragte Alex in die Runde.

»Nein, wir pflegen nicht mit Croupiers zu verkehren.« Luise Herrndorf durchbohrte Alex mit feindseligen Blicken. »Außerdem haben wir bisher keinen Fuß in das Casino gesetzt.«

»Wir schon, nicht wahr?« Odenfels lächelte Elfie an. »Auf die Namen der Croupiers habe ich allerdings nicht geachtet.«

»Ohne meinen Anwalt sage ich kein einziges Wort mehr.« In gespielter Entrüstung hob Elfie ihre Arme abwehrend vor das Gesicht.

Die anderen lachten erleichtert auf. Sie hielten Elfies Worte für einen gelungenen Scherz. Alex beschloss, das Thema vorerst ruhen zu lassen und Elfie unter vier Augen erneut zu befragen.

Patrizia und Tom kamen zurück, woraufhin die Hausherrin zu Tisch bat. Das Menü, das nun serviert wurde, schmeckte köstlich, die Konversation ließ dagegen zu wünschen übrig.

Oskar Herrndorf dominierte das Gespräch. Sein Lieblingsthema schien das Bankhaus Ehrenreich zu sein, mit dem er offenbar gute geschäftliche Kontakte pflegte.

»Ehrenreich ist eine der ältesten Privatbanken in Deutschland«, führte er aus. »Mit dem ansehnlichen Eigenkapital und der Neuausrichtung des Geschäftsmodells kann der junge Ehrenreich beruhigt in die Zukunft blicken.«

Bei den letzten Worten sah er seine Tochter auffordernd an. »Eduard hält große Stücke auf dich, Patrizia, nachdem du dich beim Praktikum so bewährt hast.«

»Fang nicht wieder damit an. Eddie ist der totale Langweiler.« Patrizia verdrehte die Augen. »Allein schon dieser Name, Eduard Ehrenreich! Das klingt wie Dagobert Duck – und genauso kommt er mir auch vor.«

Sie holte tief Luft. »Außerdem habe ich mich für Tom entschieden und werde ihn heiraten.«

Luise Herrndorf sah erschrocken ihren Mann an. Dieser stellte sein Weinglas mit hörbarem Knall auf dem Tisch ab. Für einen Moment flackerte Wut in seinen Augen auf. Dann gewann seine Selbstbeherrschung wieder die Oberhand.

»Wir werden sehen«, sagte er mit dünnem Lächeln.

Bevor die Situation sich weiter zuspitzte, ergriff Konrad Odenfels das Wort. »Oskar, du wolltest mir doch eine neue Anlagestrategie für mein Aktiendepot vorschlagen.« Er erhob sich. »Lass uns vor dem Dessert ein paar Schritte auf dem Balkon gehen. Dort können wir uns in Ruhe besprechen.«

Alex war dankbar für diese Intervention. Sie sah zu Tom hinüber, der wie versteinert wirkte.

Patrizia lächelte ihm aufmunternd zu, nahm seine Hand und drückte sie zärtlich. Sie hielt offensichtlich zu ihm, wofür Alex ihr großen Respekt zollte. Bisher hatte sie Patrizia eher als verwöhntes Töchterchen eingestuft. Hoffentlich hielt sie ihrem Vater weiterhin stand!

Elfie klemmte den Stuhl vor die Schranktüren und griff zu den Ohrstöpseln. Beides hatte ihr in den letzten Nächten einen geruhsamen Schlaf beschert.

Sie legte sich ins Bett, nahm ihren *Ewigen Quell* zur Hand und schlug ihn irgendwo auf.

Schläft ein Lied in allen Dingen,
Die da träumen fort und fort,
Und die Welt hebt an zu singen,
Triffst du nur das Zauberwort.

Wie beruhigend und zugleich erhaben die Verse Joseph von Eichendorffs wirkten. Elfie schloss die Augen und ließ den Abend Revue passieren.

Es war eindeutig Konrad Odenfels gewesen, der die Zauberworte gefunden und damit den Abend gerettet hatte. Elfie fand ihn charmant und witzig. Dabei drängte er sich im Gegensatz zu Oskar Herrndorf jedoch nie in den Vordergrund und war ein ebenso guter Zuhörer wie Unterhalter.

Langsam ließ Elfie ihr Gedichtbuch sinken und gab sich träumerischen Gedanken gemeinsamer Unternehmungen mit Konrad Odenfels hin. Vor diese Idylle schob sich plötzlich ein anderes Bild: Alex, die eine schier endlos lange Liste in der Hand hielt, befragte Elfie zu jedem einzelnen ihrer Projekte.

Jäh setzte Elfie sich auf und klappte das Buch zu. Ihr Herz pochte laut in ihrer Brust.

Vielleicht war es ein Fehler gewesen, Alex zu der Kreuzfahrt einzuladen. Aber wer hätte denn ahnen können, dass sich die Dinge so entwickeln würden? Mit einer Kommissarin im Nacken hieß es, doppelt vorsichtig zu sein. Alex musste offenbar überall ihre Nase hineinstecken. Elfie ärgerte sich, dass sie sich bei Herrndorfs zu solch unachtsamen Äußerungen über Leo Spielberg hatte hinreißen lassen. Sie wusste, dass Alex ihr Ablenkungsmanöver durchschaut hatte und bestimmt nachbohren würde.

Elfie schwang die Beine aus dem Bett. An Schlaf war vorerst nicht mehr zu denken. Sie zog sich wieder an und verließ die Kabine.

Auf dem Promenadendeck erspähte Elfie ein eng umschlungenes Liebespaar an der Reling. Glücklicherweise befanden sie sich ein paar Meter von dem losen Stück entfernt. Sonst hätte Elfie einschreiten müssen, denn die beiden küssten sich so leidenschaftlich, dass sie alles um sich herum vergaßen. Würde die Reling unter ihnen nachgeben, fiele ihnen das sicher erst auf, wenn sie schon auf halbem Weg nach unten waren.

Elfie schmunzelte, als sie an ihnen vorbeiging. Beide waren bereits ergraut und nicht mehr die Jüngsten. Wie schön, wenn man nach Jahrzehnten noch so tief füreinander empfand.

Ob dies bei Ludwig und ihr auch der Fall wäre? Sie versuchte, sich vorzustellen, wie Ludwig und sie sich an der Reling stehend küssten. Es gelang ihr nicht. Statt Ludwig sah sie stets Konrad Odenfels vor sich.

Irritiert von ihrer eigensinnigen Phantasie verscheuchte Elfie alle Bilder aus ihrem Kopf und ging rasch weiter. Am Heck angekommen, blieb sie stehen und betrachtete den Nachthimmel. Plötzlich wurde die Stille von einem unterdrückten Stöhnen unterbrochen. Elfie horchte, woher das Geräusch kam. Vielleicht brauchte jemand Hilfe.

Sie ging ein paar Schritte zurück in Richtung der Rettungsboote, die in einer Reihe am nächsthöheren Deck befestigt waren. Das erste schaukelte gefährlich hin und her.

Elfie streckte die Hand aus, doch das Boot befand sich außerhalb ihrer Reichweite.

Wieder ein Stöhnen, diesmal langgezogen. Es kam eindeutig aus dem Rettungsboot.

»Hallo«, rief Elfie vorsichtig. »Ist da jemand?«

Das Boot schwankte noch heftiger, dann ein Aufschrei.

»Hallo, Sie da oben.« Elfie erhob ihre Stimme, um sich bemerkbar zu machen. »Brauchen Sie Hilfe? Sind Sie verletzt?«

Stille. Die Bewegungen des Bootes wurden langsamer. Dann ein Flüstern.

Schließlich eine männliche Stimme: »Alles in Ordnung. Kein Problem.«

Zunächst blieb Elfie unschlüssig stehen, dann zog sie sich bis zum Heck zurück und versteckte sich hinter einem Pfeiler.

Die Sache kam ihr reichlich suspekt vor. Was machte der Mann mitten in der Nacht in einem Rettungsboot? Zudem war er anscheinend nicht allein.

Plötzlich fiel es Elfie wie Schuppen von den Augen. Das Schaukeln, das Stöhnen … natürlich. Da hatte jemand Sex!

Wie dumm von ihr, sich einzumischen. Das ging sie nun wirklich nichts an. Sie wollte gerade ihr Versteck verlassen, als das Boot erneut heftig zu schwanken begann und jemand herauskletterte.

Elfie duckte sich noch tiefer in den Schatten. Unter keinen Umständen wollte sie dem Liebespaar begegnen, das sie mit ihrer Indiskretion gestört hatte. Das wäre zu peinlich.

Sie hörte jemanden auf das Deck springen. Dann ein zweiter Sprung. Die beiden mussten sportlich durchtrainiert sein.

Vorsichtig spähte Elfie aus ihrem Versteck.

Der Mann stand mit dem Rücken zu ihr und rauchte. Die Frau war halb von ihm verdeckt. Der Mann griff in seine Hosentasche, holte ein Bündel Geldscheine heraus und zählte einige ab.

Was sollte das? Von wegen Liebespaar – hier ging es um käuflichen Sex.

Elfie spürte, wie es in ihr vor Empörung zu brodeln begann. Die arme Frau! Womöglich wurde sie dazu gezwungen.

Die Scheine wechselten den Besitzer, und der Mann ging grußlos davon. Die Frau bewegte sich in Elfies Richtung. Als sie an ihr vorbeikam, riss Elfie vor Verblüffung Augen und Mund auf.

Es handelte sich eindeutig um einen Mann! Um einen jungen, gut aussehenden Mann, der die Uniform des Bordpersonals trug.

Erst als er längst verschwunden war und Elfies Kiefer zu schmerzen begannen, klappte sie den Mund wieder zu.

Von frischer Luft und Aussicht hatte sie für heute genug. Auf direktem Weg kehrte sie in das Innere des Schiffes zurück. Vielleicht könnte sie ein wenig mit dem Nachtportier plaudern, um sich von ihren Erlebnissen abzulenken.

Als sie die Lobby betrat, blieb sie abrupt stehen. Hinter der Rezeption thronte Kreuzfahrtdirektor Kaiser höchstpersönlich.

Elfie wollte elegant wieder abdrehen, doch Kaiser hatte sie schon bemerkt. Er löste für einen Moment seinen Blick vom Computerbildschirm und winkte Elfie zu sich heran.

Seitdem er wusste, dass sie kein zahlender Passagier war, sondern auf Claaßens Gehaltsliste stand, behandelte er sie längst nicht mehr so zuvorkommend wie am ersten Abend.

Sie wie einen Dienstboten heranzuwinken setzte seinem Verhalten ihr gegenüber jedoch die Krone auf.

Angesichts dieser Unverschämtheit drehte Elfie sich einfach um und wollte wieder gehen. Solche Leute musste man ignorieren. Dann besann sie sich eines Besseren und schluckte ihren Stolz herunter. Sie würde die Gelegenheit nutzen, um mehr über Kaiser herauszufinden. Immerhin hatte sie sich noch nicht entschieden, ob sie ein neues Projekt für ihn beginnen sollte.

Sie setzte ein möglichst freundliches Lächeln auf und ging zur Rezeption.

Kaiser tippte auf der Tastatur herum. Dann wandte er sich Elfie zu.

»Na, Schlafprobleme?«, fragte er. »Oder sind Sie als Hilfssheriff im Auftrag Ihrer Polizistenfreundin unterwegs?«

Ich bin ganz ruhig, sagte Elfie sich und atmete tief durch, um sich ihren Ärger nicht anmerken zu lassen.

»Ich konnte nicht schlafen«, sagte sie dann in einem äußerst gelassenen Tonfall.

Der jahrelange Besuch der Selbsthilfegruppe war nicht umsonst gewesen. Ihr Therapeut Rüdiger wäre stolz auf sie.

Kaiser musterte sie überrascht. Mit dieser Reaktion hatte er offenbar nicht gerechnet, sondern Elfie absichtlich provoziert.

»Wenn Sie für Ihre Arbeit noch Infos brauchen, wenden Sie sich an mich«, lenkte er ein. »Ich weiß über alles Bescheid.«

»Man muss die Arbeit auch einmal ruhen lassen können«, sagte Elfie leichthin.

Sie hoffte, dass ihre Worte überzeugend klangen und Kaiser einen harmlosen Eindruck von ihr gewann.

»Wem sagen Sie das.« Kaiser schien sich tatsächlich zu entspannen. »Aber in meiner Position ist das kaum möglich.«

»Sind Sie jetzt auch noch für die Rezeption zuständig?«, fragte Elfie neugierig.

»Um Himmels willen, nein.« Kaiser hob abwehrend die Hände. »Ich halte nur kurz die Stellung, damit der Night Auditor seiner Leidenschaft frönen kann.«

Elfie erstarrte. Vor ihrem inneren Auge zogen in schneller Folge Bilder vorbei. Mike in einer dunklen Ecke auf dem Promenadendeck in inniger Umarmung mit einer Frau. Mike stöhnend in einem heftig schaukelnden Rettungsboot. Mike mit einem Mann, der ihm Geldscheine in die Hand drückte.

Sie schüttelte den Kopf, um die Bilder zu vertreiben. Wie konnte Kaiser nur so offen über intime Dinge reden?

»Ist das denn erlaubt?«, flüsterte sie verschämt.

»Hier drinnen natürlich nicht.« Kaiser sah sie verständnislos an. Wahrscheinlich hielt er sie für prüde. »Aber draußen haben wir ausgewiesene Bereiche. Das dürfte Ihnen doch aufgefallen sein.«

Elfie nickte stumm. Und ob ihr das aufgefallen war, viel deutlicher als ihr lieb war. So viel sexuelle Freizügigkeit hätte sie auf diesem Luxusliner nicht erwartet. Wieso hatte sie niemand über die speziellen Zonen informiert? Dann hätte sie diese natürlich gemieden.

»Haben Sie einen Übersichtsplan, wo diese … äh, Bereiche eingezeichnet sind?« Elfie spürte, wie ihr die Röte ins Gesicht schoss.

»Da sind doch überall Schilder«, entgegnete Kaiser.

»Die sind mir bisher nicht aufgefallen«, gestand Elfie kleinlaut.

Fieberhaft überlegte sie, wie der Text auf den Schildern wohl lauten könnte. Oder drückte gar ein Piktogramm die Erlaubnis aus? Auch ohne Spiegel merkte Elfie, dass sie inzwischen knallrot angelaufen war.

»Sie brauchen sich nicht zu schämen.« Kaisers Miene verzog sich zu einem mitleidigen Lächeln. »Obwohl ich nicht gedacht hätte, dass Sie rauchen.«

Es dauerte ein paar Sekunden, bis Elfies Gehirn die Information verarbeitet hatte.

»Sie sprechen vom Rauchen?«, hakte sie nach und lachte erleichtert auf.

Was hatte sie nur für eine blühende Phantasie! Aber nach ihren Erlebnissen vorhin kein Wunder.

»Wovon denn sonst?«, erwiderte Kaiser. »Da kommt unser Raucher ja wieder. Dann werde ich hier nicht mehr gebraucht.«

Er eilte davon.

An seiner Stelle schob Mike seinen massigen Körper hinter die Rezeption und begrüßte Elfie freundlich.

»Sie waren beim Rauchen?« Elfie wollte es noch einmal bestätigt hören.

Sie konnte es immer noch nicht fassen, welchem ungeheuerlichen Missverständnis sie aufgesessen war.

»Ist eine schlechte Angewohnheit, ich weiß«, sagte Mike entschuldigend.

»Oh, es gibt viel Schlimmeres«, entgegnete Elfie mit Nachdruck, obwohl sie normalerweise überhaupt kein Verständnis für Raucher aufbrachte.

»Sie sind ja genauso tolerant wie der Macker.« Mike schlug erschrocken eine Hand vor den Mund. »Entschuldigung, das ist mir herausgerutscht, weil Sie quasi eine von uns sind. Ich meine natürlich Herrn Kaiser. Bitte sagen Sie es nicht weiter.«

»Keine Angst. Ich kann schweigen wie ein Grab«, versicherte Elfie. »Herr Kaiser wird also der Macker genannt?«

»Ja, weil er immer auf seinem middle initial besteht.« Mike ahmte Kaisers Tonfall perfekt nach. »Max A. Kaiser, bitte. So viel Zeit muss sein.«

Elfie amüsierte sich.

»Und aus seinen Initialen MAK wurde dann schnell der Macker«, folgerte sie. »Was für ein passender Spitzname.«

»Von manchen wird er auch der Obermacker genannt«, ergänzte Mike. »Als solcher führt er sich mit Vorliebe auf. Wobei ich mich momentan nicht beschweren kann. Zu mir ist er neuerdings ausgesprochen freundlich.«

Elfie wurde hellhörig. »Seit wann denn?«

»Bis vor kurzem hat er mich noch total ignoriert«, erzählte Mike. »Nach Genua kam er plötzlich in der Nacht hierher und bot mir an, mich zu vertreten, damit ich eine Zigarettenpause einlegen kann.«

»Und heute war das wieder so?« Elfies Misstrauen wuchs.

»Nicht nur heute«, erklärte Mike. »Er löst mich jede Nacht für eine Viertelstunde ab. So viel Freundlichkeit traut man ihm gar nicht zu. Allerdings möchte er das nicht an die große Glocke hängen.« Mike grinste. »Er meint, er hätte einen Ruf zu verlieren.«

»Einen Ruf als fieser Vorgesetzter«, konstatierte Elfie trocken.

»Na ja, als harter Hund eben.« Mike lächelte verlegen. »Wahrscheinlich hat er in seinem Inneren einen weichen Kern.«

Diese Theorie bezweifelte Elfie. Während sie über andere Interpretationsmöglichkeiten für Kaisers untypisches Verhalten nachgrübelte, hob Mike die Hand und winkte jemandem zu.

Elfie drehte sich um und sah ein älteres Ehepaar die Lobby Hand in Hand durchqueren. Es waren die beiden, die sich an Deck so leidenschaftlich geküsst hatten. Sie grüßten fröhlich herüber.

»Beneidenswert, wenn man in dem Alter noch so verliebt ist«, murmelte Elfie vor sich hin. »Wie lange die beiden wohl schon verheiratet sind?«

»Bestimmt schon ein paar Jahrzehnte«, sagte Mike. »Allerdings nicht miteinander.«

»Wie meinen Sie das?«, fragte Elfie verwirrt. »Sind die beiden nun verheiratet oder nicht?«

»Verheiratet sind sie schon.« Mike lächelte wissend. »Aber mit abwesenden Ehegatten und nicht miteinander. So wie etliche unserer Gäste. Wenn man mit seiner Geliebten nicht gesehen werden will, ist man auf einem Schiff gut aufgehoben.«

Elfie fehlten die Worte. Wieder war sie um eine Illusion ärmer.

9.

Alex warf eine Aspirin gegen das Kopfweh ein und schwor sich, nie wieder so viel Champagner zu trinken. Das flaue Gefühl in ihrem Magen würde sich hoffentlich durch ein herzhaftes Frühstück beruhigen lassen.

Sie machte sich auf den Weg zum Restaurant und sandte dem Meeresgott ein stummes Dankgebet für die ruhige See. Allein der Gedanke an heftigeren Wellengang verursachte ihr Übelkeit. Schnell schob sie ihn beiseite und suchte nach anderen Themen, mit denen sie sich beschäftigen konnte.

Der Croupier. Wenn er heute nicht wieder aufgetaucht war, würde sie ihre Ermittlungen verstärken. Sie checkte ihr Handy nach einer Nachricht von Gudrun, es hatte jedoch keinen Empfang. Auf jeden Fall musste sie Elfie befragen, deren Verhalten am gestrigen Abend höchst seltsam gewesen war.

Im Restaurant blickte Alex sich suchend um. Schließlich entdeckte sie Elfie, die allein an einem Tisch saß und gerade von Patrick ihren Kaffee serviert bekam.

Die Gelegenheit war günstig. Alex steuerte auf den Tisch zu. Als Elfie sie bemerkte, zuckten ihre Augen unruhig hin und her. Alex begrüßte sie, bestellte bei Patrick eine große Kanne Pfefferminztee und setzte sich.

Elfie hob amüsiert die Augenbrauen. »Kamillentee wäre

besser.« Sie musterte Alex prüfend. »Oder gleich eine Bloody Mary.«

»Ich hasse Kamillentee«, entgegnete Alex. »Und wenn ich jetzt nur an Alkohol denke, dreht sich mir schon der Magen um.«

»Du musst auf jeden Fall etwas essen«, sagte Elfie bestimmt. »Wie wäre es mit Toast und etwas Rührei?«

»Das könnte gehen.« Alex lächelte schwach.

Sofort sprang Elfie auf und lief zum Buffet.

Hatte ihre fürsorgliche Art nun wieder die Oberhand gewonnen, oder wollte sie nur einer Diskussion aus dem Weg gehen? Alex hielt beides für möglich.

Elfie kam mit zwei Tellern zurück. »Guten Appetit.«

Eine Weile aßen sie schweigend. Zunächst musste Alex sich zu jedem Bissen zwingen, mit der Zeit ging es leichter. Sie spürte, wie ihre Lebensgeister zurückkehrten. Die Kopfschmerzen hatten ebenfalls nachgelassen.

»Jetzt hast du wieder ein wenig Farbe im Gesicht«, stellte Elfie erfreut fest.

»Ich fühle mich auch schon deutlich besser«, erwiderte Alex und schob ihren Teller beiseite. »Das war genau das Richtige. Vielen Dank.«

»Hast du Kapitän Mehrmann heute schon gesehen?«, fragte Elfie und zwinkerte ihr zu. »Er hat nach dir gefragt.«

»Nein, noch nicht«, antwortete Alex. »Aber ich wollte nachher ohnehin mit ihm sprechen.«

»Ich finde ihn ausgesprochen nett«, fuhr Elfie fort. »Er sieht gut aus, hat ausgezeichnete Manieren, ist zurückhaltend, aber schlagfertig …«

Alex blendete Elfies Elogen auf den Kapitän für einen Moment aus und fragte sich, welch tieferer Sinn hinter den Sätzen steckte, die ohne Punkt und Komma aus ihrem

Mund perlten. Alex stützte den Kopf auf die Hände und sah Elfie fasziniert beim Reden zu, ohne ein einziges Wort aufzunehmen.

Ihr Gehirn arbeitete heute langsam, doch irgendwann verstand Alex, wieso Elfie ununterbrochen sprach. Sie wollte Alex keine Chance geben, den gestrigen Abend zu thematisieren.

»Er würde gut zu dir passen«, sagte Elfie gerade. »Findest du nicht auch?«

Alex starrte sie entgeistert an. »Wer? Wieso? Was soll ich finden?«

»Du hast mir überhaupt nicht zugehört.« Elfie lachte. »Dabei gebe ich mir solche Mühe, dich von den Qualitäten des Kapitäns zu überzeugen.«

»Ich finde ihn sympathisch«, räumte Alex ein. »Aber du willst mich wohl gleich mit ihm verkuppeln.«

»So würde ich es nicht ausdrücken.« Elfie grinste. »Manchmal sieht man jedoch den Wald vor lauter Bäumen nicht. Ein kleiner Ratschlag kann …«

Elfies Geplapper ging Alex auf die Nerven. Sie hob abrupt die Hand, und Elfie verstummte. Einige Sekunden lang kostete Alex die wohltuende Stille aus.

»Kennst du Leo Spielberg?«, fragte sie dann.

»Kennen ist zu viel gesagt.« Elfie nahm die Teekanne und schenkte Alex eine weitere Tasse ein. »Du musst viel trinken, damit …«

Alex schnitt ihr das Wort ab. »Bleib bitte beim Thema!«

Elfie zuckte zusammen. »Ich war mit Konrad Odenfels im Casino. Wir haben beim Black Jack zugeschaut. Weißt du, das funktioniert wie Siebzehnundvier, ist aber sehr spannend. Wenn man zum Beispiel drei Siebener hat, gewinnt man …«

Wieder unterbrach Alex sie. »Zurück zu Leo Spielberg!«

Elfie räusperte sich. »Ach so, ja. Der hat am Black-Jack-Tisch gearbeitet.«

»Kanntest du ihn schon vorher?«

»Nein.« Elfie sah sie erstaunt an. »Ich habe nur sein Namensschild gelesen. Außerdem musste ich mich im Casino umsehen, da Claaßen mich ausdrücklich darum gebeten hat.«

Sie sah sich um und fuhr mit gesenkter Stimme fort. »Im Casino gibt es unklare Geldflüsse.«

»Was heißt das?«, hakte Alex nach.

»Mehr kann ich im Moment nicht dazu sagen, da mir noch Informationen fehlen.« Elfies Miene verschloss sich. »Ich könnte mir jedoch vorstellen, dass Spielbergs Verschwinden damit zusammenhängt.«

Alex beschlich ein ungutes Gefühl. Elfies Worte klangen, als wollte sie den Verdacht von sich selbst ablenken. So leicht würde Alex sie jedoch nicht vom Haken lassen.

»Du hast Spielberg also nur das eine Mal am Black-Jack-Tisch gesehen«, resümierte sie und sah Elfie durchdringend an.

Diese schlug die Augen nieder, griff nach ihrer Stoffserviette und knetete sie. »An dem Abend habe ich ihn später noch einmal getroffen, rein zufällig.«

»Und weiter?« Alex nickte und ließ auffordernd ihre Hand kreisen.

»Ich habe mich vorgestellt und ihn über meine Aufgabe informiert«, berichtete Elfie. »Er hat mich als Spionin bezeichnet und sich geweigert, mit mir zusammenzuarbeiten.«

Elfie richtete sich kerzengerade auf, griff in ihre Handtasche und schien etwas zu suchen. Ihre Miene verriet höchste Empörung.

Blitzte hier ein Motiv auf? Nein, entschied Alex. Deswegen räumte man niemanden aus dem Weg. Sie schüttelte leicht den Kopf.

Elfie interpretierte das offenbar als Zustimmung und fuhr triumphierend fort: »Er hat mir sogar gedroht. Der muss doch Dreck am Stecken haben.«

Alex erstarrte. Eine Drohung konnte durchaus ein Motiv sein. Vielleicht war Elfie ihm zuvorgekommen oder hatte in Notwehr gehandelt.

Ihre Kehle fühlte sich plötzlich ausgetrocknet an. Sie trank einen Schluck Tee.

Elfie schien ihre Irritation nicht zu bemerken und sprach ungerührt weiter. »Aus diesen Gründen denke ich, dass ihn jemand beseitigt hat. Wundern würde es mich jedenfalls nicht. Er war ein Ekel.«

Sie stand auf und nahm ihre Tasche. »Ich muss jetzt los. Die Arbeit ruft. Sobald ich Genaueres über die Abrechnungen im Spielcasino weiß, sage ich dir Bescheid.«

Mit energischen Schritten stapfte sie hinaus.

Alex sah ihr mit gemischten Gefühlen hinterher.

Warum sprach Elfie in der Vergangenheit von Spielberg? Wusste sie, dass er tot war? Wenn ja, hatte sie ihre Finger dabei im Spiel? Wollte sie mit der flapsigen Bemerkung ihre Tat rechtfertigen? Oder deckte sie jemanden?

Diese Fragen schwirrten wie lästige Fliegen in Alex' Kopf herum. Sie massierte vorsichtig ihre pochenden Schläfen. Schwerfällig stand sie auf und ging zu ihrer Kabine.

Amadeus brauchte dringend Auslauf. Heute würde sie allerdings den Gassigeh-Service des Hunde-Stewards in Anspruch nehmen.

Sie holte Amadeus und fuhr im Lift mit ihm nach oben. Auf dem Hundedeck kam sofort ein Mann in Uniform auf sie zu. Er führte drei Chihuahuas an der Leine. Auf der Rasenfläche tollten ein paar weitere Hunde herum.

»Guten Morgen. Ich bin Fritz, der Dog Master«, stellte er sich vor. »Soll Ihr Mops an der Leine bleiben, oder darf er sich im Hundebereich frei bewegen?«

»Lassen Sie ihn nur herumlaufen«, sagte Alex und löste die Leine vom Halsband. »Ich hole ihn in zwei Stunden wieder ab.«

»Kein Problem. Wir sind den ganzen Tag da«, entgegnete Fritz. »Heute Nachmittag bauen wir einen Geschicklichkeitsparcours auf, falls Sie …«

Er wurde von durchdringendem Gekläff in einer hohen Tonlage unterbrochen, das Alex in den Ohren schmerzte. Sie drehte sich um.

Ein Zwergpudel und sein Frauchen näherten sich. Beide bewegten sich mit denselben tänzelnden Schritten. Auch Haarfarbe und Frisur schienen aufeinander abgestimmt: Um ihre Gesichter bauschten sich jeweils voluminöse apricotfarbene Wellen. Die Frau trug eine klobige Bernsteinkette um den Hals, die exakt der Augenfarbe des Pudels entsprach.

»Daisy, wirst du wohl still sein«, sagte sie jetzt.

Ihre Stimme klang ähnlich unangenehm wie das Bellen ihres Hundes. Aus einem Beutel nahm sie einen Spielzeugbären mit seltsam verstümmelten Armen und Beinen. Daisy begann erneut zu kläffen.

»Fritz, Sie wissen ja, dass Daisy für ihr Leben gern apportiert«, sagte die Frau zum Hunde-Steward.

»Da kommen definitiv ihre Jagdhundinstinkte durch«, pflichtete Fritz ihr bei.

Ungläubig musterte Alex den Pudel, der ihr vorkam, als solle er bei einem Schönheitswettbewerb antreten. Die üppige Behaarung an Kopf und Körper sah frisch gestylt aus. Nur Hinterteil und Beine waren kurz geschoren, wobei an den Füßen und am Schwanz dicke Haarpuschel stehen gelassen worden waren.

Daisy tänzelte unruhig vor ihrem Frauchen hin und her. Ihre Instinkte verlangten offenbar nach dem verstümmelten Bären. Endlich flog dieser im hohen Bogen davon, und Daisy jagte bellend hinterher.

»Bitte lassen Sie sie heute viel apportieren«, sagte Frauchen zu Fritz. »Ich möchte nicht, dass mein kleiner Schatz sich langweilt.«

»Selbstverständlich, gern«, entgegnete Fritz.

Alex beneidete ihn um seine Freundlichkeit, die er selbst so anstrengenden Gästen gegenüber beibehielt.

»Heute habe ich bis zum Nachmittag Anwendungen im Spa«, fuhr die Frau mit ihrer schrillen Stimme fort. »Bitte geben Sie Daisy zu jeder vollen Stunde ihre Augentropfen.« Sie reichte ihm ein Fläschchen. »Ihre Augen sind momentan extrem trocken. Das kommt sicher vom Stress.«

Alex verabschiedete sich rasch und ging, bevor ihr eine ironische Bemerkung über die Lippen kam.

Auf ihrem Weg zur Brücke begegnete sie Kreuzfahrtdirektor Kaiser und fragte ihn nach dem Stand der Suche nach dem Vermissten. Nur widerwillig blieb er stehen.

»Ich bin in Eile«, betonte er. »Bis jetzt ist Spielberg nicht wiederaufgetaucht.«

»Und Sie glauben, dass er das noch tut?« Alex sah Kaiser fragend an.

»Warum denn nicht?«, gab dieser patzig zurück.

»Weil seit seinem Verschwinden bereits drei Tage vergangen sind«, sagte Alex. »Ich kann mir nicht vorstellen, dass er sich so lange in einer fremden Kabine aufhält und nicht zur Arbeit erscheint. Selbst wenn das so wäre, müsste das zumindest den Kabinen-Stewards aufgefallen sein. Haben Sie die schon befragt?«

»Was Sie sich vorstellen können und was nicht, ist mir herzlich egal.« Kaisers Tonfall wurde noch unfreundlicher. »Außerdem haben Sie mir keine Befehle zu erteilen. Vielleicht ist er auch heimlich auf Ibiza von Bord gegangen.«

»Das dürfte wohl kaum unbemerkt geschehen sein.« Langsam verlor Alex die Geduld. »Der Kapitän hat Sie doch mit der Suche nach Spielberg beauftragt.«

»Richtig«, räumte Kaiser ein. »Mit der Durchsuchung der öffentlichen Bereiche, und zwar unauffällig. Genau das habe ich getan. Wir können auf keinen Fall die Passagiere belästigen.«

»Wenn Sie die Kabinen-Stewards befragen, belästigen Sie die Passagiere nicht«, hielt Alex dagegen.

»Dazu hatte ich keinen Auftrag«, erwiderte Kaiser. »Und jetzt muss ich mich wirklich um wichtigere Dinge kümmern.«

Er ließ Alex einfach stehen und eilte davon.

Kaiser schien das Verschwinden eines Mitarbeiters nicht zu interessieren. Glaubte er nach drei Tagen tatsächlich noch an seine Theorie der Sexorgie? Wohl kaum.

Offensichtlich wollte er den Vorfall unter der Decke halten. Weil er Angst vor schlechter Presse hatte? Oder war er selbst darin verwickelt?

Kaiser sprang mit Angestellten nicht gerade zimperlich um. Und alles, was dem guten Ruf der *Aphrodite* – und damit seiner Karriere – schaden könnte, erstickte er im Keim.

Alex beschloss, Näheres über Kaiser und besonders über sein Verhältnis zu Spielberg herauszufinden.

Zunächst musste sie jedoch mit dem Kapitän reden. Sie

ging zur Brücke und klopfte dort an. Nach kurzer Rücksprache ließ der Matrose sie eintreten.

Kapitän Mehrmann saß vor der riesigen Fensterfront in einem hohen Lehnstuhl, der ihm freie Sicht nach draußen ermöglichte, hinweg über die unzähligen Monitore und Geräte, die im Halbrund vor ihm installiert waren.

Fasziniert ließ Alex ihren Blick über die vielen unterschiedlichen Hebel, Regler und Schalter gleiten. Hier war mehr Technik eingebaut als im Cockpit eines Flugzeuges. Außerdem gab es Mikrofone und bestimmt zwanzig verschiedene Telefonhörer. Genau in der Mitte befand sich das Steuerrad. Es war überraschend klein, kaum größer als bei einem Bobbycar. Mehr noch irritierte Alex jedoch, dass der Platz davor verwaist war.

»Keine Angst, derzeit navigiert der Autopilot für uns«, sagte Mehrmann, der offenbar ihren Blick bemerkt hatte.

Er ließ sich von seinem Stuhl heruntergleiten. Ein Offizier nahm seinen Platz ein.

»Bitte hier entlang.« Mehrmann dirigierte Alex an einem großen Tisch vorbei, auf dem Seekarten ausgebreitet waren, in einen abgeteilten Besprechungsraum.

Sie setzten sich.

»Haben Sie etwas herausgefunden?«, fragte Mehrmann und sah Alex erwartungsvoll an.

»Leo Spielberg wird weiterhin vermisst«, berichtete sie. »Herrn Kaisers Erklärung halte ich nach drei Tagen nicht mehr für plausibel. Wäre es möglich, dass Spielberg auf Ibiza unbemerkt von Bord gegangen ist?«

»Man soll niemals nie sagen, aber es ist höchst unwahrscheinlich«, entgegnete Mehrmann. »Beim Ausschiffen wird jeder registriert. Zudem befinden sich seine Sachen in seiner Kabine, und sein Pass liegt beim Crew Purser.«

»Es gibt doch Kameras an Bord«, warf Alex ein. »Könnte man die Aufzeichnungen von Ibiza überprüfen?«

»Ich werde das sofort veranlassen«, willigte Mehrmann ein. »Was sollten wir Ihrer Meinung nach sonst noch tun?«

»Es reicht nicht, nur die öffentlichen Bereiche zu durchsuchen«, antwortete Alex. »Dass er sich dort aufhält, ist sowieso unwahrscheinlich. Ich würde gern die Kabinen-Stewards befragen, ob sie Spielberg irgendwo gesehen haben.«

»Das geht in Ordnung.« Mehrmann nickte. »Ich gebe der Hoteldirektorin Bescheid. Sie soll Termine mit dem Personal für Sie vereinbaren.«

»Außerdem müssen auch die Bereiche durchsucht werden, zu denen nur das Personal Zugang hat«, fuhr Alex fort.

»Das soll Herr Kaiser organisieren. Ich gebe ihm eine entsprechende Anweisung.« Mehrmann erhob sich.

Da wird der Herr Kreuzfahrtdirektor sich aber freuen, dachte Alex mit einem Anflug von Schadenfreude.

»Die Punkte müssten sich heute im Laufe des Tages abarbeiten lassen«, erklärte Mehrmann. »Wir könnten die Ergebnisse morgen besprechen. Hätten Sie Lust, mit mir zu frühstücken?«

Alex nickte.

»Dann um neun Uhr in meiner Kabine. Und danke für Ihre Unterstützung.«

Er geleitete sie freundlich, aber bestimmt hinaus.

Alex gefiel seine überlegte und effiziente Vorgehensweise. Beruflich kam sie gut mit ihm aus. Zumindest in dem Punkt hatte Elfie recht.

Elfie trommelte ungeduldig mit den Fingern auf den Tisch. Wie lange dauerte das noch?

Zum wiederholten Male klickte sie in ihrem E-Mail-Programm auf *Empfangen*, doch es waren keine neuen Nachrichten vorhanden.

Stattdessen las sie noch einmal die jüngste E-Mail von Paul-Friedrich. Er klagte über das nasskalte Wetter und wünschte sich, er hätte mit auf Kreuzfahrt gehen können.

Elfie teilte diesen Wunsch, obwohl sie sich in der Gesellschaft von Konrad Odenfels ebenfalls sehr wohl fühlte. An die langjährige Verbundenheit mit Paul-Friedrich reichte eine Reisebekanntschaft jedoch bei weitem nicht heran.

Erneut checkte sie ihre E-Mails. Immer noch nichts von Claaßen.

Frustriert stand sie auf und tigerte in ihrer fensterlosen Kabine hin und her. Fünf Schritte vor, fünf Schritte zurück.

Sie könnte an Deck gehen und ein wenig frische Luft schnappen.

»Nein, Elfriede«, ermahnte sie sich selbst. »Die Arbeit geht vor.«

Claaßens Antwort musste jetzt einfach kommen, damit sie endlich Gewissheit über die Machenschaften des Croupiers erhielt.

Sie atmete tief durch, schloss die Augen und konzentrierte sich auf ihr Anliegen.

»Die Unterlagen von Claaßen sind jetzt da«, murmelte sie drei Mal beschwörend vor sich hin und stellte sich den entsprechenden Eintrag in ihrem Posteingang bildlich vor.

Sie schloss mit einem Dank an das Universum, öffnete die Augen und setzte sich wieder an ihren Laptop. Erwartungsvoll klickte sie auf *Empfangen*.

Keine neuen Nachrichten für Elfriede, leuchtete auf dem Computer auf.

Sie war wieder einmal zu ungeduldig. So schnell konnte selbst das Universum nicht arbeiten.

Dann versuchte sie es erneut – jetzt kam die ersehnte Mail.

Elfie lächelte zufrieden und machte sich an die Arbeit.

Drei Stunden später sah sie das erste Mal auf die Uhr.

Ihr Vorhaben gestaltete sich deutlich komplizierter als erwartet. Claaßen hatte zwar alle angeforderten Informationen geschickt, allerdings waren diese nicht übersichtlich aufbereitet. Vielmehr musste Elfie Dutzende umfangreicher Abrechnungslisten durchforsten und sich die einzelnen Posten zusammensuchen.

Sie lockerte ihre Schultern und schüttelte die Hände aus. Nach der Kreuzfahrt würde sie Claaßen anbieten, das zentrale Buchhaltungssystem von CCS neu zu strukturieren. Da gab es viel Potential für Verbesserungen.

Aber eins nach dem anderen. Zunächst musste sie ihre Aufgabe erfüllen und die Ursachen für den niedrigen Gewinn des Spielcasinos auf der *Aphrodite* ausmachen.

Sie vertiefte sich erneut in die Tabellen. Eine weitere Stunde später verrieten ihr die Zahlen, dass die Einnahmen des Casinos in den vergangenen Jahren zwar schwankten, jedoch stets erheblich höher waren als jetzt. Seitdem Leo Spielberg den Posten des Chefcroupiers bekleidete, lagen die Gewinne bis auf den Cent genau um 10 000 Euro unter dem entsprechenden Monat des Vorjahrs.

Elfie schnaubte entrüstet auf. Ein wenig mehr Mühe hätte Spielberg sich wenigstens geben können, um seinen Betrug zu vertuschen. Wahrscheinlich hatte er sich in Sicherheit gewiegt, da ihm an Bord niemand auf die Finger schaute. Dieses System musste dringend geändert werden.

Die exakte Höhe des Schadens, der CCS entstanden war, konnte Elfie nicht beziffern. Sie schätzte jedoch, dass Spielberg jeden Monat mindestens 10 000 Euro beiseitegeschafft hatte. Bei seinen zehn Monaten als Chefcroupier summierte sich das auf 100 000 Euro.

Wenn sich seit seinem Verschwinden der Gewinn nun wieder deutlich erhöhte, wäre dies ein aussagekräftiger Beweis.

Elfie lehnte sich zurück. Sie brauchte also nur abzuwarten, wie sich die Zahlen weiterentwickelten.

Anschließend nahm sie die Konten der Croupiers unter die Lupe. Rasch entdeckte sie hier ein ähnliches Muster wie bei den Casino-Einnahmen. Vor Spielbergs Zeit als Chefcroupier waren die Trinkgelder starken Schwankungen unterworfen, kletterten jedoch teilweise in erstaunliche Höhen. In den letzten zehn Monaten dagegen lag der Verdienst stets nur gerade so über dem garantierten Mindestlohn.

Elfie setzte ihre Lesebrille ab und rieb sich die Augen. Dann schüttelte sie missbilligend den Kopf.

Spielberg hatte also nicht nur seinen Arbeitgeber bei den Casino-Einnahmen bestohlen, sondern auch seine Kollegen um Trinkgelder geprellt. Wie hoch der Schaden war, ließ sich nicht nachvollziehen. Denn außer den Angaben des Chefcroupiers gab es keine Unterlagen. Aber hier dürfte noch einmal ein hübsches Sümmchen zusammengekommen sein.

Was für ein Fiesling! Ob Spielbergs Verschwinden mit seinen Betrügereien zu tun hatte? Vielleicht war ihm jemand auf die Schliche gekommen. Auf jeden Fall musste sie Alex über ihre Erkenntnisse informieren.

Elfie fand Alex auf dem Hundedeck in einem Liegestuhl und setzte sich zu ihr.

»Leo Spielberg hat in die eigene Tasche gearbeitet«, erklärte sie und berichtete detailliert, was sie herausgefunden hatte.

Während sie sprach, erhob Alex sich Stück für Stück aus ihrer liegenden Position, bis sie Elfie aufrecht gegenübersaß.

»Das könnte ein Motiv sein«, sagte Alex und musterte Elfie kritisch.

»Unbedingt«, pflichtete Elfie ihr bei. »Vielleicht haben seine Kollegen gemerkt, dass er sie bei den Trinkgeldern betrogen …«

»Elfie«, unterbrach Alex sie in eindringlichem Ton. »Wenn du etwas über das Verschwinden Spielbergs weißt, musst du mir das sagen.«

»Wie kommst du darauf? Meinst du etwa, ich hätte etwas damit zu tun?« Elfie schnappte entrüstet nach Luft.

Nun hatte sie einmal ihre Finger nicht im Spiel und wurde dennoch verdächtigt.

»Das habe ich nicht gesagt«, entgegnete Alex. »Aber … hast du etwas damit zu tun?«

Ihr Blick bohrte sich tief in Elfies Augen und schien selbst den hintersten Winkel ihrer Seele erforschen zu wollen.

Elfie fühlte sich plötzlich seltsam schutzlos und starrte Alex wie hypnotisiert an. In ihrem Kopf wirbelten Erinnerungsfetzen ihrer Projekte umher – Nadine Schicketantz, wie sie die Treppen hinuntersegelte und mit ihren Highheels am Geländer entlangschrammte; Stefan Windisch, der ungläubig nach oben sah, bevor der Blumenkasten auf seinem Kopf landete; Harry Liedke, der gegen das Absperrband auf seiner Dachterrasse taumelte und hilflos mit den Armen ruderte.

Nur mit äußerster Willensanstrengung gelang es Elfie, den Blick zu senken. Hoffentlich hatte Alex nicht ihre Gedanken lesen können!

Nach einer Weile sah sie wieder auf und sagte mit fester

Stimme: »Ich habe absolut nichts mit Spielbergs Verschwinden zu tun.«

Alex entspannte sich sichtlich, ließ jedoch nicht locker.

»Hast du irgendetwas beobachtet oder einen Verdacht, was passiert sein könnte?«, wollte sie wissen.

»Am Abend vor seinem Verschwinden hat Spielberg heftig mit Kaiser gestritten«, erzählte Elfie.

»Worum ging es? Um die Casino-Einnahmen?« Alex beugte sich gespannt vor.

»Nein, es ging um einen Vorfall im Casino mit einer angetrunkenen Dame«, antwortete Elfie. »Kaiser hat Spielberg vorgeworfen, die Situation nicht unter Kontrolle gehabt zu haben. Offenbar fürchtete er um den guten Ruf der *Aphrodite.*«

»Noch mehr fürchtet Kaiser wohl um seine Karriere«, warf Alex ein. »Mich wundert jedoch, dass er in deinem Beisein mit Spielberg gestritten hat. Das passt nicht zu ihm. Er hält doch sonst alles unter der Decke.«

Elfie zögerte einen Moment, beschloss dann jedoch, bei der Wahrheit zu bleiben.

»Also, ich war nicht direkt dabei«, begann sie zögerlich.

Alex zog fragend die Augenbrauen zusammen. Plötzlich umspielte ein amüsiertes Lächeln ihre Lippen.

»Du hast gelauscht«, konstatierte sie.

»Es hat sich zufällig so ergeben«, beteuerte Elfie rasch. »Manchmal ist es von Vorteil, unauffällig zu sein.«

»Rein zufällig, soso.« Alex schien ihr nicht zu glauben. »Wie dem auch sei, kann es nicht schaden, wenn du weiterhin Augen und Ohren offen hältst. Vielleicht finden wir gemeinsam heraus, was mit Spielberg passiert ist.«

»Du meinst, ich darf dir bei den Ermittlungen helfen?« Elfie konnte ihr Erstaunen nicht verbergen.

»Es handelt sich nicht um offizielle Ermittlungen.« Alex lächelte. »Da ich hier keine Befugnisse besitze, sind es im Grunde genommen private Nachforschungen.«

In diesem Moment trottete Amadeus von der Hundewiese herüber, pflanzte sich neben Alex und stupste mit der Nase an ihr Bein. Sie beugte sich zu ihm hinunter und kraulte ihn hinter den Ohren.

»Du könntest dich mit deiner Spürnase auch bei der Suche nützlich machen«, sagte Alex zum Mops. »Du hast doch schon einmal einen Vermissten gefunden.«

»Du könntest Amadeus zum Leichensuchhund ausbilden lassen«, schlug Elfie begeistert vor.

»Dein Vertrauen in seine Fähigkeiten in allen Ehren«, erwiderte Alex. »Aber für eine solche Karriere ist er zu alt, zu klein und zu dick.«

»An seinem Gewicht arbeiten wir doch bereits«, hielt Elfie dagegen. »Und wenn sogar Pudel beim Aufspüren von Leichen zum Einsatz kommen …«

»Das sind Großpudel«, fiel Alex ihr ins Wort. »Außerdem wäre Lydia garantiert nicht mit einer solch anrüchigen Beschäftigung für ihren Liebling einverstanden.« Sie sah auf die Uhr. »Ich muss los, um die Kabinen-Stewards zu befragen. Vielleicht hat einer von ihnen Spielberg irgendwo gesehen. Kannst du dich so lange um Amadeus kümmern?«

»Klar, das mache ich gern«, sagte Elfie.

Alex deutete zur Hundewiese hinüber, wo zwei Stewards gerade Holzplanken und Leitern zusammensteckten. »Das wird ein Hindernisparcours für Hunde. Du kannst mit Amadeus ein bisschen üben. Geschick und Beweglichkeit sind unabdingbare Voraussetzungen für einen Spürhund.«

Sie grinste und verschwand.

Der Mops robbte sich auf dem Bauch zu Elfie herüber

und forderte mit einem Stupser bei ihr ebenfalls Streicheleinheiten ein. Gedankenverloren kam Elfie seinem Wunsch nach.

Sie fühlte sich geehrt, dass Alex sie um Unterstützung bat. Im Nachhinein bekam Kaiser dadurch mit seiner despektierlichen Bemerkung sogar recht. Jetzt war sie wohl tatsächlich so etwas wie ein Hilfssheriff.

War das ein Zeichen, dass sie endgültig ihren eigenen Projekten abschwören und stattdessen auf der Seite des Gesetzes für Ordnung sorgen sollte? Gemeinsam mit Alex könnte sie sicher viel Gutes bewirken.

»Und über deine Zukunft ist noch nicht das letzte Wort gesprochen«, sagte sie zu Amadeus und stand schwungvoll auf. »Komm, wir drehen ein paar Runden. Du brauchst Bewegung.«

Eine halbe Stunde lang scheuchte Elfie den Mops treppauf, treppab von einem Deck zum anderen. Als sie zur Hundewiese zurückkehrten, ließ Amadeus sich platt auf den Boden fallen und seufzte laut.

»Jetzt haben wir uns eine kleine Pause verdient.« Elfie nahm in einem Liegestuhl Platz.

Mittlerweile war der Geschicklichkeitsparcours fertig aufgebaut. Interessiert beobachtete Elfie, wie der Hunde-Steward einen apricotfarbenen Zwergpudel über Hürden und durch einen aufgehängten Rettungsreifen springen ließ.

Das wäre für Amadeus wohl eine zu gewagte sportliche Herausforderung. Dieser hatte die Augen geschlossen und würdigte das wilde Treiben keines Blickes.

Der Pudel tänzelte inzwischen eine schrägliegende Planke hinauf, balancierte elegant über eine Leiter und überquerte leichtfüßig eine Wippe.

Die Planke und die Leiter könnte Amadeus eventuell bewältigen, bei der Wippe hatte Elfie Bedenken.

Als letzte Übung ließ der Steward den Pudel durch einen langen Tunnel aus Segeltuch kriechen. In Windeseile sprang das apricotfarbene Energiebündel am anderen Ende wieder heraus.

»Das kannst du auch«, sagte Elfie energisch und stand auf.

Amadeus öffnete ein Auge und gähnte. Elfie leinte ihn an.

»Komm, das macht bestimmt Spaß«, versuchte sie, den Mops zu motivieren.

Dieser erhob sich langsam, streckte sich ausgiebig und trottete dann zögerlich hinter Elfie her. Sie dirigierte ihn vor den Tunnel und löste die Leine. Amadeus schnüffelte am Segeltuch.

»Jetzt hinein mit dir«, sagte Elfie, bückte sich und zeigte in den Tunnel. »Hier geht es entlang.«

Amadeus setzte sich, begann zu hecheln und sah Elfie unverwandt an.

»Da brauchen wir wohl ein wenig Primärmotivation.« Der Hunde-Steward trat zu ihnen und stellte sich als Fritz, der Dog Master, vor.

Sobald er in seine Tasche griff und einen Hundekeks hervorzauberte, war Amadeus' Aufmerksamkeit geweckt. Fritz ließ ihn an dem Keks schnuppern, dann warf er das Leckerli in den Tunnel hinein. Unverzüglich kroch Amadeus hinterher.

»Eine geniale Idee«, lobte Elfie.

Durch den Stoff konnte sie den Weg des Mopses durch den Tunnel verfolgen. Er kam langsam, aber stetig voran, bis er ungefähr in der Mitte haltmachte. Der Keks gab ein leise krachendes Geräusch von sich, als Amadeus ihn verspeiste. Dann war es still im Tunnel. Nichts bewegte sich mehr.

Elfie lief zum anderen Ende, ging in die Knie und rief nach dem Hund. Hoffentlich steckte er nicht fest!

Hilfesuchend sah sie sich nach Fritz um. Dieser fischte bereits einen weiteren Keks aus seiner Jackentasche und platzierte ihn im Ausgang des Tunnels.

»Das haben wir gleich«, versicherte er und nickte Elfie aufmunternd zu.

Tatsächlich setzte Amadeus sich kurz darauf wieder in Bewegung und absolvierte die zweite Hälfte der Strecke. Vorsichtshalber zog Elfie das Objekt seiner Begierde Stück für Stück aus dem Tunnel heraus, bis der Mops wieder ganz im Freien war. Sie atmete erleichtert auf, während Amadeus sich über seine schwer erkämpfte Belohnung hermachte.

»Aller Anfang ist schwer«, flüsterte Elfie ihm ins Ohr. »Aber ich glaube an dich. Beste, wir machen gleich weiter.«

Sie dirigierte ihren Spürhund in spe zu einer schrägliegenden Planke, die zu einem Podest hinaufführte. Zwei Schritte davor blieb Amadeus abrupt stehen, drehte sich um und wedelte aufgeregt mit dem Schwanz.

Pekinesendame Lillifee stolzierte heran. Heute markierte eine grüne Schleife ihr vorderes Ende, und sie wurde von Tom eskortiert.

Der junge Mann sah wirklich umwerfend gut aus – der Traum aller Schwiegermütter!

Allerdings kam er Elfie, wie bereits beim Abendessen in der Herrndorf-Suite, irgendwie niedergeschlagen vor. War das Veranlagung, oder lebte er in der Angst, die hochfliegenden Erwartungen der Bankiersfamilie nicht erfüllen zu können? Um die beneidete Elfie ihn jedenfalls nicht. Wie Oskar Herrndorf seinen künftigen Schwiegersohn behandelte, grenzte bisweilen an Schikane. Vielleicht sollte sie Tom ein wenig unter die Arme greifen.

Lillifee schritt würdevoll an Elfie und Amadeus vorbei die Planke hinauf. Ohne zu zögern, hechelte der Mops hinterher.

Elfie klatschte in die Hände und trat an das Podest. »Das hast du toll gemacht, Amadeus. Ich bin stolz auf dich.«

Tom gesellte sich zu ihnen, begrüßte Elfie freundlich und strich Amadeus über den Rücken. Sofort drängte Lillifee sich dazwischen.

»Die Dame ist wohl eifersüchtig«, bemerkte Elfie.

»Sind das nicht alle Damen?« Tom zwinkerte Elfie zu und streichelte Lillifee, die sich dabei genießerisch gegen seine Hand schmiegte.

Dann schüttelte sie sich und nahm erhobenen Hauptes Kurs auf die Leiter, die von dem Podest waagerecht zu einer zweiten Plattform führte. Dort angekommen, drehte sie sich mit einer eleganten Bewegung um, als ob sie kontrollieren wollte, dass ihr alle zugesehen und sie bewundert hatten.

Elfie traute ihren Augen kaum, als Amadeus sich ebenfalls Richtung Leiter bewegte. Vorsichtig tastete er mit der Pfote nach der ersten Sprosse und lugte skeptisch durch den Zwischenraum nach unten.

»Du schaffst das«, feuerte Elfie ihn an.

In diesem Moment kam Kreuzfahrtdirektor Kaiser vorbei und bedachte den Mops mit einem spöttischen Blick.

»Das kann der Fettklops doch nie«, sagte er.

Noch bevor Elfie reagieren konnte, fuhr Tom mit schneidender Stimme auf: »Was erlauben Sie sich?«

Kaiser zuckte zusammen. »Ich meinte nicht Ihren Hund.«

»Ganz egal, welchen Hund Sie meinen«, herrschte Tom ihn an. »Es ist eine Unverschämtheit.«

Kaiser hob beschwichtigend die Hände und kam näher.

»Es tut mir aufrichtig leid, wenn ich Sie verärgert habe. Die Bemerkung war nicht böse gemeint. Verzeihen Sie bitte.«

»Sie sollten sich bei Frau Ruhland entschuldigen«, erwiderte Tom.

»Selbstverständlich geht die Entschuldigung auch an Sie.« Kaiser wandte sich Elfie zu und schenkte ihr sein charmantestes Lächeln.

Widerwillig zollte Elfie ihm Respekt für sein souveränes Verhalten. Auch wenn es in seinem Inneren vor Ärger brodeln mochte, ließ er es sich nicht anmerken.

»Es sollte ein kleiner Scherz sein«, fuhr Kaiser fort. »Ich mag den Mops wirklich gern.«

Er ging zu Amadeus und legte ihm kurz die Hand auf den Kopf. »Und ein bisschen Fleisch auf den Rippen macht ihn erst so richtig knuffig.«

Kaiser wirkte so überzeugend, dass Elfie ihm fast geglaubt hätte. Er beherrschte seinen Job perfekt.

Als weder Elfie noch Tom reagierten, setzte Kaiser noch eins drauf. »Also nichts für ungut, Frau Ruhland. Wenn Sie irgendetwas brauchen, sagen Sie mir Bescheid. Sie haben etwas gut bei mir.«

Er deutete eine Verbeugung an und verschwand mit einem kurzen Nicken.

»Ich brauche dringend ein Notizbuch«, murmelte Elfie vor sich hin.

Langsam verlor sie bei Kaiser den Überblick. Er hatte sich schon etliche Minusstriche verdient, allerdings auch einige Pluszeichen.

»Ein Notizbuch?«, fragte Tom erstaunt. »Was hat das mit dem Kreuzfahrtdirektor zu tun?«

Elfie fühlte sich ertappt. Ihr wurde heiß.

»Nichts, gar nichts«, stammelte sie. »Mir ist nur gerade

wieder eingefallen, dass ich meins zu Hause vergessen habe. Ich muss unbedingt meine Reiseeindrücke notieren.«

Tom bedachte sie mit einem verständnislosen Blick.

Schnell fuhr Elfie fort: »Vielen Dank, dass Sie sich für Amadeus eingesetzt haben.«

Tom entspannte sich wieder und nickte.

»Dem selbstgerechten Schnösel haben wir es ganz schön gegeben, nicht wahr?« Er lachte. »Aber der ist nicht aus der Fassung zu bringen.«

Elfie fiel in sein Lachen ein. Wie schön, dass Tom ihre Meinung über Kaiser teilte.

»Sicher hat er etwas dazugelernt«, sagte sie.

»Das will ich hoffen«, entgegnete Tom. »Abfällige Bemerkungen kann ich nämlich nicht ausstehen. Leider weiß ich aus eigener Erfahrung, was die anrichten können. Am besten erstickt man sie gleich im Keim.«

Elfie sah Tom überrascht an. Seine Worte entsprachen genau ihrer Lebensauffassung.

»Das geht mir ebenso«, sagte sie.

Amadeus hatte sich inzwischen von der Leiter zurückgezogen, saß auf dem Podest und warf sehnsüchtige Blicke zu Lillifee hinüber.

Tom nahm ihn auf den Arm.

»Man kann alles schaffen, wenn man nur will, Amadeus«, sagte er. »Nächstes Mal üben wir weiter. Aber jetzt hast du eine Belohnung verdient.«

Er trug den Mops zur zweiten Plattform und setzte ihn neben Lillifee ab.

Elfie war begeistert. Tom hatte das Herz auf dem rechten Fleck! War er vielleicht sogar ein Bruder im Geiste?

10.

Pünktlich um neun Uhr klopfte Alex an der Kabine des Kapitäns und ertappte sich dabei, wie sie rasch ihre Haare hinter die Ohren strich und den Sitz ihrer Kleidung überprüfte.

Warum tat sie das? Es handelte sich weder um ein Date noch um ein Vorstellungsgespräch.

Bevor sie ihr Verhalten weiter analysieren konnte, öffnete sich die Tür.

»Guten Morgen. Schön, Sie zu sehen.« Jens Mehrmann führte Alex durch das Wohnzimmer hindurch auf den Balkon.

»Ich dachte, bei dem herrlichen Wetter frühstücken wir draußen.«

»Eine fabelhafte Idee.« Alex sah sich interessiert auf dem Balkon um.

Dieser war zwar nicht annähernd so groß wie die Terrasse der Herrndorf-Suite, aber immerhin so geräumig, dass neben zwei gepolsterten Sonnenliegen noch ein Tisch mit vier Stühlen Platz fand.

Mehrmann wies auf den reich gedeckten Tisch. »Ich wusste nicht, was Sie mögen. Deshalb habe ich von allem etwas bestellt.«

Sie setzten sich.

»Frisch gepressten Orangensaft?« Mehrmann hob eine Karaffe hoch.

»Ja, gern.« Alex beobachtete den Kapitän beim Einschenken. Seine braunen Augen hatten grüne und goldene Einsprengsel, die im Sonnenlicht funkelten.

»Na, habe ich den Test bestanden?« Mehrmann lächelte amüsiert.

Alex zuckte zusammen und spürte, wie sie rot anlief. »Entschuldigung. Ich wollte Sie nicht anstarren. Manchmal kann ich nicht aus meiner Haut. Einmal Polizistin, immer Polizistin.«

»Entschuldigung angenommen – aber nur, wenn Sie mir verraten, was Ihre polizeiliche Musterung ergeben hat.«

»Nun, nach neuesten wissenschaftlichen Erkenntnissen deuten Ihre Augen auf ein freundliches, offenes Wesen hin und lassen auf Einfühlungsvermögen und Aufrichtigkeit schließen.«

»Das sind nur meine positiven Eigenschaften. Warten Sie, bis Sie meine dunkle Seite entdecken.« Mehrmann lachte mit diesem feinen Glucksen, das Alex schon bei ihrer ersten Begegnung aufgefallen war. »Lernt man bei der Polizei, in den Augen des Gegenübers zu lesen?« Er sah Alex mit regem Interesse an.

»Ein Fachgebiet an der Polizeihochschule befasst sich mit Sozialpsychologie«, erklärte Alex. »Da beschäftigt man sich unter anderem mit Kommunikation und sozialer Wahrnehmung. Als Polizist muss man Menschen in Sekundenschnelle einschätzen können. Die Augen liefern dabei wichtige Hinweise.«

»Das hat man uns im Studium nicht beigebracht.« Mehrmann reichte ihr eine Schale mit Birchermüesli und frischen Früchten. »Wir hatten zwar kreuzfahrtspezifische Vorlesungen über Kommunikation, aber da ging es vor allem um Gesprächstechniken, wenn ich mich recht erinnere.«

»Ein bisschen Psychologie schadet nie – auch nicht bei einem Kapitän.« Alex grinste.

»Vor allem nicht bei einem Kapitän, denn heutzutage sind wir nicht nur für Nautik und Navigation verantwortlich, sondern auch für einen reibungslosen Ablauf an Bord und die Zusammenarbeit der einzelnen Abteilungen. Nicht zu vergessen die repräsentativen Pflichten.«

»Trauern Sie den alten Zeiten der Segel- und Dampfschiffe nach, als der Kapitän noch der ›Master next God‹ war?«

»Um Himmels willen, nein.« Wieder dieses feine glucksende Lachen, das so ansteckend wirkte. »Auf einsame Entscheidungen lege ich keinen Wert. Und im Notfall habe ich immer noch das letzte Wort.« Er zwinkerte ihr zu. »Außerdem liebe ich meinen Beruf gerade wegen der vielfältigen Aufgaben.«

»Das verhält sich bei mir genauso.« Alex verspürte das Bedürfnis, mehr über Jens Mehrmann zu erfahren, befürchtete jedoch, er könne weitere Fragen als polizeiliche Vernehmung interpretieren.

Deswegen aß sie schweigend ihr Müesli.

»Ich habe alle Videoaufzeichnungen von Ibiza überprüfen lassen«, berichtete Mehrmann. »Spielberg ist nirgends zu entdecken. Natürlich gibt es immer eine Möglichkeit, ungesehen von Bord zu kommen, wenn man es darauf anlegt. Ich kann mir aber nicht vorstellen, warum Spielberg das getan haben sollte.«

»Hat die Durchsuchung der internen Bereiche etwas ergeben?«, fragte Alex nach.

»Nichts.« Mehrmann hob bedauernd die Schultern. »Haben Sie von den Kabinen-Stewards einen brauchbaren Hinweis bekommen?«

Alex schüttelte den Kopf. »Niemand hat Spielberg gesehen.«

»Wir müssen in Erwägung ziehen, dass er über Bord gegangen ist«, sagte Mehrmann. »In dem Fall können wir nur hoffen, dass ihn jemand aus dem Wasser gefischt hat.«

»So einfach fällt man doch nicht über Bord«, wandte Alex ein.

»Dennoch kommt es leider hin und wieder vor. In den vergangenen drei Jahren sind weltweit auf Kreuzfahrtschiffen achtundzwanzig Menschen spurlos verschwunden, sowohl Passagiere als auch Besatzungsmitglieder. In den meisten Fällen ist bis heute nicht geklärt, was mit ihnen geschehen ist.«

»Unfall, Selbstmord oder Verbrechen«, zählte Alex die Möglichkeiten auf. »Für die Angehörigen ist diese Ungewissheit die Hölle.«

»Selbstverständlich habe ich die Reederei über den Vorfall informiert. Dort will man noch ein paar Tage abwarten, bevor die örtliche Polizei und die Angehörigen unterrichtet werden. Denn manchmal taucht jemand im nächsten oder übernächsten Hafen wieder auf.«

Alex blickte Mehrmann erstaunt an. »Tatsächlich?«

»Einen solchen Fall habe ich selbst erlebt. Im Mittelmeer hatten wir einen Wein-Steward verloren.« Mehrmann grinste. »Wie sich im Nachhinein herausstellte, war er bei einem Landgang auf Kreta versumpft und in eine Schlägerei geraten. Nach einer Nacht in der Ausnüchterungszelle hat er das nächste Flugzeug genommen und stand reumütig am Pier, als wir auf Zypern anlegten.«

»Erzählen Sie mir etwas über Leo Spielberg«, forderte Alex den Kapitän auf.

»Anfang dreißig, gut aussehend, charmant, weltgewandt. Beliebt bei Passagieren und Kollegen.«

»Auch bei Kreuzfahrtdirektor Kaiser?«, hakte Alex nach.

»Nein, die beiden waren von Anfang an wie Hund und Katze.« Mehrmann lachte. »Ein typisches Kompetenzgerangel zwischen zwei Alphamännchen. Vielleicht sind sie sich einfach zu ähnlich. Beide verstehen es meisterhaft, mit ihrem Charme Menschen um den Finger zu wickeln.«

»Elfie Ruhland hat herausgefunden, dass Spielberg in die eigene Tasche arbeitet, sowohl bei den Casino-Einnahmen als auch bei den Trinkgeldern. Könnte das ein Motiv sein, ihn über Bord zu stoßen?« Alex sah Mehrmann erwartungsvoll an.

Dieser schüttelte ungläubig den Kopf. »Ich glaube nicht, dass jemand davon gewusst hat oder auch nur einen Verdacht hegte. Das wäre mir zu Ohren gekommen. In dem abgeschlossenen Kosmos an Bord bleibt nichts geheim, Nachrichten und Gerüchte verbreiten sich in Windeseile.«

»Eine letzte Frage. Und bitte verstehen Sie die nicht falsch.« Alex lächelte Mehrmann an. »Ich lasse nur meine Gedanken in alle Richtungen wandern. Könnte Herr Kaiser ein Motiv haben, Spielberg zu beseitigen?«

Der Kapitän blickte sie verdutzt an, dann lachte er auf.

»Max Kaiser traue ich allerhand zu, aber sicher keinen Mord«, sagte er bestimmt. »Als reines Gedankenspiel könnte ich bei Kaiser als Motiv sein übersteigertes Geltungsbedürfnis und seinen Karrierewillen sehen. Deswegen bringt man aber doch niemanden um.«

Alex nickte nur.

Wie die meisten Menschen hatte der Kapitän keine Vorstellung davon, aus welch geringem Anlass manchmal gemordet wurde. Sie wollte ihm seine Illusionen nicht nehmen.

Elfie öffnete die Mappe, die auf dem Tischchen in ihrer Kabine lag, und unterzog den Inhalt einer erneuten Prüfung.

Nach reiflicher Überlegung hatte sie sich entschlossen, ein neues Projekt für Kaiser zu beginnen, auch ohne Notizbuch.

Sie nahm das Briefpapier aus der Mappe heraus. Mit dem Logo der Reederei und der Silhouette der *Aphrodite* sah es zwar sehr edel aus, war jedoch für Elfies Zwecke viel zu dünn und hatte ein zu großes Format.

Sie faltete es in der Mitte. Immer noch zu instabil.

Ihr Blick fiel auf die überdimensionierte Postkarte mit einem Bild der *Aphrodite*. Das könnte funktionieren.

Sie knickte die Postkarte und legte die gefalteten Briefbogen hinein. Kritisch betrachtete sie ihr Werk.

Das Ergebnis war alles andere als optimal, nicht mehr als eine Notlösung. Für den Moment musste sie jedoch ausreichen.

Sie klappte ihr behelfsmäßiges Notizbuch auf, schrieb in Druckbuchstaben *MAX KAISER* hinein und unterstrich den Namen zweimal. Den Rest der Seite unterteilte sie mit einem schwarzen Mittelstrich. Über die linke Hälfte setzte sie ein grünes Pluszeichen, über die rechte ein rotes Minus. Wenigstens hatte sie ihren Vierfarbstift dabei!

Elfie durchforstete ihr Gedächtnis nach den bisherigen Vorfällen mit dem Kreuzfahrtdirektor. Die betreffenden Szenen erschienen zwar sofort vor ihrem geistigen Auge. An welchem Tag sie sich ereignet hatten, daran konnte sie sich jedoch nicht bei allen erinnern, von der Uhrzeit ganz zu schweigen.

Elfie seufzte frustriert. Sie war es nicht gewohnt, mit ungenauen Unterlagen zu arbeiten. Sie könnte natürlich einen beliebigen Tag und eine ungefähre Uhrzeit notieren, um der Form zu genügen …

»Nein, Elfriede«, sagte sie energisch. »Mit so einer Schlamperei fangen wir gar nicht erst an.«

Diesmal würde es eben ohne Datum und Uhrzeit gehen müssen.

Erneut ließ sie ihre Erlebnisse mit Kaiser Revue passieren. Für jede Schikane vergab sie ein rotes Minus, für jede positive Begebenheit ein grünes Plus.

Ungläubig besah Elfie sich das Ergebnis. Zwar hatte Kaiser bereits acht Minuszeichen gesammelt, aber demgegenüber konnte er auch drei Pluszeichen verbuchen. Das war ungewöhnlich viel Grün für einen Delinquenten. Sie würde sein Verhalten noch genauer beobachten müssen.

Elfie schob das selbstgebastelte Notizbuch in ihre Handtasche und verließ die Kabine, um ihr neues Arbeitsmaterial einem Praxistest zu unterziehen.

Systematisch schlenderte sie von Deck zu Deck. Endlich erspähte sie den Kreuzfahrtdirektor im Gespräch mit einem älteren Ehepaar. Elfie korrigierte sich: mit einem älteren Paar. Ob die beiden miteinander verheiratet waren, konnte man auf diesem Schiff ja wohl nicht wissen.

Sie setzte sich ein paar Tische entfernt, konnte jedoch nichts von der Unterhaltung verstehen.

»Darf ich Ihnen etwas bringen, Frau Ruhland?« Patrick war neben sie getreten und lächelte sie freundlich an.

Langsam gewöhnte Elfie sich an den exzellenten, aber unaufdringlichen Service an Bord. Zu Hause würde sie den sympathischen Patrick und seine zuvorkommenden Kollegen sicher vermissen.

»Ich hätte gern einen frisch gepressten Orangensaft, bitte.«

Aus den Augenwinkeln bemerkte Elfie, dass Kaiser zu ihnen herübersah. Sobald Patrick mit ihrer Bestellung verschwand, verabschiedete Kaiser sich von dem Paar und folgte dem Steward.

Elfie nahm ihre Tasche und eilte hinterher. Die beiden Männer verschwanden in der Küche. Elfie postierte sich hinter der nächsten Ecke.

Jedes Mal, wenn die automatische Tür zur Küche aufging, konnte sie einen Teil der Unterhaltung hören. Wobei Unterhaltung den Sachverhalt nicht ganz traf, es handelte sich vielmehr um eine Strafpredigt.

»… Fünf Sterne Superior … höchste Ansprüche … darf nicht passieren …« Kaisers Stimme wurde zunehmend lauter und unfreundlicher.

Was hatte der arme Junge nur verbrochen?

»… Corporate Design … unerlässlich … nie wieder ohne Anstecker …«

Empört griff Elfie in ihre Tasche.

Es ging lediglich um den kleinen Anstecker in Form des CCS-Logos, den alle Mitarbeiter an ihrer Uniform trugen. Elfie hatte nicht einmal bemerkt, dass er bei Patrick heute fehlte. Deswegen jemanden in so harschem Ton herunterzuputzen, war völlig ungerechtfertigt.

Sie musste eine Weile in der Tasche wühlen, bis sie ihr Büchlein fand. Als sie es herausnahm, fielen die einzelnen Blätter auseinander. Verärgert hob Elfie sie wieder auf.

Endlich fand sie die richtige Seite und musste sie gegen die Wand pressen, um das neue Minuszeichen für Kaiser hinzuzufügen.

Mit solch unzulänglichem Material konnte doch kein

Mensch vernünftig arbeiten! Was sollte unter diesen Umständen aus ihrem Projekt werden?

Mutlos stopfte sie die Blätter wieder in ihre Tasche und ging zu ihrem Tisch zurück.

Als Patrick ihr den Orangensaft brachte, schenkte sie ihm ein besonders herzliches Lächeln und lobte ihn für seinen aufmerksamen Service.

Zur Beruhigung holte sie ihren *Ewigen Quell* aus der Tasche und schlug eine beliebige Seite auf.

Ein neues Buch, ein neues Jahr
Was werden die Tage bringen?
Wird's werden, wie es immer war,
Halb scheitern, halb gelingen?

Nachdenklich lehnte Elfie sich zurück und überlegte, was Fontanes Verse bezogen auf ihre Situation bedeuten könnten.

Ein neues Buch hatte sie auf jeden Fall, sofern man ihre Bastelei als ein solches durchgehen ließ. Wenn ihr Projekt sich wie immer gestaltete, dürfte eigentlich nichts schiefgehen. Wobei in jüngster Zeit ungeahnte Probleme aufgetreten waren. Dennoch hatte sich letztlich immer alles gefügt. *Halb scheitern, halb gelingen* ließ sich eindeutig auf die Zukunft beziehen. Eine Fifty-fifty-Erfolgschance für ihr neues Projekt? Das war ziemlich dürftig.

Erneut las Elfie die Zeilen und versuchte, ihnen eine positivere Botschaft zu entlocken.

Die Fragezeichen, natürlich. Es handelte sich keineswegs um Feststellungen, sondern um offene Fragen. Vielleicht hatte Fontane sogar ein *oder* zwischen der dritten und vierten Verszeile vergessen. In dem Fall bestand die Möglichkeit, dass ihr neues Projekt wie immer zu hundert Prozent von Erfolg gekrönt sein würde.

Dennoch kreisten ständig die Worte *Halb scheitern, halb gelingen* in ihrem Kopf umher. Zu Hause würde sie jetzt zum Friedhof gehen und Ludwig um Rat fragen. Ob das wohl auch telepathisch funktionierte?

Elfie schloss die Augen und wanderte in Gedanken zum Waldfriedhof. Sie sah Ludwigs letzte Ruhestätte in allen Einzelheiten vor sich und zündete ein neues Grablicht an. Dann berichtete sie von Kaisers unmöglichem Verhalten.

»Meinst du, ich soll ein neues Projekt für ihn beginnen?«, formulierte Elfie stumm.

Genau genommen hatte sie bereits mit dem Projekt angefangen, aber das musste sie Ludwig ja nicht auf die Nase binden.

Sie konzentrierte sich auf das Grablicht, doch die Flamme brannte ohne das kleinste Flackern vor sich hin.

Ein zweites Mal trug sie ihr Anliegen vor, doch Ludwig schwieg weiterhin. Er blieb stur.

Mit einem tiefen Seufzer schlug Elfie die Augen wieder auf. Vielleicht hatte ihre Anfrage Ludwig gar nicht erreicht. Bei der riesigen Entfernung musste sie die Möglichkeit auf jeden Fall in Betracht ziehen, zumal sie über keinerlei Erfahrung mit dieser Art von Kommunikation verfügte. Auf Unterstützung durch Ludwig konnte sie jedenfalls nicht zählen.

Elfie trank den letzten Schluck Saft, als Alex mit Amadeus im Schlepptau das Deck betrat. Noch bevor sie Elfies Tisch erreicht hatten, hörte Elfie eine aufgebrachte Stimme hinter sich.

»Aus dem Weg! Dies ist der Joggingpfad.«

Elfie drehte sich um. Eine Frau kam keuchend angelaufen und deutete auf den Boden vor sich.

Tatsächlich befand sich dort eine Markierung, die Elfie bisher nicht bemerkt hatte.

Alex sprang zur Seite, um der Joggerin Platz zu machen. Amadeus dagegen blieb wie vom Donner gerührt mitten auf dem markierten Pfad stehen und starrte die Frau an, die abrupt vor ihm abbremste.

In Erwartung einer Schimpftirade zog Elfie unwillkürlich den Kopf ein.

Die Joggerin bückte sich und streckte ihre Hand aus.

Sie würde den Hund doch nicht schlagen?

Sofort stand Elfie auf, um ihm zu Hilfe zu eilen. Auch Alex hatte bereits auf dem Absatz kehrtgemacht.

Die Frau ging jetzt in die Hocke und – kraulte Amadeus hinter den Ohren. »Du bist ja ein Süßer.«

Als sie wieder aufstand und sich Alex und Elfie zuwandte, erkannte Elfie die Joggerin. Es war die angetrunkene Dame aus dem Spielcasino, die für die peinliche Szene mit dem Chefcroupier gesorgt hatte. Sie trug knappe Shorts und ein weit ausgeschnittenes T-Shirt.

»Ist das Ihr Hund?«, fragte sie.

Alex bejahte.

»Ich liebe Möpse«, sagte die Frau mit dem Dauerlächeln. »Leider kann ich mir keinen Hund zulegen, da ich beruflich viel unterwegs bin – zu schade.«

Sie beugte sich erneut zu Amadeus hinunter und streichelte ihn.

»Ich muss weiter«, sagte sie und trabte wieder an. »Jeden Tag mindestens drei Runden, sonst war die Fettzellenentleerung für die Katz.«

Alex und Elfie sahen ihr verwundert nach.

»Eine sehr offenherzige Dame«, kommentierte Alex und grinste.

»Jedenfalls nimmt sie kein Blatt vor den Mund«, sagte Elfie. »Das hat sie auch bei Leo Spielberg nicht getan. Sie war diejenige, die ihm Geld zugesteckt und ihn in ihre Kabine beordert hat. Als er sie zurückgewiesen hat, ist sie ziemlich ausfällig geworden.«

»Dann sollten wir die Dame näher unter die Lupe nehmen«, sagte Alex. »Verschmähte Liebe könnte durchaus ein Motiv sein.«

Elfie nickte erfreut. Jetzt sprach Alex schon von »wir«.

»Ich werde mich ein wenig umhören«, versprach sie. »Selbstverständlich ganz diskret. Übrigens heißt die Dame Vandertrost, wenn ich mich richtig erinnere. Der Name kam mir passend vor. Sie schien an dem Abend wirklich nicht ganz bei Trost zu sein.«

11.

Alex beschloss, den Kreuzfahrtdirektor diesmal möglichst außen vor zu lassen. Er hätte sicher Bedenken, wenn sie Nachforschungen über einen Passagier anstellte. Außerdem zählte Kaiser selbst zu den Verdächtigen. Immerhin hatte er heftig mit Spielberg gestritten, kurz bevor dieser verschwand.

Für einen Moment wünschte Alex, sie wäre zu Hause und könnte offiziell ermitteln. Dann hätte sie das Schiff von oben bis unten gründlich durchsuchen lassen und wüsste definitiv, ob Spielberg über Bord gegangen war. Zudem würde die Spurensicherung bestimmt nützliche Hinweise liefern. Doch hier waren ihr die Hände gebunden. Darüber hinaus lag ihr dieses heimliche Herumlavieren überhaupt nicht.

Sie ging zur Rezeption und erkundigte sich nach einer Frau Vandertrost.

»Gloria Vandertrost ist seit Bremerhaven an Bord und hat eine vierwöchige Reise gebucht«, informierte Rezeptionistin Sonja und zeigte Alex im Computer ein Foto. »Wenn Sie diese Dame meinen.«

Alex nickte. »Die meine ich. Wo kann ich sie finden?«

»Sie bewohnt die Mastersuite auf Deck Megaira.«

Alex bedankte sich und machte sich auf den Weg.

War Megaira bei den alten Griechen nicht die Rachegöttin und die Verkörperung des Neides und der Eifersucht?

Vielleicht hatte Gloria Vandertrost sich gerächt, weil Spielberg ihre Liebe verschmäht hatte.

Megaira war das zweite Deck von oben, die Mastersuite befand sich vorn am Bug. Sie musste direkt unter der Präsidentensuite liegen, die Herrndorfs bewohnten.

Bei der Erinnerung an das unbeschwerte Herumalbern mit Tom an der Reling musste Alex grinsen. Dann sah sie, dass die Tür der Suite offen stand. Ein Steward trug gerade Wäsche hinaus, deponierte sie auf einem Wagen und nahm einen Stapel frischer Handtücher. Es handelte sich um einen jungen Filipino, den Alex bereits von der Befragung der Kabinen-Stewards kannte und der perfekt Deutsch sprach.

Als er Alex sah, blieb er höflich stehen.

»Ich habe Leo Spielberg immer noch nicht gesehen«, sagte er mit einem bedauernden Lächeln.

»Vielleicht können Sie mir trotzdem helfen.« Alex warf einen Blick auf sein Namensschild. »Liberato, ich wüsste gern, wann und wo Sie Frau Vandertrost am ersten Abend nach Genua gesehen haben.«

Liberato runzelte die Stirn. »Sie meinen an dem Abend, als Leo verschwunden ist?«

Alex nickte.

»Daran kann ich mich noch gut erinnern. Wir haben gerade die Kabinen für die Nacht vorbereitet, als Frau Vandertrost mit zwei Casino-Pagen den Gang entlangkam. Sie schien sehr wütend zu sein und hat mir aufgetragen, eine Flasche Champagner und Horsd' œuvres für zwei Personen in ihre Suite zu bringen.«

»War jemand bei ihr, als Sie die Sachen servierten?«, fragte Alex.

Liberato schüttelte den Kopf. »Es war niemand da. Als

nach mehrfachem Klopfen keiner geöffnet hat, habe ich meine Schlüsselkarte benutzt und die Bestellung im Wohnzimmer angerichtet. Die Tür zum Schlafzimmer stand offen. Frau Vandertrost war nirgends zu sehen.«

»Und am nächsten Morgen, war da jemand in der Kabine?«, hakte Alex nach.

»Außer Frau Vandertrost niemand, aber die Häppchen waren gegessen und die Champagnerflasche war geleert worden. Im Schlafzimmer standen zwei benutzte Gläser, und das Bett …«

»Was war mit dem Bett?«

»Ja, also … Wir mussten es komplett neu beziehen.«

»Wieso?«

»Ähm … Na ja, es gab deutliche Spuren einer Liebesnacht.«

Gloria Vandertrost hatte also Sex gehabt, vielleicht doch mit Leo Spielberg?

»Gab es irgendeinen Hinweis darauf, wer ihr Partner gewesen sein könnte?«, fragte Alex.

»Neben dem Bett lag ein goldener Ankerknopf am Boden.« Liberato grinste vielsagend.

»War es ein Uniformknopf?«

»Ganz eindeutig.«

»Dann muss es jemand vom Personal gewesen sein.« Sie musterte Liberatos Uniform, die ebenfalls Ankerknöpfe aufwies. »Oder Sie haben den Knopf selbst dort verloren.«

Liberato schüttelte den Kopf und wies auf die Knopfleiste an seinem Hemd. »Sehen Sie genau hin!«

»Ihre Knöpfe sind silbern«, stellte Alex fest.

»Genau. Goldene Knöpfe tragen nur Offiziere und Abteilungsleiter.«

»Haben Sie den Knopf noch?«

»Nein, den habe ich in den Müll geworfen. Die Öse war ausgerissen.«

Alex bedankte sich und ging langsam davon.

Als Chefcroupier war Spielberg Abteilungsleiter. Der Knopf könnte also von ihm stammen. Vielleicht war er doch noch zu Gloria Vandertrost in die Kabine gekommen?

Ein paar Stockwerke tiefer trat Alex auf das Promenadendeck hinaus, lief zum Bug vor und besah sich die Balkone. Der zweite von oben gehörte zur Vandertrost-Suite.

Wenn man dort etwas hinunterwarf, landete es unweigerlich auf dem Balkon darunter, der nach vorn versetzt war. Von Vandertrosts Kabine aus hätte Spielberg also nicht über Bord gehen können.

Auf jeden Fall würde sie Gloria Vandertrost auf den Zahn fühlen, ob sie Spielberg an dem Abend noch einmal gesehen hatte.

Elfie klappte ihren Laptop zu und stand entschlossen auf.

»Jetzt weiß ich Bescheid. Wir können loslegen. Komm, Amadeus!«

Noch bevor sie sein Büro erreicht hatte, lief der Kreuzfahrtdirektor ihr in der Lobby über den Weg.

»Herr Kaiser, ich brauche Ihre Hilfe.« Sie schenkte ihm ein Lächeln, obwohl ihr nicht danach zumute war.

»Jetzt ist es schlecht. Ich habe gleich ein Meeting.« Kaisers Freundlichkeit wirkte ebenfalls angestrengt.

»Es muss aber jetzt sein«, beharrte Elfie. »Es dauert auch nicht lange. Sie haben doch gesagt, ich hätte etwas gut bei Ihnen, neulich, als wir uns mit dem künftigen Herrndorf-Schwiegersohn unterhalten haben …«

Die Erwähnung des prominenten Namens änderte Kaisers Haltung spürbar. »Selbstverständlich. Was kann ich für Sie tun?«

»Ich müsste kurz in Leo Spielbergs Kabine.«

»Dazu brauchen Sie mich nicht. Ihre Polizistenfreundin bekommt über den Kapitän überall Zugang.« Kaiser wollte davoneilen.

»Halt«, sagte Elfie energisch. »Ich möchte vorerst nicht, dass jemand von meinem Vorhaben erfährt. Das muss unter uns bleiben.«

»Was haben Sie denn vor?« Kaiser grinste. »Etwa etwas am Rande der Legalität? Wollen Sie vielleicht in Leos schmutziger Wäsche wühlen?«

»Nicht so laut!« Elfie senkte die Stimme und zog Kaiser am Jackenärmel. »Kommen Sie, ich erkläre es Ihnen auf dem Weg.«

Widerwillig folgte Kaiser ihr.

»Ich möchte Amadeus als Spürhund einsetzen«, erläuterte Elfie. »Frau von Lichtenstein hält nichts von der Idee.«

Kaiser blieb stehen und starrte ungläubig zwischen Elfie und Amadeus hin und her. Dann begann er so herzhaft zu lachen, dass seine Schultern zuckten und ihm Tränen in die Augen traten.

»Das ist nicht Ihr Ernst«, brachte er hervor. »Dieser … dieser Mops soll als Spürhund fungieren?«

»Er hat schon einmal einen Vermissten gefunden«, gab Elfie frostig zurück. »Hunde haben einen erstaunlichen Geruchssinn. Ihre Riechschleimhaut ist sechzehnmal dicker und dreißigmal größer als die des Menschen. Ein Hund verfügt über zweihundert Millionen Riechzellen, der Mensch lediglich über fünf Millionen«, referierte sie ihre frisch erworbenen Kenntnisse.

»Das mag schon sein.« Kaiser wischte sich die Lachtränen

aus den Augen. »Aber … ach, was soll's? Tun Sie einfach, was Sie nicht lassen können, und verschonen Sie mich mit den Details.«

Er öffnete Spielbergs Kabinentür, und sie traten ein.

»Viel Spaß beim Herumschnüffeln. Stecken Sie Ihre Nase nur kräftig in die Unterwäsche.«

Mit einem erneuten Auflachen drehte Kaiser sich um und verschwand.

Elfie schnaufte empört. Was für ein unverschämter Kerl! Aber wenigstens hatte sie ihr Ziel erreicht.

Neugierig sah sie sich in der Kabine um, die genauso aussah wie ihre eigene. Amadeus ließ sich derweil auf den Bauch plumpsen und streckte alle viere von sich.

Nach ihren Recherchen im Internet wusste Elfie, dass beim *Mantrailing* der Hund dem Individualgeruch eines bestimmten Menschen folgt und die Suche am letzten Aufenthaltsort der Person beginnt.

Ob Spielberg vor seinem Verschwinden in der Kabine war, entzog sich ihrer Kenntnis. Aber unabhängig davon müsste er hier auf jeden Fall Geruchsspuren hinterlassen haben.

Am letzten Aufenthaltsort wird dem Hund ein Geruchsgegenstand angeboten, rekapitulierte Elfie das Gelesene, zum Beispiel von der Person getragene Wäsche.

Elfie schüttelte sich bei dem Gedanken. Gleichzeitig ärgerte sie sich, dass Kaiser mit seiner Bemerkung voll ins Schwarze getroffen hatte.

Sie hatte sich vorgestellt, auf dem Bett oder über dem Stuhl ein Hemd oder T-Shirt zu finden. Fehlanzeige! Die Kabine war tadellos aufgeräumt, nichts lag herum.

Zögerlich öffnete Elfie den Kleiderschrank und inspizierte die Hosen und Hemden. Sie schienen alle frisch gewaschen und gebügelt zu sein.

Ganz unten entdeckte sie einen fest verschlossenen Wäschebeutel. Hilfesuchend blickte sie sich noch einmal um. Gab es denn keine andere Möglichkeit? Vielleicht die Bettwäsche? Davon hatte sie jedoch im Internet nichts gelesen. Außerdem sah das Bett frisch bezogen aus.

Sie seufzte, drehte sich wieder zum Schrank und holte den Wäschebeutel heraus, der ungefähr halb gefüllt war. Sie legte ihn auf den Tisch, nahm ihren ganzen Mut zusammen und zog die Kordel auf. Hineinzugreifen brachte sie nicht über sich, deswegen schüttete sie den Inhalt vorsichtig auf den Tisch.

Hilflos beäugte sie das schwarze Knäuel.

Dann holte sie einen Kugelschreiber aus ihrer Tasche, fuhr damit unter ein seidiges Etwas und hob es in die Höhe.

Was war das denn? Ein Stringtanga!

Elfie errötete. Das ging zu weit. Sie sollte die Aktion besser abbrechen.

»Reiß dich zusammen, Elfriede!«, ermahnte sie sich dann. »Da musst du jetzt durch.«

Mit Hilfe des Kulis zog sie den Haufen Wäsche vorsichtig auseinander. Neben fünf winzigen Tangas zählte Elfie zehn schwarze Socken. Unterhemden trug der schöne Leo offenbar nicht. Sie platzierte den Wäschebeutel unterhalb der Tischkante und schob die Sachen mit dem Kuli wieder hinein – bis auf eine Socke.

Nachdem sie den Beutel im Schrank verstaut hatte, hob sie den Strumpf mit spitzen Fingern hoch und hielt ihn Amadeus vor die Nase.

Der Mops schnüffelte kurz daran, dann legte er den Kopf wieder auf die Pfoten und schloss die Augen. Sein Interesse am Mantrailing tendierte offenbar gegen null.

Für den Fall hatte Elfie jedoch vorgesorgt und Hundeleckerlis eingesteckt. Sie holte eins aus der Tasche, woraufhin Amadeus sich sofort erhob.

»Du sollst nach Leo Spielberg suchen.« Elfie präsentierte dem Mops erneut die Socke. »So riecht er. Zur Belohnung bekommst du dann einen Hundekeks.«

Amadeus wedelte mit dem Schwanz. Er schien verstanden zu haben. Zur Sicherheit wiederholte Elfie seine Aufgabe und hielt ihm abwechselnd den Strumpf und das Leckerli vor die Nase.

Amadeus schüttelte sich und lief zur Tür.

Vielleicht war es besser, den Geruchsträger mitzunehmen, falls die Spur sich unterwegs verlor. Aber wohin damit?

Die schmutzige Socke offen in ihrer Tasche zu transportieren, kam nicht in Frage. Sie brauchte einen Behälter, fand jedoch nichts Passendes – bis auf die Tüte mit den Hundeleckerlis. Kurz entschlossen stopfte sie die Socke dazu und verschloss den Beutel mit dem Clip.

Sie öffnete die Kabinentür und ließ Amadeus laufen. Zielstrebig wandte er sich nach rechts, lief die nächste Treppe hinauf und hinaus ins Freie.

Anscheinend hatte er Witterung aufgenommen. Elfie eilte erfreut hinterher, bis sie sah, dass der Mops einen Laternenmast auf dem Hundedeck ansteuerte und dort sein Bein hob. Nun, wenn die Natur rief, war nichts zu machen.

Anschließend kam er jedoch zu ihr zurück und stupste mit der Schnauze gegen ihre Handtasche. Nachdem er sich erleichtert hatte, besann Amadeus sich offenbar wieder auf seine Aufgabe.

»Schlaues Kerlchen«, murmelte Elfie.

Verstohlen öffnete sie in ihrer Tasche die kleine Tüte und ließ den Mops hineinschnuppern. Er bohrte begierig seinen

Kopf in die Tasche, bis ein Knacken zu hören war und er kauend wieder auftauchte. Er hatte wohl einen Keks erwischt.

»Nun such schön«, flüsterte Elfie ihm zu.

Tatsächlich setzte der Mops sich in Bewegung und schnüffelte am Boden entlang.

Das sah richtig professionell aus, befand Elfie voller Stolz. Ein Belgischer Schäferhund könnte das sicher auch nicht besser.

Erwartungsvoll folgte sie ihm.

Amadeus lief eine Treppe hinunter, eine zweite und schließlich eine dritte, an der *Zutritt nur für Personal* stand. Elfie zögerte einen Moment. Der Mops war jedoch schon verschwunden, so dass sie ihm notgedrungen folgen musste. Außerdem gehörte sie ja irgendwie auch zum Personal.

Wenn sie wirklich eine Spur des verschwundenen Croupiers fänden! Elfie malte sich gerade aus, wie sie Alex stolz davon berichten und Amadeus' Verdienste hervorheben würde, als sie ihn laut bellen hörte.

Vor Aufregung klopfte ihr Herz laut in ihrer Brust. Sie hatte gelesen, dass Leichensuchhunde den Fundort durch Bellen melden.

Sie begann zu laufen und entdeckte Amadeus vor einer geschlossenen Tür, an der er mit der Pfote kratzte. Dies entsprach ebenfalls dem üblichen Verhalten von Spürhunden, die einen Fund anzeigten.

Elfie atmete tief durch und wappnete sich für den Anblick, der sich ihr womöglich gleich bieten würde. Dann drückte sie entschlossen die Klinke hinunter, zog die Tür auf und – prallte erschrocken zurück.

Amadeus dagegen rannte freudig in die Küche hinein

und blieb schwanzwedelnd vor einem Mann stehen, der gerade ein Blech mit Hundekuchen aus dem Ofen holte.

»Du hast wohl gerochen, was es hier Feines gibt«, sagte der Bäcker. »Aber die sind noch zu heiß.«

Er ging zu einem Tisch hinüber, nahm einen schon abgekühlten Keks und gab ihn Amadeus, der ihn genüsslich verspeiste.

»Eigentlich haben Hunde hier keinen Zutritt, und Passagiere auch nicht.« Der Mann lächelte Elfie entschuldigend an. »Aber ich kann Ihnen noch eine kleine Wegzehrung mitgeben.«

Er füllte eine Tüte mit Leckerlis und drückte sie Elfie in die Hand.

»Ja, danke … Entschuldigen Sie bitte … Ich dachte …«, stammelte Elfie und trat den Rückzug an.

Amadeus folgte ihr und stupste auffordernd gegen die Tüte. Anscheinend hielt er seine Mission für erfüllt und forderte seine Belohnung ein.

Was für ein Reinfall!

12.

Der Spa-Bereich war ein Traum. Behutsam öffnete Alex die Tür zum Wassergarten, um ja keinen störenden Laut in dieser entspannten Idylle zu verursachen. Drinnen wurde sie von gedämpfter Musik, plätscherndem Wasser und leisem Vogelgezwitscher empfangen.

Die Ruheliegen schienen auf dem Wasser zu schweben, in dem Lotusblüten schwammen und Schilfrohr sowie andere üppige Pflanzen drapiert waren.

Vorsichtig setzte Alex einen Fuß auf die erste schwimmende Steinplatte. Sie bewegte sich nur leicht, so dass Alex ihren Weg bis zu einer Liege vorn an der Fensterfront fortsetzte.

Sie fühlte sich wie auf Wolke sieben. Die Massage hatte ihre verspannten Schultermuskeln spürbar gelockert. An ihrem Rücken schien jetzt alles wieder am richtigen Platz zu sein, und der unglaublich flauschige Bademantel umschmeichelte ihre Haut.

Alex kuschelte sich auf die Liege, nachdem sie ihre Füße in eines der bereitliegenden Handtücher gehüllt hatte. Ein letzter Blick auf den Baldachin über ihrem Kopf, dann schloss sie die Augen. Eine tiefe Zufriedenheit breitete sich in ihr aus. Sie döste vor sich hin und dachte an nichts – etwas, das ihr selten gelang und das sie deshalb als Geschenk betrachtete.

Ganz weit weg hörte sie die Tür des Ruheraums auf- und wieder zugehen. Es interessierte sie nicht, ob jemand gekommen war. Sie wollte den herrlichen Schwebezustand, in dem sie sich befand, weiter auskosten.

Klackernde Absätze näherten sich. Warum trug eigentlich nicht jeder die weichen Badeslipper, die an Bord zur Verfügung gestellt wurden? Sie waren bequem und verursachten keinerlei Geräusch.

Alex zuckte zusammen, als jemand laut nieste. Dann folgte ein trompetenähnliches Naseputzen, das jedem Elefanten zur Zierde gereicht hätte. Mit der himmlischen Ruhe war es vorbei. Trotzdem weigerte Alex sich, die Augen zu öffnen. Sie wollte überhaupt nicht wissen, wer der Störenfried war. Auf Small Talk hatte sie keine Lust.

Stattdessen beamte sie sich in Gedanken zurück auf die Liege des Masseurs und zu seinen kundigen Händen. Hatte das gutgetan, so gut, dass sie beinahe zu schnurren begonnen hätte.

Auf der Liege neben ihr wurde hin und her geräumt. Konnte es wirklich so schwierig sein, sich bequem hinzulegen?

Dann ein Räuspern. Alex stellte sich weiterhin schlafend.

Erneutes Räuspern, diesmal deutlicher.

»Ähem, wir kennen uns doch.« Eine Frauenstimme. »Wo haben Sie denn Ihr süßes Baby gelassen?«

»Sie müssen mich verwechseln«, murmelte Alex mit geschlossenen Augen. »Ich habe kein Kind.«

Ein amüsiertes Auflachen, dann raschelten die Blätter einer Grünpflanze.

»Natürlich sind Sie die Frau mit dem Mops.«

Widerwillig schlug Alex die Augen auf und drehte ihren Kopf zur Seite. Durch das auseinandergebogene Schilfgras grinste Gloria Vandertrost ihr entgegen.

»Schön, dass wir uns hier treffen«, plapperte diese ungerührt weiter. »Sonst wird mir zwischen den Behandlungen immer langweilig.«

Sie stand auf und kam zu Alex herüber.

»Ich darf doch, oder?« Sie deutete auf die Liege.

Alex zog die Füße an, und Gloria Vandertrost setzte sich zu ihr. »Was haben Sie heute für Anwendungen?« Sie blickte auf Alex' Unterschenkel. »Beim Epilieren waren Sie wohl noch nicht? Ich empfehle Ihnen unbedingt das Sugaring. Es tut kaum weh und hält viel länger vor als Wachsen.«

»Ich hatte eine traumhafte Massage und spüre ihr jetzt noch in Ruhe nach«, erklärte Alex, wobei sie das Wort »Ruhe« besonders betonte.

Gegen solch dezente Hinweise schien ihr Gegenüber jedoch völlig immun.

»Was, nur eine Anwendung?«, fragte die Vandertrost verblüfft. »Bei mir jagt eine Behandlung die nächste. Ich kann kaum Landausflüge mitmachen, sonst würde ich mein Pensum nicht schaffen.«

»Was denn für ein Pensum?«, fragte Alex.

»Ultraschall-Kavitation gegen die Fettdepots und die ganze Palette der Anti-Aging-Behandlungen. Wenn sich schon einmal die Gelegenheit bietet, sich von Kopf bis Fuß runderneuern zu lassen, muss man es unbedingt nutzen. Finden Sie nicht?«

Alex zuckte mit den Schultern.

»Die Medical-Beauty-Abteilung auf diesem Schiff steht unter der Leitung von Doktor Schönhausen«, fuhr die Vandertrost voller Begeisterung fort. »Er ist die Koryphäe schlechthin auf dem Gebiet der plastischen und ästhetischen Chirurgie, und bei dieser Fahrt ist er sogar selbst an Bord.«

»Haben Sie sich operieren lassen?«, fragte Alex ungläubig.

»So etwas fragt man eine Dame nicht.« Gloria Vandertrost strich mit beiden Händen über ihr faltenfreies Gesicht. »Nun ja, ein wenig nachgeholfen haben wir schon. Man muss schließlich immer am Ball bleiben. Die Konkurrenz schläft nicht.«

Sie musterte Alex prüfend. »Sie sind ja noch jung. Man sollte jedoch bereits den Anfängen wehren. Ein bisschen Botox ab und zu hält die Haut schön glatt. Doktor Schönhausen bietet eine günstige Flatrate an.«

Alex betrachtete Gloria Vandertrost fassungslos. War an der Frau überhaupt noch etwas echt? Die Lippen wirkten extrem voll, wie ein übertriebener Schmollmund. Gesicht und Dekolleté wiesen keine einzige Falte auf. Was Alex jedoch am meisten störte, war das ständige Grinsen, das merkwürdig starr wirkte. Da hatte es der gute Doktor Schönhausen mit dem Botox wohl ein wenig übertrieben.

Wenn die Vandertrost unbedingt reden wollte, konnte Alex dies auch zu ihren eigenen Zwecken nutzen. Denn ihr Bedarf an Infos über Schönheitschirurgie war mehr als gedeckt.

»Sie kennen Leo Spielberg?«, sagte Alex.

Falls Gloria Vandertrost über diesen abrupten Themenwechsel erstaunt war, ließ sie es sich nicht anmerken.

»Das will ich wohl meinen.« Sie rollte vielsagend mit den Augen. »Der ist zwar sein Geld wert, kann aber auch ein herzloser Mistkerl sein.«

»Meinen Sie die Szene im Casino?«, hakte Alex nach.

»Genau. Es war erniedrigend, mich öffentlich zurückzuweisen.« Gloria Vandertrosts Stimme klang zornig. Das Grinsen klebte ihr jedoch weiterhin im Gesicht.

»Vielleicht hätten Sie ihm nicht öffentlich Avancen machen sollen«, hielt Alex dagegen.

»Pah, vorher hat er sich nicht so geziert.« Die Vandertrost machte eine wegwerfende Handbewegung. »Er war schon mehrfach in meiner Kabine. Wir hatten viel Spaß, und ich habe ihn jedes Mal fürstlich entlohnt.«

»Sie hatten Sex mit Leo Spielberg gegen Bezahlung?«

»So würde ich es nicht formulieren. Es war keine geschäftliche Vereinbarung, sondern ich habe ihm freiwillig Geld gegeben. Ich weiß guten Service zu schätzen.«

»Aber an dem Abend wollte er nicht?«

»Er sagte, er habe keine Zeit. Seine Ablehnung habe ich jedoch nicht ernst genommen.«

»Deswegen haben Sie Champagner und Häppchen bestellt.«

»Hier bleibt wohl nichts geheim.« Gloria Vandertrost zog die Augenbrauen hoch. »Ja, ich ging davon aus, Leo noch umzustimmen.«

»Ist Ihnen das gelungen?«

»Herzchen, Sie sind aber ganz schön neugierig.« Die Vandertrost stand auf. »Ich muss zur nächsten Behandlung. Außerdem ist Leo verschwunden. Da müssen Sie sich ohnehin anders orientieren, wenn Sie guten Sex haben wollen.«

Elfie drehte ihre Runden über die verschiedenen Decks der *Aphrodite*. Beim Gehen konnte sie am besten ihre Gedanken ordnen.

Nachdem der Versuch mit Amadeus als Spürhund aufgrund seiner kulinarischen Vorlieben kläglich gescheitert war, musste sie zu anderen Methoden greifen, um mehr über das Verschwinden Spielbergs herauszufinden. Sie wollte schließlich ihrer ehrenvollen Aufgabe als Hilfssheriff gerecht werden und Alex bei der Aufklärung des Falls tatkräftig unterstützen – sofern dies nicht mit ihrem eigenen Projekt kollidierte.

Sie blieb stehen und blickte auf das Meer hinaus.

Was war mit dem Chefcroupier passiert? Inzwischen glaubte sie nicht mehr daran, dass er wieder auftauchte. Er war sicher über Bord gegangen, und das höchstwahrscheinlich nicht freiwillig.

Wer hatte also nachgeholfen? Liebend gern hätte Elfie es selbst erledigt. Ihr stockte noch immer der Atem, wenn sie daran dachte, wie Spielberg ihr eiskalt gedroht hatte. Doch bevor sie zur Tat schreiten konnte, war ihr jemand zuvorgekommen. Offenbar war Spielberg auch anderen auf die Zehen getreten.

Während sie das stetige Auf und Ab der Wellen beobachtete, ging sie die Verdächtigen durch. Ganz oben auf ihrer Liste stand Max Kaiser. Falls er Leo beseitigt hatte und deswegen verhaftet würde, wäre ihr Projekt beendet, bevor es richtig begonnen hatte. Sollte es vielleicht so sein?

Nachdenklich setzte Elfie ihre Wanderung fort.

Bis jetzt stand das Projekt Kaiser jedenfalls unter keinem guten Stern. Vor allem seine Pluszeichen bereiteten ihr Kummer.

Unvermittelt blieb sie stehen. Wenn Kaiser Spielberg umgebracht hatte, wäre das eigentlich ein Plus oder ein Minus für ihn?

Elfie musste nicht lange überlegen und spazierte weiter. Da Leo ein solches Scheusal war, hätte Kaiser dafür ein dickes Plus verdient, was sie ihm jedoch ungern zugestanden hätte. Also wäre es besser, wenn jemand anders Spielberg auf dem Gewissen hätte.

Für mindestens ebenso verdächtig hielt Elfie Gloria Vandertrost. Sie musste unbedingt Näheres über die Dame in Erfahrung bringen. Vielleicht könnte ihr der nette Bordfotograf weiterhelfen, er wusste viel über die Passagiere.

Elfie steuerte Deck Artemis an. Noch bevor sie das Fotostudio erreichte, entdeckte sie Schurike in der Kunstgalerie. Dort standen einige Leute mit Sektgläsern in der Hand und lauschten den Ausführungen einer eleganten Dame, die mit ausholenden Gesten immer wieder auf ein Bild wies.

Schurike fotografierte die Gruppe von allen Seiten. Als er Elfie sah, winkte er ihr zu und bedeutete ihr, ebenfalls in die Galerie zu kommen.

Nach kurzem Zögern trat sie ein.

»Hier entlang.« Schurike führte sie in den hinteren Teil des Raumes, wo sich Stehtische mit Getränken und Tellern befanden. »Greifen Sie zu, es ist alles kostenlos.«

Er schenkte Elfie ein Glas Sekt ein und hielt ihr eine Platte hin. »Blinis mit echtem Kaviar. Kostet ein Vermögen. Probieren Sie!«

Er selbst stopfte sich zwei der aufgerollten Kunstwerke hintereinander in den Mund. »Lecker, nicht wahr?«

Elfie kostete und trank einen Schluck Sekt dazu. »Eine köstliche Kombination.«

»Dann nehmen sie noch ein paar.« Schurike reichte ihr erneut die Platte.

Elfie hob abwehrend die Hände. »Nein, ich bin doch gar nicht eingeladen.«

»Dies ist ein öffentlicher Sektempfang für alle Passagiere«, sagte Schurike mit Nachdruck. »Deswegen können Sie sich ruhig gütlich tun. Wenn nur eines der Bilder verkauft wird, bringt das schon ein Vielfaches der Ausgaben für den Sektempfang wieder herein.«

»Ist das die Besitzerin der Galerie?« Elfie deutete zu der

aparten Dame hinüber, die ihren Gästen inzwischen ein anderes Bild zeigte.

»Ja, das ist Frau Doktor Krönung-Maler.« Schurike grinste. »Ein treffender Name für eine promovierte Kunsthistorikerin. Ich wette, sie hat diesen Maler nur des hübschen Doppelnamens wegen geheiratet. Außerdem ist er wohl gut betucht und hat ihr den Schritt in die Selbständigkeit ermöglicht.«

»Was Sie nicht alles wissen«, sagte Elfie staunend. »Apropos, ich wollte Sie fragen …«

»Entschuldigung«, unterbrach Schurike sie. »Die Arbeit ruft.«

Er eilte mit seiner Kamera nach vorn, wo Frau Doktor Krönung-Maler gerade einem Ehepaar die Hände schüttelte.

»Ich gratuliere Ihnen zu dem Kauf und Ihrem Geschmack, den Sie damit bewiesen haben«, sagte die Galeristin. »Mit dem Bild werden Sie viel Freude haben.«

Während Schurike die stolzen Käufer mit ihrem neuerworbenen Kunstwerk ablichtete, besah Elfie sich das Bild genauer.

Es war – rot. Rechts ein bisschen dunkler und dicker aufgetragen, links ein wenig heller und dünner. Nur eine rote Fläche, sonst nichts. Das könnte jedes Kindergartenkind malen.

Schurike kam zu Elfie zurück und schenkte ihr Sekt nach.

»Sehen Sie, wieder eins verkauft«, sagte er. »Bereits das vierte heute. Da können wir uns beruhigt noch einmal bedienen.«

»Was kostet das Bild denn?«, wollte Elfie wissen.

»Vierzehntausend Euro.«

Elfie verschluckte sich an ihrem Sekt und begann zu husten. Schurike klopfte ihr auf den Rücken.

»Das ist ein Scherz«, brachte sie hervor, als sie wieder Luft bekam. »Für diese ungleichmäßige rote Fläche?«

Schurike lachte und wies auf andere Bilder an den Wänden. »Die blaue, die gelbe und die grüne Fläche kosten genauso viel. Gerade Neureiche schmücken sich gern mit moderner Kunst, von der sie nichts verstehen. Denen kann man alles andrehen und einen Haufen Geld dafür verlangen.«

»Soll das heißen, die Galeristin haut die Leute übers Ohr?«

»Nein, nein. Die Krönung-Maler hält große Stücke auf den Künstler und ist von der herausragenden Qualität der Bilder überzeugt. Vielleicht verstehe ich ja nichts von dieser Art von Kunst, aber für mich sind solche Bilder die reinste Verarschung.«

»So hätte ich es zwar nicht ausgedrückt.« Elfie grinste Schurike verschwörerisch an. »Aber inhaltlich bin ich ganz Ihrer Meinung.«

»Darauf trinken wir.« Schurike hob sein Glas, und sie stießen an. »Was wollten Sie mich übrigens vorhin fragen?«

»Kennen Sie Frau Vandertrost?«

»O ja, die lässt nichts anbrennen.«

»Nicht so laut.« Elfie sah sich peinlich berührt um, doch niemand sah zu ihnen herüber. »Vielleicht sollten wir das lieber anderswo besprechen.«

»Treffen wir uns auf dem Promenadendeck, vorn am Bug, in einer halben Stunde«, schlug Schurike vor. »Bis dahin bin ich hier fertig.«

Es war bereits dunkel, als Elfie auf das Promenadendeck hinaustrat und zum Bug schlenderte.

Was Paul-Friedrich wohl gerade machte? Immer wenn sie ein wenig zur Ruhe kam, vermisste sie ihn.

Hinter sich hörte sie Schritte, und Schurike schloss zu ihr auf. Sie setzten sich in einen Strandkorb in einer geschützten Ecke.

»Was wissen Sie über Gloria Vandertrost?«, fragte Elfie.

»Zu den Promis zählt sie nicht«, berichtete Schurike. »Sie hält sich sehr bedeckt, woher sie kommt und womit sie ihr Geld verdient. Wenn sie getrunken hat, wird sie ein wenig zügellos.«

»Das habe ich schon erlebt.« Elfie dachte an die Szene im Casino.

»Sie steht auf jüngere Männer, manchmal darf es auch ein älteres Semester sein.« Schurike grinste anzüglich.

Elfie riss die Augen auf. »Heißt das, sie hatte schon etwas mit verschiedenen Männern an Bord?«

Schurike nickte.

»Auch mit Leo Spielberg?«, hakte Elfie nach.

»Der schöne Leo ist bei den Damen äußerst beliebt. Die Vandertrost hat seine Qualitäten erkannt und ihn sofort mit Beschlag belegt. Da sie sehr großzügig ist, hat sich das für Leo gelohnt.«

»Er hat sich dafür bezahlen lassen.« Elfie war nicht einmal mehr schockiert angesichts der neuen Informationen.

Wahrscheinlich war die besondere Atmosphäre auf der *Aphrodite* daran schuld. Noch nie hatte Elfie sich so häufig mit dem Thema Sex konfrontiert gesehen wie an Bord dieses Schiffes. Das stumpfte wohl ab.

Schurike sah sie erstaunt an. »Sie sind nicht schockiert?«

»Sollte ich?« Elfie lachte nervös auf.

Hoffentlich bekam der Fotograf jetzt keinen falschen Eindruck von ihr.

Er musterte sie tatsächlich mit neuem Interesse.

»Spielberg ist jedenfalls ein geschäftstüchtiger Mann«, fuhr sie fort. »Wie viele Nebeneinnahmen er wohl noch hatte?«

»Wie meinen Sie das?« Schurike sah sie fragend an.

»Spielberg hat in die Casinokasse gegriffen und seine Kollegen um Trinkgelder betrogen.«

Sobald der Satz heraus war, hätte Elfie sich ohrfeigen können. Sie durfte keine Interna weitererzählen, wobei auf diesem Schiff sowieso nichts lange geheim blieb.

»Das muss aber unter uns bleiben«, fügte sie schnell hinzu.

»Die kleine Ratte.« Anscheinend war das als Kompliment gemeint, denn Schurike pfiff anerkennend durch die Zähne. »Er hat aus seinen Möglichkeiten das Beste gemacht. Der Reederei geschieht es recht. Die Sache mit dem Trinkgeld ist allerdings grenzwertig.«

»Na, hören Sie mal!« Elfie schüttelte vehement den Kopf. »In beiden Fällen handelt es sich um Diebstahl und somit um ein Verbrechen.«

»Den Reichen etwas wegzunehmen empfinde ich als gerechte Umverteilung«, gab Schurike aufgebracht zurück. »Denken Sie nur an Robin Hood.«

Elfie lag bereits eine harsche Antwort auf der Zunge, doch im letzten Moment schluckte sie sie hinunter. Irgendwie war das Konzept der ausgleichenden Gerechtigkeit nicht verkehrt. Sie würde in Ruhe darüber nachdenken müssen.

Schurike schien ihr Schweigen als Zustimmung aufzufassen.

»Wenn ich nur wüsste, was mit Leo passiert ist«, sagte er nachdenklich. »Ein sehr ungünstiger Zeitpunkt zu verschwinden, wo wir gerade unser neues Projekt starten wollten.«

Bei seinen Worten horchte Elfie interessiert auf. Vielleicht gab es noch mehr Menschen auf der Welt, die sich auf die eine oder andere Art für mehr Gerechtigkeit einsetzten.

Sie lehnte sich zu Schurike hinüber und legte vertrauensvoll eine Hand auf seinen Arm.

»Was für ein Projekt haben Sie geplant?«, fragte sie gespannt. »Vielleicht könnte ich aushelfen.«

Schurike brach in schallendes Gelächter aus.

»Nichts für ungut«, prustete er zwischen zwei Lachsalven. »Aber das ist definitiv nichts für Sie. Trotzdem danke für das nette Angebot. Sie werden mir immer sympathischer.«

Er strich ihr in einer seltsam vertraulichen Geste über die Wange.

Plötzlich tauchte wie aus dem Nichts Konrad Odenfels neben dem Strandkorb auf.

»Ich hoffe, ich störe nicht«, sagte er steif und mit einem vorwurfsvollen Unterton. »Frau Ruhland, ich habe Sie gesucht.«

Schurike sprang sofort auf und verabschiedete sich.

Odenfels setzte sich neben Elfie und sah sie ernst an.

»Ich muss Sie vor diesem Mann warnen«, sagte er eindringlich. »Er führt nichts Gutes im Schilde.«

»Das Gute geht manchmal unergründliche Wege«, erwiderte Elfie leichthin.

Sie überlegte, wie lange Odenfels sie schon beobachtet hatte. Wahrscheinlich war er eifersüchtig und versuchte deshalb, Schurike anzuschwärzen.

Odenfels musterte sie einen Moment prüfend, öffnete den Mund, klappte ihn wieder zu und schüttelte den Kopf.

»Nein, es geht mich nichts an«, brachte er dann mit gequältem Lächeln hervor.

»Warum haben Sie mich gesucht?« Elfie versuchte, die Unterhaltung in andere Bahnen zu lenken.

»Ich wollte fragen, ob Sie den Abend mit mir verbringen möchten.« Odenfels entspannte sich wieder. »Heute ist auf dem Pooldeck Tanz unter dem Sternenhimmel angesagt.«

»Sehr gern. Das klingt zauberhaft.« Elfie freute sich über die Einladung. »Dafür muss ich mich aber erst noch schick machen.«

Sie erhoben sich, und Odenfels bot ihr seinen Arm an.

»Ich begleite Sie zu Ihrer Kabine«, sagte er bestimmt. »Diesmal bestehe ich darauf.«

»Diesmal akzeptiere ich es gern«, gab Elfie lächelnd zurück und hakte sich bei Odenfels unter.

Als Alex mit Amadeus vom Gassigehen in die Kabine zurückkehrte, lag ein Umschlag mit ihrem Namen auf dem Tisch. Darin fand sie eine Karte vom Kapitän.

Haben Sie Lust, mich heute Abend zum Tanz unter dem Sternenhimmel zu begleiten? Ich würde mich freuen. Holen Sie mich einfach auf der Brücke ab, sobald Sie fertig sind, stand da in schwungvoller Handschrift.

Alex spürte, wie sich unwillkürlich ein Lächeln auf ihr Gesicht stahl.

»Hey, Amadeus. Stell dir vor, ich habe ein Date mit dem Käpt'n.«

Der Mops sah kurz zu Alex auf, dann ließ er sich in sein Körbchen plumpsen und schloss die Augen.

Alex fühlte sich geschmeichelt. Sie fand Jens Mehrmann sehr sympathisch. Tief in ihrem Inneren registrierte sie jedoch einen weiteren Beweggrund. Irgendetwas zwischen Genugtuung und Schadenfreude, und es hatte definitiv mit Hubert zu tun.

Sie setzte sich für einen Moment auf das Bett und gestattete ihren Gedanken, zu ihrer missglückten Beziehung zurückzukehren.

Lag es an ihr, dass bei Hubert stets die Arbeit an erster Stelle stand? Erwartete sie zu viel? War sie zu unattraktiv und langweilig?

Bevor sie völlig in Selbstmitleid versank, spürte Alex Wut in sich aufsteigen, eine gesunde und reinigende Wut. Wieso suchte sie die Schuld bei sich?

Die Antwort kannte sie nur zu gut. Weil sie dazu erzogen war, es allen recht zu machen und ihre eigenen Bedürfnisse in den Hintergrund zu stellen.

»Schluss damit!« Sie stand auf und ging zum Schrank.

Sie musste akzeptieren, dass Hubert andere Dinge wichtiger waren als sie. Sich damit zufriedengeben musste sie jedoch nicht, denn sie erwartete mehr von einer Beziehung.

Als sie den Schrank öffnete, fiel ihr Blick auf ihre Handtasche. Ohne lange nachzudenken, holte sie ihr Portemonnaie heraus und entnahm ihm Huberts Foto.

Ganz langsam zerriss sie es in winzig kleine Stückchen und warf sie in den Papierkorb.

Dann wandte sie sich der Kleiderfrage zu. Zum ersten Mal bereute sie, nicht mehr Garderobe eingepackt zu haben.

Das nachtblaue Designerkleid war zu elegant für den Anlass. Außerdem hatte sie es bereits beim Empfang in der Captain's Lounge getragen. Hosen erschienen ihr unpassend zum Tanzen.

Alex griff nach dem rot-schwarzen Sommerkleid. Es war luftig, ließ die Schultern frei und hatte einen schwingenden Rock. Genau das Richtige.

Sie drehte sich zu Amadeus und zeigte ihm das Kleid. »Was meinst du?«

Der Mops klappte kurz ein Auge auf und schloss es wieder.

»Ich werte das als Zustimmung«, sagte Alex. »Etwas anderes kommt sowieso nicht in Frage.«

Nachdem sie sich umgezogen und deutlich mehr Zeit als üblich für Frisur und Make-up aufgewendet hatte, machte sie sich auf den Weg zur Brücke.

Jens Mehrmann schien bereits auf sie gewartet zu haben. Auf ihr Klopfen öffnete er persönlich die Tür.

»Schön, dass Sie gekommen sind.« In seinem Lächeln schwang eine Spur Erleichterung mit, als ob er befürchtet hätte, Alex könnte seine Einladung ausschlagen. »Sie sehen fabelhaft aus. Da kann ich richtig mit Ihnen angeben.«

»Danke für die Blumen.« Alex lachte. »Und ich kann zu Hause von meinem Date mit dem Kapitän höchstpersönlich erzählen. Auch nicht schlecht.«

»Gehen wir.« Mehrmann fasste sie am Arm und dirigierte sie zu den Aufzügen. »Wenn ich ehrlich bin, wollte ich Sie gern einmal treffen, ohne über Leo Spielberg zu diskutieren. Außerdem kann ein bisschen Polizeischutz nie schaden.«

Alex genoss die unbeschwerte Unterhaltung. »Vor wem soll ich sie denn beschützen?«

»Man weiß nie. Manche Damen stehen auf Uniformen.«

Sie erreichten den Lift.

»Ich werde ein Auge auf Sie haben«, versprach Alex und lachte.

Der Aufzug kam und beförderte sie nach oben. Als sie das Pooldeck betraten, spielte die Band gerade »In the mood« von Glenn Miller. Ein Steward eilte auf sie zu.

»Herr Mehrmann, ich wusste nicht, dass Sie noch kommen«, sagte er. »Herr Kaiser unterhält bereits Ihren Tisch. Aber wir können noch zwei Stühle dazustellen.«

»Das ist nicht nötig«, entgegnete Mehrmann. »Haben Sie noch einen ruhigen Zweiertisch für uns?«

Eine Sekunde lang blickte der Steward irritiert vom Kapitän zu Alex und zurück. Dann gewann seine Professionalität wieder die Oberhand. »Selbstverständlich, gern. Bitte hier entlang.«

Er geleitete sie zu einem kleinen Tisch, der weit entfernt von der Musik in einer geschützten Nische stand.

»Was darf ich bringen? Eine Flasche Rosé und Tapas?«

Mehrmann sah Alex fragend an. »Könnten Sie sich damit anfreunden?«

Sie nickte, und der Steward verschwand.

»Darauf habe ich mich schon den ganzen Tag lang gefreut«, sagte Mehrmann. »Jetzt beginnt endlich der gemütliche Teil.«

Er zog seine Uniformjacke aus und hängte sie über die Stuhllehne.

»Müssen Sie heute Abend nicht Ihren repräsentativen Pflichten nachkommen?«, fragte Alex neckend.

»Ehrlich gesagt hatte ich gehofft, dass Kaiser schon alles an sich gerissen hat«, erwiderte Mehrmann und grinste. »Er ist der geborene Unterhalter und macht seine Sache wirklich gut. Da kann ich mich ruhigen Gewissens für ein paar Stunden im Hintergrund halten.«

Der Steward brachte Wein und Wasser und schenkte ihnen ein.

Alex gefiel die lauschige Stimmung an Deck. Die normale Beleuchtung war ausgeschaltet. Stattdessen verbreiteten bunte Lampions sanftes Licht. Am Himmel funkelten Tausende von Sternen.

Als der Steward gegangen war, reichte Mehrmann ihr ein Glas Wein.

»Da wir nun ganz privat zusammensitzen, können wir uns duzen, oder?« Er prostete Alex zu. »Ich heiße Jens.«

»Ich bin Alex.«

Beim Anstoßen gaben die Gläser ein feines Klirren von sich. Der Rosé war perfekt gekühlt, duftete nach sommerlichen Beeren und schmeckte frisch und fruchtig.

Alex hob die Flasche aus dem Weinkühler und las das Etikett.

»Ein spanischer *Rosado* aus Garnacha-Trauben. Sehr schwungvoll und intensiv«, befand sie.

»Mein Lieblingswein an Bord«, erklärte Jens. »Eigentlich bin ich eher der Rotweintrinker, aber im Sommer oder in wärmeren Gefilden ist mir ein gekühlter Rosé lieber.«

»Dann haben wir schon etwas gemeinsam«, sagte Alex und legte die Flasche wieder auf Eis.

Jens deutete auf ihren Fuß, der im Takt der beschwingten Melodie hin und her wippte. »Dagegen sollten wir etwas unternehmen. Möchtest du tanzen?«

»Gern.«

Sie standen auf und gingen zur Tanzfläche. Dort drehten sich bereits etliche Paare, darunter Elfie und Konrad Odenfels, die sich angeregt unterhielten. Elfie sah ausgesprochen schick aus. Sie trug ein bunt gemustertes Kleid aus transparentem Chiffon mit schwarzem Futter.

Jens führte Alex sanft, aber bestimmt im Rhythmus der Musik, während Tom und Patrizia an ihnen vorbeiwirbelten. Anschließend erschien Max Kaiser in ihrem Blickfeld, der mit Gloria Vandertrost tanzte und sich dabei gut zu amüsieren schien. Als die Vandertrost Alex entdeckte, flüsterte sie Kaiser etwas ins Ohr, woraufhin beide laut lachten und dann zu Alex und Jens hinüberblickten.

Die Band spielte das nächste Stück.

»Blue moon,
you saw me standing alone
without a dream in my heart
without a love on my own.«

Der Sänger mochte die Worte noch so gefühlvoll hauchen, von der Melancholie des Textes ließ Alex sich nicht anstecken. Sie würde Hubert keine Träne mehr hinterherweinen. Stattdessen ärgerte sie sich, dass sie die Beziehung nicht früher beendet hatte.

Noch bevor das Lied zu Ende war, sah Alex, dass Gloria Vandertrost sich Richtung Podium bewegte und dort mit dem Bandleader sprach.

Dann machte sie kehrt, so schnell es ihr die hohen Absätze erlaubten.

»Damenwahl«, rief der Bandleader.

Im selben Augenblick tippte jemand auf Alex' Schulter. Eine Alkoholfahne wehte zu ihr herüber.

»Schätzchen, jetzt bin ich dran«, zwitscherte Gloria Vandertrost. »Sie können dieses Sahneschnittchen nicht den ganzen Abend für sich allein beanspruchen.«

Jens zuckte bedauernd mit den Schultern.

»Genau das habe ich befürchtet«, raunte er Alex zu.

Dann wandte er sich zu Gloria Vandertrost. »Wie schön, Sie geben mir die Ehre.«

Sofort warf sich die Vandertrost an seine Brust, so dass kein Blatt mehr zwischen die beiden passte.

»Waren wir nicht neulich abends schon per du?« Sie legte den Kopf in den Nacken und zwinkerte ihm verschwörerisch zu.

»Nicht, dass ich wüsste«, gab Jens heiter zurück. »Das würde ich mir doch nie erlauben.«

»Mein Lieber, bei mir kannst du dir noch viel mehr erlauben. Das weißt du doch.«

Eng umschlungen entfernten sich die beiden von Alex, die ihnen ungläubig nachsah.

»Na, hat dir dieses männermordende Weib deinen Kavalier ausgespannt?« Tom erschien neben ihr. »Tanz eine Runde mit mir.«

»Der Kapitän ist nicht mein Kavalier.« Alex grinste. »Den Rest deiner Bemerkung würde ich allerdings sofort unterschreiben.«

Sie mischten sich unter die tanzenden Paare, kamen auch an Patrizia und ihrem Vater vorbei. Während Patrizia ihnen fröhlich zuwinkte, maß Oskar Herrndorf sie mit einem abschätzigen Blick.

Anschließend ging Alex zu ihrem Tisch zurück. Die Tapas waren inzwischen serviert worden.

Der Steward kam und schenkte ihr Wein nach. Sie aß ein paar Oliven, ein bisschen Serrano-Schinken und Manchego-Käse. Dabei sah sie immer wieder zu den Tanzenden hinüber.

Jens' Gesichtsausdruck konnte sie bei dem schummrigen Licht nicht erkennen. Die Vandertrost presste sich jedoch bei jeder Runde enger an ihn, soweit das überhaupt möglich war. Beide Arme hatte sie um seinen Hals geschlungen. Jetzt ließ sie eine Hand zu der Schulterklappe auf seinem Diensthemd gleiten und spielte an den Knöpfen herum. Sie flüsterte Jens etwas ins Ohr.

Alex schüttelte den Kopf. Wie schamlos konnte man sich eigentlich noch benehmen? Diese Botox-Tussi führte sich dermaßen besitzergreifend auf, als wären sie und Jens ein Paar …

Der Gedanke ließ Alex nicht mehr los, während sie wie

hypnotisiert auf Gloria Vandertrosts Hand starrte, die erneut an Jens' Schulterknöpfen herumfummelte.

Plötzlich tauchte aus Alex' Gedächtnis ein anderes Bild auf: Jens Mehrmann, wie er einen neuen Knopf an seinem Schulterstück befestigte.

Übergangslos wechselte die Szene zum Kabinen-Steward, der einen goldenen Ankerknopf neben dem zerwühlten Liebeslager der Vandertrost gefunden hatte.

Die Puzzlestücke fügten sich nahtlos zusammen. Vielleicht war es gar nicht Leo Spielberg gewesen, der die Nacht mit der Vandertrost verbracht hatte, sondern Kapitän Jens Mehrmann!

Alex spürte einen Stich der Enttäuschung.

Warum eigentlich? Sie hegte keinerlei romantische Gefühle für den Kapitän, sie fand ihn jedoch sympathisch und konnte sich nicht vorstellen, dass er etwas mit einer Frau wie der Vandertrost hatte. Die beiden passten überhaupt nicht zusammen.

Langsam wandelte Alex' Enttäuschung sich in Ärger, Ärger über Gloria Vandertrost, von der sie sich abserviert fühlte. Das Spiel konnte auch von zweien gespielt werden.

Sie erhob sich und ging zum Bandleader. Als er »Damenwahl« rief, tippte Alex der Vandertrost auf die Schulter.

»Ich darf doch«, sagte sie mit zuckersüßem Lächeln.

Jens bedankte sich bei Gloria und tanzte rasch mit Alex davon.

»Na endlich!« Er seufzte theatralisch. »Wieso hat das mit dem Polizeischutz so lange gedauert?«

»Du hast mich also für heute Abend eingeladen, damit ich dir lästige Damen vom Hals halte?« Alex grinste.

»Nicht nur deswegen.« Jens zwinkerte ihr zu. »Aber ich dachte, in dem Punkt hätte ich mich klar ausgedrückt. Ich bin es gewohnt, dass an Bord meine Anordnungen befolgt werden.«

»Jawoll, Herr Kapitän.« Alex salutierte scherzhaft.

Dennoch würde sie der Sache mit dem Knopf auf den Grund gehen. Sie musste herausfinden, ob er Leo Spielberg gehörte – oder vielleicht doch Jens Mehrmann.

13.

Dog Master Fritz hatte alle Hände voll zu tun. Er führte zwei Rehpinscher – im Partnerlook in hellblaue Pullover gekleidet –, einen Chihuahua und einen undefinierbaren Winzling mit üppigem Haarkleid an der Leine. Hinter ihm tollten zwei Pudel und ein Dackel ausgelassen auf der Hundewiese herum.

Amadeus, der sich auf Schnüffelrunde entlang der historischen Laternenpfähle befand, sah von Zeit zu Zeit sehnsüchtig zu ihnen hinüber. Jedenfalls kam es Alex so vor, und sie fragte sich, warum er sich nicht zu den anderen Hunden gesellte. Die Bewegung würde ihm guttun. War er zu faul dazu, oder hatte er Angst, nicht schnell genug zu sein, um mit ihnen mithalten zu können?

»Guten Morgen.« Fritz war zu Alex herübergekommen. »Möchten Sie Amadeus hierlassen?«

Die Rehpinscher zogen nach links, der Chihuahua nach rechts. Nur der vierte mit der außergewöhnlichen Mähne blieb hocherhobenen Hauptes stehen. Sein braun-weißes Fell war so lang, dass es wie eine Schleppe um den kleinen Körper drapiert war. Mit den ebenso langen Haaren um seine Schnauze herum und den auf dem Kopf hochgetürmten Strähnen erinnerte der Hund Alex an Dumbledore aus *Harry Potter*.

»Nein, danke. Ich nehme Amadeus wieder mit«, antwortete sie und deutete auf Dumbledore. »Was ist das für eine Rasse?«

»Albus ist ein Shih Tzu«, informierte sie Fritz. »Die Rasse wurde bereits im siebten Jahrhundert in den Klöstern Tibets gehalten und ist bekannt für ihr außergewöhnliches Fell, was allerdings auch sehr pflegeintensiv ist.«

Er erlaubte sich einen kleinen Seufzer. »Heute Morgen haben wir es ganz schön lange bürsten müssen.«

Der Hund hieß tatsächlich Albus, wie Albus Dumbledore. Alex fragte sich, warum jemand seinen winzigen Hund nach einem großen Zauberer aus einem Roman benannte.

Fritz zog mit seiner Kohorte weiter. Alex nahm Amadeus an die Leine und stieg mit ihm die Treppe zum nächsten Deck hinunter. Langsam begann sie sich auf diesem Schiff eingesperrt zu fühlen.

Oder rührte ihre schlechte Laune daher, dass sie im Fall Spielberg nicht weiterkam? Oder hatte sie womöglich etwas mit Gloria Vandertrost zu tun?

Blue moon,
you saw me standing alone

Das Lied von gestern Abend kreiste wie ein Ohrwurm in Alex' Kopf herum. Dazu sah sie Jens mit der Vandertrost tanzen.

Na und? Das Liebesleben des Kapitäns ging sie nichts an. Andererseits könnte es mit dem Verschwinden Spielbergs zusammenhängen. In dem Fall wäre es durchaus relevant.

Auf jeden Fall würde sie der Sache mit dem Knopf auf den Grund gehen, auch wenn ihr Gefühl ihr sagte, dass Jens nichts damit zu tun hatte.

Amadeus zog an der Leine. Alex blickte auf und entdeckte Gloria Vandertrost, die auf sie zujoggte. Die Dame kam ihr gerade recht!

Gloria begrüßte Alex fröhlich, kniete sich vor Amadeus hin und knuddelte ihn ausgiebig.

»Gut, dass ich Sie treffe«, sagte Alex. »Ich wollte sowieso mit Ihnen sprechen.«

Gloria erhob sich. »Bin ich Ihnen gestern Abend in die Quere gekommen? Sie haben wohl ein Auge auf den knackigen Käpt'n geworfen.«

»Es geht nicht um den Kapitän«, erklärte Alex. »Ich ermittle im Fall des verschwundenen Leo Spielberg.«

Bei der Erwähnung des Chefcroupiers wirkte Gloria nicht mehr ganz so heiter wie zuvor, obwohl das aufgrund ihres Dauergrinsens schwierig zu beurteilen war.

»Sie ermitteln? In welcher Funktion?« Gloria hob fragend die Augenbrauen.

»Ich bin Kriminalkommissarin.«

»Wie interessant.« Gloria musterte Alex mit skeptischer Miene. »Und jetzt wollen Sie mir weismachen, ich müsse Ihnen Rede und Antwort stehen? Hier an Bord verfügen Sie doch über keinerlei Befugnisse.«

»Ich wollte Ihnen nur ganz inoffiziell ein paar Fragen stellen«, erwiderte Alex. »Können wir uns nicht einen Moment setzen?«

»Nein, ich muss noch ein paar Runden drehen, dann habe ich einen Termin bei Doktor Schönhausen.«

»Frau Vandertrost, haben Sie Leo Spielberg an dem Abend nach Ihrem Casinobesuch noch einmal gesehen?«

»Nein.« Gloria wandte den Kopf zur Seite, so dass Alex ihre Augen nicht sehen konnte.

»Er hat also nicht die Nacht in Ihrer Kabine verbracht?«, hakte Alex nach.

»Nein.«

»Am nächsten Morgen lag ein goldener Ankerknopf neben Ihrem Bett. Wer hat ihn dort verloren?«

»Es war jemand, der Wert auf höchste Diskretion legt. Und jetzt muss ich wirklich mein Laufpensum absolvieren. Sonst schimpft der Onkel Doktor mit mir.«

Sie trabte los, drehte sich jedoch nach ein paar Schritten noch einmal um.

»Nur damit Sie es wissen, auch inoffiziell haben Sie hier keine Befugnisse. Also geben Sie es auf!«

Dann lief sie endgültig davon.

Alex blickte ihr nachdenklich hinterher.

Woher kannte die Vandertrost sich mit polizeilichen Zuständigkeiten aus? Und warum wollte sie den Namen ihres Liebhabers nicht verraten? War es doch Jens Mehrmann?

Zum ersten Mal im Leben schlug Elfie ihren *Ewigen Quell* nicht auf einer beliebigen Seite auf, sondern suchte ein ganz bestimmtes Gedicht. Während sie blätterte, kostete sie in Gedanken noch einmal den gestrigen Abend aus.

Eine laue Nacht unter einem überwältigenden Sternenhimmel, angenehme Gesellschaft, eine angeregte Unterhaltung, ein wohliges Gefühl beim Tanzen und als krönender Abschluss ein Spaziergang an Deck, bei dem Konrad für sie ein Gedicht deklamierte.

Jetzt hatte sie es in ihrem Büchlein gefunden. »Glück« von Joseph von Eichendorff.

Wie jauchzt meine Seele
Und singet in sich!
Kaum, dass ich's verhehle,
So glücklich bin ich.

Konrad kannte alle fünf Strophen auswendig – was für ein Mann!

Sie war so von seinen Qualitäten beeindruckt gewesen, dass sie ohne Zögern seinem Vorschlag zugestimmt hatte, sich mit Vornamen anzureden. Heute kam ihr das ein wenig übereilt vor, obwohl sie sich natürlich weiterhin siezten.

Was Ludwig wohl dazu sagen würde? Er war schon auf Paul-Friedrich ständig eifersüchtig. Nun, sie musste es ihm ja nicht unbedingt erzählen.

Sie hörte auf dem Flur eine Tür klappen. Vielleicht war es Alex, die Elfie weder beim Frühstück noch in ihrer Kabine angetroffen hatte.

Sie ging hinüber und klopfte. Alex öffnete.

»Guten Morgen«, sagte Elfie. »Ich habe Neuigkeiten über Spielberg.«

»Komm herein. Was hast du herausgefunden?«

Elfie nahm auf dem einzigen Stuhl in der Kabine Platz. »Er hat definitiv in die eigene Tasche gearbeitet. Der Chief Purser hat mir die neuesten Zahlen gezeigt. Sowohl der Casinogewinn als auch die Trinkgelder der Croupiers sind seit Spielbergs Verschwinden schlagartig in die Höhe geschnellt.«

Alex setzte sich auf das Bett und sah Elfie enttäuscht an. »Ist das alles? Er mag ja ein Betrüger sein, ein Motiv für einen Mord lässt sich daraus jedoch nicht ableiten.«

»Aber er hat die Reederei und seine Kollegen bestohlen.« Elfie richtete sich empört auf.

»Na und?«, entgegnete Alex ungerührt. »Sollte es jemand entdeckt haben, hätte er die Zusammenhänge nur aufzudecken brauchen. Spielberg wäre wegen Betrugs verklagt worden und hätte wohl nie wieder als Croupier arbeiten können.«

»Außerdem habe ich in Erfahrung gebracht, dass der schöne Leo, wie er von manchen genannt wird, sich etwas mit Liebesdiensten dazuverdient hat«, erzählte Elfie triumphierend weiter. »Und was glaubst du, wer zu seinen Kundinnen gehörte?«

»Gloria Vandertrost.«

»Woher weißt du das?«, fragte Elfie gekränkt.

Alex vermittelte ihr das Gefühl, dass die Informationen, die sie so eifrig beschafft hatte, nichts wert waren.

»Sie hat es mir selbst erzählt. Urplötzlich wollte er jedoch nichts mehr mit ihr zu tun haben. Warum nicht?« Alex sah Elfie nachdenklich an. »Die Vandertrost behauptet, ihn an dem Abend nach der Szene im Casino nicht mehr gesehen zu haben. Allerdings hat jemand die Nacht mit ihr verbracht und im Eifer des Gefechts einen goldenen Ankerknopf in ihrem Schlafzimmer verloren. Wer das war, will sie nicht verraten.«

»An Spielbergs Uniform waren goldene Knöpfe«, sagte Elfie. »Vielleicht lügt sie.«

»Das könnte sein, zumal sie entgegen ihrer sonstigen Gewohnheit in diesem Punkt sehr einsilbig war. Oder jemand anders hat Leos Platz in ihrem Bett eingenommen.« Alex wandte den Kopf zur Seite.

»Wer könnte das gewesen sein?«, fragte Elfie.

»Vielleicht Jens Mehrmann.«

»Nein! Der Kapitän und diese … diese …« In letzter Sekunde schluckte Elfie den hässlichen Ausdruck hinunter, der ihr auf der Zunge lag. »Das glaube ich nicht.«

»Es gibt Indizien, die dafürsprechen«, erwiderte Alex. »Am nächsten Morgen fehlte ihm ein Knopf an seiner Jacke. Ich habe es mit eigenen Augen gesehen.«

»Das ist kein Beweis«, hielt Elfie dagegen. »Jens Mehrmann ist keiner von der Sorte. Das kannst du nicht ernsthaft annehmen.«

»Und du siehst immer nur das Gute in den Menschen«, entgegnete Alex. »Von ihren Abgründen machst du dir keine Vorstellung.«

»So, meinst du?« Elfie gestattete sich ein winziges Lächeln darüber, wie komplett falsch Alex lag.

»Ist daran irgendetwas witzig?« Alex musterte sie verständnislos.

»Du legst heute jedes Wort auf die Goldwaage«, sagte Elfie. »Was ist los mit dir?«

»Ich weiß es selbst nicht.« Alex seufzte. »Gibt es so etwas wie einen Bordkoller? Auf jeden Fall tut es mir leid, dass ich meine schlechte Laune an dir ausgelassen habe. Entschuldige bitte!«

»Ist schon gut.« Elfie tätschelte Alex' Arm. »Und wenn du die Ermittlungen lieber allein durchführst, ist das auch in Ordnung.«

»So habe ich es nicht gemeint.« Alex blickte Elfie zerknirscht an. »Ich hoffe, du unterstützt mich weiterhin. Deine Informationen sind sehr wertvoll.«

»Wenn ich dir helfen kann, tue ich das gern.« Elfie strahlte über das ganze Gesicht.

»Schön. Dann lass uns zusammenfassen, was wir wissen«, sagte Alex. »Spielberg ist ein Betrüger, was jedoch auf den ersten Blick kein Motiv ergibt.«

»Wenn es sich um Totschlag im Affekt handelt, vielleicht schon«, gab Elfie zu bedenken. »Außerdem wäre da noch Max Kaiser, der sich seine Karriere nicht von Leo ruinieren lassen will. Wobei es bei ihrem Streit nicht um Geld ging, sondern um Leos Verhalten gegenüber Gloria Vandertrost.«

»Womit wir beim nächsten Punkt wären«, führte Alex

den Gedanken fort. »Leo lässt sich von Damen an Bord für Sex bezahlen. Auch hier geht es für ihn offenbar um Geld. Wieso versetzt er die Vandertrost dann plötzlich?«

»Das passt nicht zu ihm«, pflichtete Elfie ihr bei. »Außerdem ist er kurz darauf verschwunden. Zwischen den beiden Vorgängen muss es einen Zusammenhang geben.«

»Du meinst, Gloria hat Leo über Bord geworfen, weil er nicht zu ihr ins Bett wollte?«, fragte Alex. »Das ist ein mögliches Szenario. Gloria hat am späten Abend noch einmal ihr Glück bei Leo versucht. Als er sich erneut geweigert hat, ist sie ausgerastet.«

»Immerhin war sie stark angetrunken«, warf Elfie ein. »Und an Deck gibt es Stellen, an denen man leicht jemanden über die Reling befördern kann.«

»Damit ist jedoch nicht die Frage beantwortet, warum Leo der Vandertrost nicht mehr zu Diensten sein wollte«, sagte Alex nachdenklich. »Dafür muss es einen Grund geben.«

»Vielleicht hatte er genug davon, ein Sexobjekt zu sein«, schlug Elfie vor. »Oder er hat die Frau fürs Leben gefunden und ihr Treue geschworen.«

»Oder er hat andere Geldquellen für sich entdeckt«, ergänzte Alex. »Was er an dem Abend wohl vorhatte?«

»Siegfried Schurike hat von einem Projekt gesprochen, das er mit Leo starten wollte«, berichtete Elfie. »Worum es sich handelt, weiß ich nicht. Wenn ich mich recht erinnere, ging es irgendwie um Robin Hood.«

»Das könnte eine Spur sein«, befand Alex. »Versuch doch, mehr darüber zu erfahren. Robin Hood klingt nach Umverteilung des Geldes von Reichen zu Armen. Dieses Prinzip hat Leo ja bereits mit seinen anderen Aktivitäten angewandt.«

»Ich rede mit Schurike«, versprach Elfie. »Auch wenn Konrad mich vor ihm gewarnt hat.«

»Konrad? Bist du mit Odenfels schon per du?«, fragte Alex erstaunt.

»Nein, wo denkst du hin?«, erwiderte Elfie abwehrend. »Wir reden uns nur mit Vornamen an.«

»So fängt es an«, meinte Alex schmunzelnd.

Die entfesselten Leidenschaften bei einer Kreuzfahrt, von denen Max Kaiser gesprochen hatte, schienen nicht einmal vor Elfie haltzumachen.

»Es gibt noch eine weitere Spur, der wir nachgehen sollten«, sagte Alex. »Wem gehört der Ankerknopf in Glorias Schlafzimmer? Wenn sie die Wahrheit sagt und er nicht von Leo ist, hatte sie vielleicht einen Komplizen, der ihr bei Leos Beseitigung geholfen hat und anschließend in Naturalien bezahlt wurde.«

Elfie stieß einen lauten Seufzer aus.

»Verdächtigst du den Kapitän jetzt auch noch des Mordes?«, fragte sie entrüstet. »Nur weil er mit der Vandertrost getanzt hat. Mach dich nicht lächerlich!«

»Ich spiele nur alle Möglichkeiten durch«, erwiderte Alex. »Ich werde jedem auf den Zahn fühlen, der goldene Knöpfe an seiner Uniform hat. Zu diesem Kreis zählt auch Jens Mehrmann. Außerdem sollte ich mir Spielbergs Kabine näher ansehen.«

»Dafür musst du ohnehin den Kapitän um Zutritt bitten.« Elfie beugte sich vor und blickte Alex eindringlich in die Augen. »Bei der Gelegenheit kannst du ihn gleich befragen. Die Geschichte zwischen ihm und der Vandertrost bildest du dir bestimmt nur ein.«

Alex nickte, damit Elfie endlich von dem Thema abließ. Bevor sie mit Jens sprach, wollte sie jedoch in Erfahrung bringen, wem der Ankerknopf gehörte.

14.

Elfie stand an der Reling und verfolgte das Einlaufen der *Aphrodite* auf Teneriffa. Der erste Eindruck enttäuschte sie. Die Hauptstadt Santa Cruz wurde von Hochhäusern dominiert, die überhaupt nicht in die Landschaft passten.

Konrad Odenfels gesellte sich zu ihr und deutete auf das Stadtpanorama, das sich ihnen bot. »Eine Schande, diese Bausünden aus den siebziger Jahren. Es gibt jedoch auch viele hübsche Ecken, die ich Ihnen gern zeigen würde.«

Er rückte näher an Elfie heran, die automatisch zurückwich. Sie schätzte Konrad wirklich sehr. Zuweilen neigte er jedoch zu übertriebener Nähe und arg romantischen Anwandlungen.

»Meinen Sie, dass nach dem Besuch des Tierparks noch Zeit bleibt, die Stadt zu erkunden?«, fragte sie skeptisch.

»Eher nicht«, räumte Konrad ein. »Aber bei unserer nächsten Kreuzfahrt könnten wir …«

»Eine weitere Kreuzfahrt ist bei mir nicht in Sicht«, unterbrach Elfie ihn resolut. »Außerdem sollten wir uns auf den Weg machen. Das Ausschiffen hat begonnen.«

Konrad setzte zu einer Erwiderung an, klappte nach einem Blick auf Elfies strenge Miene den Mund jedoch wieder zu. Offenbar hatte er den Wink verstanden und bedrängte sie nicht weiter.

Beim Verlassen des Schiffs trafen sie das Ehepaar Herrndorf, das ebenfalls den Ausflug in den berühmten Loro Parque gebucht hatte.

Direkt am Kai wartete ein Bus auf sie. Luise Herrndorf zog Elfie auf den Sitz neben sich. Die beiden Männer nahmen hinter ihnen Platz.

»Ich bin sehr gespannt auf den Park.« Luise Herrndorf wirkte heute, verglichen mit ihrer sonst reservierten Art, ausgesprochen mitteilsam. »Er beherbergt die größte Papageiensammlung der Welt, über dreitausend Exemplare, die dreihundertfünfzig verschiedenen Arten angehören.«

»Sie interessieren sich für Papageien?«, fragte Elfie.

»Vögel haben mich schon immer fasziniert.« Luise Herrndorf strahlte. »Als Kind hatte ich zwei Wellensittiche, denen ich das Sprechen beigebracht habe. Die beiden hausten in einem kleinen Käfig in meinem Zimmer. Heute haben wir eine Voliere im Wohnzimmer mit einem Dutzend Vögel, darunter ein Papageienpärchen.«

»Im Wohnzimmer?«, fragte Elfie erstaunt.

Luise Herrndorf nickte lebhaft. »Es ist eine durchgehende Glaswand dazwischen. Außerdem können die Vögel durch eine Klappe hinaus in ein großes Freigehege. Im Haus erstreckt sich die Voliere über zwei Etagen. Im ersten Stock grenzt mein Schlafzimmer daran. Wenn ich abends ins Bett gehe, kommen meine kleinen Lieblinge hochgeflogen, um mir eine gute Nacht zu wünschen.«

Elfie wusste nicht, was sie sagen sollte. Sie empfand ein diffuses Mitgefühl für die Bankiersgattin, die offenbar allein schlief und sich von ihren Vögeln Gesellschaft leisten lassen musste.

»Das stelle ich mir sehr hübsch vor«, brachte sie schließlich hervor.

Um das Thema zu wechseln, erkundigte sie sich nach Patrizia und Tom.

»Die beiden wollten heute nicht mitkommen, sondern etwas auf eigene Faust unternehmen«, berichtete Luise Herrndorf.

»Wenn man jung und verliebt ist, braucht man manchmal Abstand zu den Eltern«, sagte Elfie.

»Das habe ich meinem Mann auch gesagt.« Luise Herrndorf senkte die Stimme und sah sich nach hinten um.

Ihr Gatte erläuterte Konrad gerade die Prinzipien eines chancenorientierten Risikomanagements. Er sah und hörte nichts anderes.

»Oskar kann das jedoch nicht akzeptieren«, fuhr Luise leise fort. »Bisher ist Patrizia stets seinem Rat gefolgt. Die Beziehung zu Tom ist das Erste, was sie gegen seinen Willen durchgesetzt hat.«

»Jeder Vater muss irgendwann den ersten Platz im Herzen seiner Tochter an einen anderen Mann abtreten«, gab Elfie zu bedenken.

»Im Abtreten ist Oskar überhaupt nicht gut«, flüsterte Luise. »Außerdem hatte er schon die Fäden für eine Heirat Patrizias mit Eduard Ehrenreich gezogen. Komischerweise glaubt er immer noch, dass es dazu kommen wird.«

»Wahrscheinlich will er sich nicht eingestehen, dass seine Tochter erwachsen ist und einen eigenen Willen hat«, warf Elfie ein.

Es war höchste Zeit, dass Vater Herrndorf diese Tatsache akzeptierte. Zudem störte Elfie sich daran, dass Patrizia quasi an ein Bankhaus verheiratet werden sollte. Solche Praktiken hatten eigentlich seit hundert Jahren ausgedient.

Inzwischen waren sie am Loro Parque angekommen.

Beim Hineingehen erhaschte Elfie einen Blick auf die Eintrittspreise: 33 Euro pro Person – ein teures Vergnügen.

Mit einem Anflug von schlechtem Gewissen überlegte sie, wie viel Konrad Odenfels, der sie zu dem heutigen Ausflug eingeladen hatte, für das Gesamtpaket bezahlt haben mochte. Sie wollte ihn schon fragen, entschied sich jedoch in letzter Sekunde dagegen. Stattdessen beschloss sie, den Aufenthalt einfach zu genießen.

Direkt hinter dem Eingang saß ein rosafarbenes Kakadupärchen auf einem Holzgerüst und ließ sich geduldig mit den Besuchern fotografieren. Herrndorfs hatten sich bereits in Positur gestellt. Luise sprach mit dem Tier vor ihr, das den Kopf schief legte und ihr interessiert zu lauschen schien. Der zweite Vogel beäugte Oskar, richtete dann ruckartig seine Federhaube auf und gab ein lautes Kreischen von sich. Er mochte den Bankier wohl nicht.

Sie schlenderten gemächlich durch das weitläufige Gelände, das als tropischer Garten auf verschiedenen Ebenen angelegt war. Elfie war beeindruckt von der Vielfalt der farbenfrohen Papageien, die in frei stehenden und durch Pflanzen voneinander abgeschirmten Volieren gehalten wurden. Luise Herrndorf, deren Augen heute strahlten, ließ sie an ihrem fundierten Wissen über die verschiedenen Papageienarten teilhaben.

Alle Details konnte Elfie sich zwar nicht merken. Die Unterschiede zwischen dem kleinen farbenprächtigen Lori, dem fast einen Meter großen Hyazinth-Ara und dem Borstenkopf, der mit seinem schmalen, gekrümmten Schnabel wie ein Geier aussah, würde sie jedoch in Erinnerung behalten.

Schon war Luise Herrndorf zur nächsten Voliere geeilt.

»Ein Spix-Ara«, rief sie aus. »Der ist vom Aussterben bedroht und existiert in freier Wildbahn nicht mehr.«

Eine solche Begeisterungsfähigkeit hätte Elfie der Bankiersgattin nicht zugetraut, die sie dadurch deutlich sympathischer fand.

Zum Mittagessen war ein Tisch in einem der Parkrestaurants für sie reserviert. Sie nahmen auf der Terrasse Platz, von der man einen wunderschönen Blick direkt auf den Vulkan Teide hatte.

»Patrizia hätte es hier sicher gefallen«, sagte Luise Herrndorf. »Schade, dass die beiden jungen Leute nicht mitgekommen sind.«

Als sie die finstere Miene ihres Mannes sah, schien sie ihre spontane Bemerkung sofort zu bereuen.

»Natürlich müssen die beiden auch einmal allein sein«, fügte sie rasch hinzu.

»Genau dabei habe ich kein gutes Gefühl«, erwiderte Oskar in strengem Tonfall. »Wer weiß, was dieser Mensch ihr antut.«

Noch bevor Elfie ihrer Empörung Ausdruck verleihen konnte, meldete Konrad sich in seiner besonnenen Art zu Wort.

»Es ehrt dich sehr, dass du um deine Tochter besorgt bist, Oskar«, sagte er. »Aber jetzt übertreibst du es mit der Fürsorge. Patrizia kann gut auf sich selbst aufpassen. Außerdem macht Tom einen sehr netten Eindruck.«

»Der Eindruck kann täuschen. Vielleicht ist er ein Mitgiftjäger, der meiner Kleinen das Herz brechen wird.« Oskar redete sich in Rage. »Das werde ich nicht zulassen.«

Seine Frau legte ihm beschwichtigend eine Hand auf den Arm.

»Mein Instinkt sagt mir, dass Tom etwas verbirgt«, fuhr er leiser fort. »Sobald Patrizia erkennt, was für ein Mensch er wirklich ist, wird sie die einzig richtige Entscheidung treffen. Schließlich ist sie meine Tochter.«

Elfie fragte sich, ob aus Herrndorfs Worten ausschließlich die Vaterliebe sprach oder ob er Tom schlechtmachen wollte, weil er in seinen Augen keine standesgemäße Partie für seine Tochter darstellte. Elfie mochte Tom von Herzen gern. Allerdings wirkte er manchmal bedrückt, und die Vermutung, er könne etwas verbergen, war nicht völlig von der Hand zu weisen.

»Was hat der Park eigentlich noch zu bieten?«, fragte Konrad, sichtlich um einen Themenwechsel bemüht.

Er faltete den Prospekt auseinander. »Es gibt ein Aquarium mit Korallenriffen und einem Unterwassertunnel, der direkt unter dem Haifischbecken hindurchführt, sowie das weltgrößte Pinguinarium, in dem der Lebensraum Antarktis naturgetreu nachgebildet wurde.«

»Allein bei dem Gedanken an die Antarktis wird mir schon kalt.« Elfie schüttelte sich und lachte. »Ich bin froh, dem Winter zu Hause entflohen zu sein. Andererseits liebe ich Pinguine.«

»In der Anlage befinden sich zweihundertfünfzig von ihnen«, las Konrad vor. »Mit zwölf Tonnen Schnee wird täglich eine von Wasser umschlossene Halbinsel beschneit. Eine weitere Attraktion ist der acht Meter hohe Glaszylinder, in dem siebentausend kanarische Sardinen schwimmen.«

»Ich möchte unbedingt die Show mit den Orcas sehen«, erklärte Oskar Herrndorf.

»Meine Herrschaften, wir haben noch ein strammes Programm vor uns«, resümierte Konrad, und so brachen sie nach dem Essen sofort auf.

»Das artet in Urlaubsstress aus«, witzelte Elfie. »Aber ich

möchte noch so viel wie möglich sehen, auch den Orchideengarten und das thailändische Dorf.«

Oskar Herrndorf drängte zielstrebig in Richtung Orca-Show. Die anderen folgten ihm notgedrungen. Auf dem Weg erzählte Konrad, dass vor ein paar Jahren ein Trainer von den Walen tödlich verletzt wurde und diese auch schon ihre Becken demoliert hatten.

»Die Orcas besitzen ungeheure Kräfte«, sagte er.

Das gläserne Vorführbecken lag oberirdisch, und die schwarz-weißen Tiere schwammen bereits darin herum.

Elfie steuerte auf die letzte Reihe der Zuschauertribünen zu. Sie verspürte gewaltigen Respekt gegenüber den riesigen Walen. Ein Sicherheitsabstand konnte nicht schaden.

»Was soll das?«, fragte Oskar Herrndorf verständnislos. »Vorn sind noch Plätze frei. Da sieht man viel besser. Außerdem sitze ich immer in der ersten Reihe.«

»Ich halte mich lieber im Hintergrund«, entgegnete Elfie. »Von dort hat man einen besseren Überblick.«

»Wie Sie wollen. Wir treffen uns nach der Show wieder.« Oskar dirigierte seine Frau nach unten, wo sie direkt vor dem Vorführplateau Platz nahmen.

Konrad setzte sich zu Elfie und lächelte entschuldigend. »Ich wollte Ihnen mit der Geschichte keine Angst einjagen.«

»So schlimm ist es nicht«, antwortete Elfie. »Etwas Vorsicht ist jedoch nie verkehrt.«

Die Orcas jonglierten mit Bällen, trugen den Trainer auf ihren Nasen über das Wasser und sprangen synchron auf das Vorführplateau.

Elfie klatschte vor Begeisterung in die Hände.

Zurück im Becken vollführten die mächtigen Tiere anmutige Pirouetten. Plötzlich hob einer der Orcas schwungvoll seine Schwanzflosse und beförderte einen Schwall Wasser in hohem Bogen in Richtung Zuschauer.

Ein paar Leute kreischten auf. Manche lachten, andere schimpften.

Dann war die Show vorüber. Als Herrndorfs aus der Menge auftauchten, konnte Elfie sich nur mühsam ein Grinsen verkneifen.

Sie sahen aus wie begossene Pudel. Von Kleidung und Haaren tropfte Wasser herab.

»Wir nehmen ein Taxi und fahren sofort zum Schiff zurück.« Oskar Herrndorf rang sichtlich um Fassung.

Ohne ein weiteres Wort eilten die beiden davon.

»Elfie, glücklicherweise hatten Sie den richtigen Riecher«, sagte Konrad anerkennend. »Ich bin froh, dass uns dieses Schicksal erspart geblieben ist und wir unseren Ausflug weiter genießen können.«

»Wer nicht hören will, muss fühlen«, meinte Elfie trocken. »Dann auf in die Antarktis zu den Pinguinen.«

Alex lieferte Amadeus auf dem Hundepromenadendeck ab.

»Heute unternehmen wir mit unseren Schützlingen zwei ausgedehnte Gassi-Exkursionen an Land«, versicherte ihr Fritz. »Sie können Ihren Ausflug unbesorgt genießen.«

Genau das hatte Alex vor. Sie verabschiedete sich rasch, um den Shuttlebus nach Puerto de la Cruz zu erreichen.

In der Stadt stieg sie an der Casa de la Real Aduana aus, dem alten Zollhaus aus der Kolonialzeit. Es schien originalgetreu restauriert worden zu sein und gefiel Alex auf Anhieb. Im Touristeninformationszentrum besorgte sie sich einen Stadtplan und marschierte los.

Sie genoss das Gefühl, auf niemanden Rücksicht nehmen zu müssen. Zunächst schritt sie zügig aus und freute sich an der Bewegung. Erst als sie die gesamte Meerespromenade an der Playa Martiánez entlanggelaufen war, drosselte sie ihr Tempo und nahm ihre Umgebung bewusst wahr, den dunklen Sandstrand und die von dem kanarischen Künstler César Manrique geschaffene Badelandschaft.

Leider gab es auch in Puerto de la Cruz viele Hotelburgen, die weder mit der ursprünglichen Bebauung der Insel noch mit der fruchtbaren Landschaft harmonierten. Doch im Gegenzug erfreute sich Alex an dem vielen Grün und den schön sanierten historischen Gebäuden. Besonders begeisterte sie sich für die landestypischen Holzbalkone.

Sie zückte ihr Handy und begann zu fotografieren. Dann sah sie nach, ob neue Nachrichten eingegangen waren – nichts. Und der Akku war fast leer. Sie durfte nicht vergessen, das Gerät am Abend aufzuladen.

Gudrun ließ sich viel Zeit mit den Informationen über Leo Spielberg. Spontan wählte Alex ihre Nummer.

»Na, seid ihr schon eingeschneit?«, meldete Gudrun sich. »Im Fernsehen zeigen sie Skiurlauber, die aus Versehen das falsche Auto freigeschaufelt haben.«

»Ich bin nicht in Südtirol, sondern auf einer Kreuzfahrt«, erklärte Alex. »Momentan spaziere ich im T-Shirt auf Teneriffa herum und genieße den Sonnenschein.«

Am anderen Ende der Leitung herrschte Stille. Offenbar hatte es Gudrun die Sprache verschlagen. Obwohl Alex wusste, dass sie nicht so leicht davonkommen würde, nutzte sie die Gunst des Augenblicks, um ihr Anliegen vorzubringen.

»Hast du etwas über Leo Spielberg herausgefunden?«, fragte sie schnell. »Wenn du schon dabei bist, überprüf doch bitte zwei weitere Personen für mich: Sie heißen Max A. Kaiser und Gloria Vandertrost.«

»Donnerwetter, so viel Spontaneität hätte ich Hubert nicht zugetraut«, entfuhr es Gudrun. »Richte ihm schöne Grüße von mir aus.«

»Hubert ist in den USA«, gestand Alex. »Zu der Kreuzfahrt hat mich Elfie Ruhland eingeladen.«

»Er hat dich wieder sitzen lassen.« Gudrun schnaubte. »Habe ich es dir nicht gesagt?«

»Ich möchte jetzt nicht darüber reden«, warf Alex rasch ein. »Mein Akku ist fast leer. Auf dem Schiff wird jemand vermisst, deswegen brauche ich die Informationen.«

Sie diktierte Gudrun eilig die Namen.

»Dann ist es endgültig aus mit Hubert?«, nahm Gudrun den Faden wieder auf.

»Definitiv«, erwiderte Alex. »Wie ist bei euch das Wetter?«

»Schneeregen und starker Wind. Du bist ein echter Glückspilz – in jeder Beziehung, auch wenn du schon wieder versuchst, vom Thema abzulenken.«

»Wie laufen die Ermittlungen bei der Messerstecherei?«, fragte Alex.

»Wir haben den mutmaßlichen Täter festgenommen. Apropos, Staatsanwalt Prinz kommt nachher zu einer Besprechung zu uns. Er wird sich bestimmt freuen, die frohe Botschaft …«

Das Gespräch verstummte jäh. Der Akku hatte endgültig seinen Geist aufgegeben.

Alex ließ das Handy sinken und dachte an Constantin Prinz.

Ob er ihre Postkarte von Ibiza inzwischen bekommen hatte? Auf jeden Fall würde Gudrun ihm nun berichten, dass Alex sich von Hubert getrennt hatte. Das war so sicher wie das Amen in der Kirche. Alex konnte nichts daran ändern.

Sie hätte es ihm zwar lieber persönlich gesagt. Andererseits war die Ansichtskarte, die sie ihm geschickt hatte, schon ein erster Hinweis, dass sie wieder Kontakt mit ihm suchte. Sie war gespannt, wie er reagieren würde.

15.

Nach dem Tag an Land war Alex' schlechte Laune wie weggeblasen, und ihr Ermittlerinstinkt hatte wieder die Oberhand gewonnen. Erwartungsvoll checkte sie die Nachrichten auf ihrem Handy. Die versprochenen Informationen von Gudrun waren endlich eingetroffen.

Leo Spielberg stammte aus Hameln an der Weser. War das nicht die Rattenfängerstadt?

Als Kind hatte Alex ein Buch mit Sagen und Märchen besessen, in dem es eine farbenfrohe Abbildung des Rattenfängers von Hameln gab, der mit seinem Flötenspiel die Kinder verzauberte und entführte.

Nach der Schule hatte Spielberg in seiner Heimatstadt eine Banklehre begonnen, sie jedoch nach kurzer Zeit abgebrochen, um eine Ausbildung an einer renommierten Rouletteschule in der Schweiz zu absolvieren. Anschließend arbeitete er einige Jahre im Spielcasino von Bad Pyrmont, es folgten Aufenthalte in Baden-Baden, Monte Carlo und Las Vegas. Die vergangenen drei Jahre war er auf verschiedenen Kreuzfahrtschiffen unterwegs gewesen. Er verfügte über ein makelloses Führungszeugnis.

Max Kaiser stammte aus Frankfurt, hatte eine Hotelfachausbildung durchlaufen und den Touristikfachwirt angehängt. Anschließend hatte er in Luxushotels in Berlin, St. Petersburg, Florenz und Dubai gearbeitet, seit zwei Jahren auf Kreuzfahrtschiffen. Seine Wege hatten sich mit Spielbergs auf der *Aphrodite* zum ersten Mal gekreuzt. Bei der Polizei war er ebenfalls ein unbeschriebenes Blatt, abgesehen von einer Verwarnung wegen zu schnellen Fahrens.

Gloria Vandertrost wohnte in Hamburg und war dort – Alex staunte nicht schlecht – Leiterin der Steuerfahndung. Ihr Äußeres deutete beim besten Willen nicht auf eine hohe Beamtin hin, aber zumindest verstand Alex nun, warum sie sich so gut mit polizeilichen Befugnissen auskannte.

So konnte der Schein also trügen. Ihre 47 Jahre sah man ihr jedenfalls – dank der Besuche bei Doktor Schönhausen – nicht an. Sie war nicht verheiratet und, Alex konnte es kaum glauben, Mitglied im Kirchenvorstand. Entweder die Vandertrost benahm sich zu Hause völlig anders oder die Kirchengemeinde hatte viel Spaß mit ihr.

Alex schaltete das Handy aus und verließ die Kabine. Auf den ersten Blick gab das Material nicht viel her. Sie würde jedoch die Fakten im Hinterkopf behalten. Manchmal entpuppte sich ein unbedeutend erscheinendes Detail plötzlich als wichtig.

Als Nächstes würde sie sich um den Ankerknopf kümmern, nachdem sie frische Luft getankt und ihre Gedanken geordnet hatte.

Auf dem Promenadendeck atmete sie tief durch, blickte aufs Meer hinaus und rekapitulierte, was sie über diesen verlorenen Knopf wusste.

Die goldene Ausführung war den Offizieren und Abteilungsleitern vorbehalten. Laut Kabinen-Steward war die Öse des Knopfs ausgerissen. Ein neuer musste also angenäht werden. Vielleicht ließ sich das zurückverfolgen.

Alex drehte sich abrupt um und stieß beinahe mit dem Kreuzfahrtdirektor zusammen. Sie blickte direkt auf die goldenen Knöpfe seiner Uniformjacke.

Öse … annähen …, schoss es ihr durch den Kopf. Irgendetwas passte nicht zusammen.

»Hoppla, nicht so stürmisch«, rief Kaiser aus und hielt Alex auf Armeslänge von sich weg.

»Wenn Sie einen Knopf verlieren, was tun Sie dann?«, fragte sie, noch ganz in ihren Gedanken gefangen.

Kaiser ließ sie los und sah sie an, als ob sie den Verstand verloren hätte. »Warum wollen Sie das wissen?«

»Haben Sie in letzter Zeit einen Uniformknopf verloren?«, fragte sie unbeirrt weiter.

»Ich wüsste nicht, was Sie das angeht«, erwiderte Kaiser. »Aber ja, kürzlich war einer verschwunden. Die Schneiderin hat mir einen neuen angenäht.«

Er wies auf den obersten Knopf an seiner Jacke. »Es war dieser, wenn Sie es genau wissen wollen. Ist Ihre Neugier nun befriedigt?«

»Wann und wo haben Sie den Knopf verloren?« Alex beobachtete Kaiser genau.

War er es vielleicht gewesen, der die Nacht in Glorias Kabine verbracht hatte? Immerhin hatte er sich beim Tanzen mit ihr amüsiert. Und mit Spielberg hatte er Streit gehabt.

»Daran kann ich mich nun wirklich nicht erinnern«, sagte er genervt. »Es war vor ein paar Tagen oder einer Woche. Und der Knopf war plötzlich nicht mehr da. Keine Ahnung, wo er geblieben ist.«

»Ich möchte mich noch einmal in Spielbergs Kabine umsehen«, sagte Alex. »Würden Sie mir die Tür aufschließen?«

»Warum bitten Sie nicht Ihren Freund, den Kapitän, darum?« Kaiser grinste spöttisch.

»Erstens ist Herr Mehrmann nicht mein Freund«, gab Alex kühl zurück. »Zweitens möchte ich, dass das vorerst unter uns bleibt.«

Kaiser lachte auf. »Damit sind Sie schon die Zweite, die unter strengster Geheimhaltung in Leos Unterwäsche wühlen will. Ist das ein Konkurrenzkampf, oder sind wir hier im Kindergarten?«

»Wovon sprechen Sie?«, fragte Alex irritiert.

»Von Ihrer Freundin Frau Ruhland, die unbedingt in Leos Kabine musste, damit der Mops seine Witterung aufnehmen und ihn finden kann. Was für eine Schnapsidee! Offenbar hat es nicht funktioniert. Oder hat die Spürnase ihn inzwischen gefunden?«

Wieder dieses süffisante Grinsen, das Alex zunehmend unerträglich fand.

»Kommen Sie«, sagte er und setzte sich in Bewegung. »Was ich Ihrem Hilfssheriff ermöglicht habe, kann ich Ihnen schlecht verwehren.«

»Sie mögen Spielberg nicht besonders.« Alex versuchte, den Kreuzfahrtdirektor aus der Reserve zu locken.

»Nein, ich mochte ihn nicht. Ich mag niemanden, der sich mir widersetzt. Spielberg passte überhaupt nicht hierher.«

»Warum sprechen Sie in der Vergangenheit von ihm?«, hakte Alex nach. »Wissen Sie, dass er tot ist?«

»Alles andere halte ich für unwahrscheinlich.«

Er öffnete Leos Kabinentür und ließ Alex eintreten.

»Viel Spaß beim Schnüffeln. Vielleicht finden Sie eine heiße Spur zwischen den Kondomen.« Ein weiteres anzügliches Grinsen, dann verschwand er.

Als Erstes warf Alex einen Blick ins Bad. Die aufgerissene Packung Kondome lag noch genauso im Waschbecken wie beim letzten Mal.

Die Kabine war tadellos aufgeräumt. Auf der Ablage neben dem Bett befand sich ein ansehnlicher Stapel akkurat übereinandergeschichteter Bücher.

Welche Interessen hegte der Chefcroupier? Las er Klassiker, Liebesromane oder Sachbücher?

Neugierig nahm Alex das oberste Buch in die Hand: *Reich werden, ohne zu arbeiten.*

Ob Spielberg darin Anregungen für seine Nebeneinkünfte gefunden hatte?

Die restlichen Bücher waren Comics.

Spielberg war auf schnelles Geld aus gewesen und kam bei Frauen gut an. Warum hatte er die Vandertrost dann zurückgewiesen? Die Antwort darauf schien Alex der Schlüssel zu seinem Verschwinden zu sein.

Sie ordnete die Bücher wieder in der richtigen Reihenfolge und wandte sich dem Schrank zu, in dem sie Kleidung ordentlich auf Bügeln und zusammengefaltet in Fächern sah sowie einen Beutel mit schmutziger Wäsche.

Als sie einen Stapel T-Shirts hervorzog, entdeckte sie dahinter eine kleine Tasche, die prall gefüllt war. Sie öffnete den Reißverschluss, und dicke Bündel quollen ihr entgegen. Offenbar hatte sie das Geld gefunden, das Spielberg vom Casino beiseitegeschafft hatte. Ein bisschen mehr Mühe hätte er sich mit dem Versteck schon geben können, dachte Alex. Andererseits war das auf dem Schiff nicht so einfach. In den Personalkabinen gab es noch nicht einmal einen Safe.

Sie schüttete den Inhalt der Tasche auf den Tisch und sortierte die Bündel. Schließlich türmten sich vor ihr imposante Stapel in Grün, Gelb und Lila. Die Scheine zu 100, 200 und 500 Euro ergaben sicher eine Gesamtsumme von mehreren Zehntausend Euro.

In einem Seitenfach der Tasche fand Alex ein Portemonnaie mit Personalausweis, Führerschein und Kreditkarte. Jetzt konnte sie endgültig ausschließen, dass Spielberg heimlich das Schiff verlassen hatte – wer würde sich schon ohne Geld und Papiere davonmachen? Sie musste weiter ermitteln und herausfinden, was Leo an seinem letzten Abend getan hatte.

Auf dem Weg nach oben beschloss Alex, ihre neuen Erkenntnisse mit Elfie zu teilen.

Sie fand sie beim Shuffleboard mit Konrad Odenfels. Amadeus lag in sicherem Abstand zum Spielfeld unter einem Tisch und beobachtete das Treiben aus halb geschlossenen Augen.

Elfie gab gerade einer ihrer Scheiben mit dem langen Schieber einen beherzten Schubs. Dann lief sie hinterher, um zu sehen, wo die Scheibe liegen blieb.

»Acht Punkte«, rief sie erfreut aus und fuchtelte mit dem Schieber in der Luft herum. »Nicht schlecht, oder?«

Odenfels duckte sich, um nicht vom Schieber getroffen zu werden.

»Für einen Anfänger ist das sogar sehr gut«, sagte er. »Elfie, Sie sind ein Naturtalent.«

Als Elfie Alex entdeckte, kam sie aufgeregt auf sie zu. »Möchtest du auch einmal probieren?« Sie hielt ihr den Schieber hin. »Das ist der Cue. Damit schießt du die Disks«, sie deutete auf die runden Scheiben am Boden, »auf die gegenüberliegende Seite des Spielfelds.«

»Nein, danke, vielleicht ein anderes Mal«, sagte Alex schnell. »Ich möchte etwas mit dir besprechen, unter vier Augen.«

»Ich verstehe.« Elfie zwinkerte ihr verschwörerisch zu

und lehnte ihren Cue an die dafür vorgesehene Halterung.

Dann wandte sie sich an Odenfels. »Konrad, ich brauche eine kleine Auszeit für eine private Unterredung mit Alex. Könnten Sie bitte mit Amadeus einen Gang über die Hundewiese unternehmen?«

Sie leinte den Mops an. »Ich glaube, es ist schon dringend.«

»Selbstverständlich, gern«, sagte Odenfels und nahm die Leine entgegen.

Amadeus stand widerwillig auf, gähnte ausgiebig und streckte sich. Dann fügte er sich in sein Schicksal und trottete hinter Odenfels her.

Alex und Elfie setzten sich.

»Hast du mit dem Kapitän gesprochen?«, fragte Elfie.

»Noch nicht. Aber ich habe Leos Kabine durchsucht und interessante Entdeckungen gemacht.«

Alex erzählte Elfie von Spielbergs Lektüre, dem Geld und seinen Dokumenten.

Elfie hörte gebannt zu.

»Er wäre nie ohne Geld und Ausweis abgehauen«, sagte sie. »Er ist bestimmt tot.«

»Davon ist auszugehen«, stimmte Alex zu. »Wir müssen seine letzten Stunden rekonstruieren.«

»Schurike habe ich noch nicht erwischt«, berichtete Elfie. »Vielleicht führt ihr geplantes Projekt zu einer neuen Spur.«

»Alle Informationen können sich als wichtig erweisen«, betonte Alex. »Es wäre gut, wenn du von Schurike so viel wie möglich über Spielberg erfahren würdest.«

Elfie nickte eifrig, dann fragte sie plötzlich: »Wie bist du eigentlich ohne den Kapitän in Leos Kabine gekommen?«

»So wie du, mit unserem Freund Kaiser.« Alex schmunzelte. »Er hat mir von deiner heimlichen Aktion Spürhund berichtet. Ist dabei etwas herausgekommen?«

Elfie lief dunkelrot an. »Nicht direkt.«

»Und indirekt?«, fragte Alex.

In dem Moment erschienen Odenfels und Amadeus wieder auf der Bildfläche. Elfie sprang auf und lief ihnen entgegen.

Die Schneiderin saß in ihrem kleinen Arbeitsraum an der Nähmaschine, als Alex durch die offen stehende Tür eintrat. In den Händen hielt sie eine Smokinghose, deren rückwärtige Naht auf einer Länge von zehn Zentimetern aufgeplatzt war.

»Hallo«, rief sie fröhlich. »Die Rezeption hat Sie schon angekündigt.«

Mit flinken Bewegungen wendete sie die Hose auf links und schob sie unter den Nähfuß der Maschine. »Wie kann ich Ihnen helfen?«

»Haben Sie in letzter Zeit goldene Ankerknöpfe angenäht?«

»Silberne Knöpfe muss ich fast jeden Tag an den Uniformen ersetzen.« Die Schneiderin ließ die Nähmaschine rattern. »Aber goldene tragen nicht so viele. Bisher sind auf dieser Fahrt erst zwei verloren gegangen.«

Zwei, dachte Alex beklommen. Einer vom Kreuzfahrtdirektor und einer vom Kapitän?

»Wissen Sie, wem die Uniformen gehörten?«

»Die eine gehörte Herrn Kaiser. Da musste ich nur einen neuen Knopf annähen.« Die junge Frau erhob sich und legte die Smokinghose auf das Bügelbrett. »Die Jacke von Doktor Schönhausen musste ich dagegen erst flicken. Da war ein Dreieck in den Stoff gerissen.«

Sie legte ein Tuch auf eines der Hosenbeine und fuhr mit dem dampfenden Bügeleisen darüber.

»Können Sie sich erinnern, wann das jeweils war?«, wollte Alex wissen.

»Doktor Schönhausen schickte seine Jacke am ersten Seetag nach Genua herunter. Herr Kaiser kam ein paar Tage später vorbei.« Das Bügeleisen zischte über das andere Hosenbein.

Alex bedankte sich für die Informationen und ging.

Am ersten Seetag nach Genua, das war genau nach Leos Verschwinden und dem Fund des Ankerknopfs in Glorias Kabine. Es sah ganz so aus, als ob Doktor Schönhausen die Nacht mit der Vandertrost verbracht hatte.

Alex konnte sich gut vorstellen, dass er Wert auf höchste Diskretion legte, wie Gloria es formuliert hatte. Der Mann war mit einer bekannten Fernsehmoderatorin verheiratet und hatte drei halbwüchsige Kinder.

Elfie blieb vor dem Schaufenster des Fotostudios stehen. Schurike war nirgends zu sehen, doch die Tür stand einladend offen. Nach kurzem Zögern trat sie ein. Sofort erschien der Fotograf aus dem Nebenraum.

»Welch netter Besuch«, sagte er. »Leider habe ich jetzt einen Termin für Studioaufnahmen.«

»Das macht nichts. Ich wollte nur ein bisschen mit Ihnen plaudern. Ich komme später wieder.«

»Gut, denn meine Kunden sind bereits im Anmarsch.« Schurike begrüßte ein Paar mittleren Alters.

Rasch schlüpfte Elfie aus dem Laden.

Wie konnte sie die Zeit sinnvoll nutzen, bis Schurike mit seinen Fotos fertig war?

Während sie an den Schaufenstern der noblen Boutiquen

entlangschlenderte, fiel ihr siedend heiß ihr eigenes Projekt ein, das sie in den vergangenen Tagen sträflich vernachlässigt hatte.

Entschlossen lenkte sie ihre Schritte in Richtung Rezeption. Sie verspürte einen Anflug von schlechtem Gewissen, weil sie sich so lange nicht um Sonja gekümmert hatte. Vor lauter Recherchen im Fall Spielberg war sie dazu nicht gekommen. Glücklicherweise war wenigstens ihr Auftrag für Claaßen schon erledigt.

Zudem beanspruchte Konrad Odenfels einen immer größeren Teil ihrer Zeit. Auf seine Gesellschaft mochte sie jedoch nicht verzichten. Sicher hatte auch ein Hilfssheriff das Recht auf ein Privatleben.

Kurz bevor sie zur Rezeption einbog, kam ihr Max Kaiser entgegen und grüßte sie freundlich.

Seitdem Tom ihn wegen Amadeus zurechtgewiesen hatte, glaubte er offenbar, sie sei mit Herrndorfs befreundet oder stehe unter deren persönlichem Schutz. Auf jeden Fall behandelte er sie seither äußerst zuvorkommend.

Elfie seufzte.

Kaiser entpuppte sich als schwieriger Kandidat für ein Projekt. Seine vielen Pluszeichen irritierten sie gewaltig. Das letzte Mal, als sie ihn mit Passagieren gesehen hatte, war sie schnell vorbeigegangen. Sonst hätte sie ihm für seine freundliche Fürsorge um die Gäste womöglich ein weiteres Plus geben müssen.

Sonja stand in der offenen Bürotür hinter der Rezeption und versuchte, einen Faden an ihrem rechten Jackenärmel abzuschneiden. Ihre linke Hand zitterte.

Elfie eilte ihr zu Hilfe. »Lassen Sie mich das machen.«

Sie nahm ihr die Schere aus der Hand und schnitt den kleinen Faden ab. »Das war kaum mehr als ein Fussel.«

»Max Kaiser sieht das anders«, sagte Sonja. »Wahrscheinlich bekomme ich deswegen die nächste Abmahnung.«

»Wegen eines winzigen Fadens an Ihrem Ärmel, der keinem Gast aufgefallen sein dürfte?«, frage Elfie ungläubig. »Außerdem ist Herr Kaiser doch nicht Ihr direkter Vorgesetzter.«

»Er mischt sich in alles ein.« Sonja zuckte hilflos mit den Schultern. »Auf jeden Fall ist er für die Überwachung des Dresscodes aller Mitarbeiter an Bord verantwortlich.«

»Er sucht etwas, womit er Ihnen schaden kann.« Elfies Laune verdüsterte sich.

Sonja nickte. »Gestern habe ich eine Abmahnung von der Geschäftsleitung bekommen. Mehrere Passagiere haben sich über mich beschwert.«

Sie sank auf einen Bürostuhl. »Wenn die Gäste mich für unfähig halten, kann ich meinen Job gleich an den Nagel hängen.«

»Ich wette, die Beschwerden sind auf Kaisers Initiative erfolgt.« Elfies Zorn auf den Kreuzfahrtdirektor wuchs.

»Trotzdem habe ich ja die Fehler begangen«, sagte Sonja traurig. »Manchmal ist so viel los, dass ich die Aufträge nicht sofort in den Computer eingeben kann, sondern mir nur eine kurze Notiz mache.«

»Es ist mir schon aufgefallen, dass nach den Essenszeiten alle gleichzeitig die Rezeption belagern.« Elfie nickte mitfühlend. »Der Mensch ist und bleibt ein Herdentier.«

»Manche wollen nicht warten, bis ich Zeit habe, sondern rufen mir ihre Wünsche nur im Vorbeigehen zu.«

»Wie unhöflich«, befand Elfie. »Ich dachte, die oberen Zehntausend verfügten über bessere Manieren.«

Sie überlegte einen Moment und fuhr dann fort. »Verhält sich das erst neuerdings so?«

Sonja schüttelte den Kopf. »Das war schon immer so.«

»Dann liegt es bestimmt nicht an Ihnen.« Elfie tätschelte ihr aufmunternd den Arm. »Es ist doch sehr auffällig, dass Ihre angeblichen Fehler erst auftreten, seitdem Sie mit dem Kreuzfahrtdirektor Schluss gemacht haben.«

Plötzlich erinnerte Elfie sich, wie sie Kaiser nachts an der Rezeption angetroffen hatte. War er nicht am Computer beschäftigt gewesen?

»Kennt Herr Kaiser Ihr Passwort?« Elfie deutete auf den Computer.

»Wieso?« Sonja sah sie verwirrt an. »Wir haben nie darüber gesprochen. Allerdings sind unsere Passwörter unter den Kollegen kein Geheimnis. Wir verwenden unseren Namen und das Geburtsdatum.«

»Das kann jeder herausfinden.« Elfie machte sich eine gedankliche Notiz, in ihrem Abschlussbericht für Claaßen auf mangelnde Datensicherheit hinzuweisen.

»Wir haben untereinander nichts zu verbergen«, erklärte Sonja. »Meinen Sie etwa, dass Max ...«

»Er loggt sich unter Ihrem Namen ein und ändert die Aufträge.«

»Das ist unmöglich«, entgegnete Sonja. »Die Rezeption ist ständig besetzt.«

»Außer wenn der Nachtportier zum Rauchen geht und Herr Kaiser ihn so lange vertritt.«

»Wie bitte?« Sonja blickte Elfie erstaunt an. »Max ermöglicht Mike eine Zigarettenpause? So etwas sieht ihm gar nicht ähnlich.«

»Seit einiger Zeit tut er das regelmäßig.« Elfie nickte bekräftigend. »Dafür kann es nur einen Grund geben. Lassen Sie uns nachsehen.«

Sie gingen zum Computer.

»Der falsche Weckruf für Herrndorfs. Können Sie sehen, wann der eingetragen wurde?«, fragte Elfie.

Sonja tippte auf der Tastatur und wies auf den Bildschirm.

»Sie haben recht«, sagte sie leise. »Der Auftrag wurde um ein Uhr acht verbucht, während der Nachtschicht.«

Sie überlegte einen Moment. »Gestern hat sich ein Gast beschwert, weil beim Landgang die von ihm gewünschte Limousine nicht bereitstand. Dabei könnte ich schwören, den Auftrag bereits ein paar Tage zuvor eingegeben zu haben.«

Sie scrollte die Liste mit den Buchungen hinauf und wieder hinunter.

»Nichts da«, meinte sie mutlos. »Vielleicht habe ich es tatsächlich vergessen.«

»Oder Herr Kaiser hat die Eintragung gelöscht«, sagte Elfie. »Können Sie das zurückverfolgen?«

»Möglich ist es sicher. Ich weiß nur nicht, wie es funktioniert.« Sonja klickte durch verschiedene Menüs, ohne Erfolg. »Mike kennt sich gut aus. Ich rufe ihn gleich an.«

Ein paar Minuten später erschien der Nachtportier in Freizeitkleidung und mit verstrubbelten Haaren. Er sah aus, als wäre er gerade aus dem Bett gestiegen.

Sonja erklärte ihm, worum es ging.

»Kein Problem«, sagte Mike.

Seine Finger flogen über die Tastatur.

»Hier ist alles protokolliert, was an diesem Rechner eingegeben wird. Daraus ist auch ersichtlich, welche Eintragungen wann gelöscht wurden.«

Sonja und Elfie beugten sich zum Bildschirm.

»Wenn das alles ist, lege ich mich noch einmal aufs Ohr.« Mike gähnte herzhaft und verschwand.

Sonja hatte bereits eine nächtliche Löschung gefunden.

»Gelöscht um null Uhr siebenundvierzig«, murmelte sie vor sich hin. »Mal sehen, worum es sich dabei handelt.«

Elfie starrte gebannt auf den Monitor, bis sich ein neues Fenster öffnete.

»Es ist meine Bestellung für die Limousine«, rief Sonja aus.

Nach und nach entdeckte sie alle Aufträge, die sie angeblich nicht weitergegeben hatte. Jeder war zu später Stunde gelöscht worden.

Sie entspannte sich sichtlich. »Ich bin froh, dass es gar nicht meine Fehler waren. Ich habe schon an meinem Verstand gezweifelt.«

»Ich habe nichts anderes erwartet«, sagte Elfie. »Was wollen Sie jetzt tun? Kaisers Machenschaften der Geschäftsleitung melden?«

»Auf keinen Fall. Max würde alles abstreiten und die Schuld Mike in die Schuhe schieben.«

»Wollen Sie denn nicht, dass er zur Rechenschaft gezogen wird?«, fragte Elfie verständnislos.

Sonja schüttelte traurig den Kopf. »Wem glaubt man wohl eher, dem Nachtportier oder dem Kreuzfahrtdirektor? Es käme nichts als Ärger dabei heraus, den Max todsicher an mir auslassen würde.«

»Sie wollen nichts unternehmen?«, fragte Elfie.

»Mein Vertrag läuft noch drei Monate. Dann suche ich mir einen anderen Job, weit weg von Max Kaiser. Bis dahin werde ich mein Passwort ändern und jeden Morgen am Computer kontrollieren, ob Eingaben gelöscht wurden, für den Fall, dass er trotzdem Zugang zu meinem Account hat.«

»Dann findet er andere Mittel und Wege, um Sie zu schikanieren.« Elfie wollte Kaiser nicht ungestraft davonkommen lassen.

»Damit muss ich leben.« Sonja zuckte die Achseln. »Aber es ist ja ein Ende abzusehen.«

Als ein Gast auf die Rezeption zukam, setzte sie rasch ein Lächeln auf und begrüßte ihn freundlich. Das Strahlen, das die junge Frau zu Anfang der Reise ausgezeichnet hatte, war jedoch von ihrem Gesicht verschwunden.

Daran war Max Kaiser schuld!

Er würde Sonja und anderen Angestellten weiterhin das Leben schwer machen. Elfie durfte das nicht zulassen. Sie musste zur Tat schreiten – mit oder ohne Notizbuch.

Als Elfie erneut das Fotostudio aufsuchte, verabschiedete Schurike gerade seine Kunden. Sobald diese verschwunden waren und er hinter sich und Elfie die Ladentür geschlossen hatte, fiel alle Freundlichkeit schlagartig von ihm ab.

»Diese affektierte Ziege«, schimpfte er. »Statt meinen Anweisungen zu folgen, damit sie auf den Fotos möglichst vorteilhaft aussieht, hat sie sich selbst unmöglich in Pose gesetzt.«

Er hob frustriert die Arme. »So viel retuschieren kann ich gar nicht, dass etwas Vernünftiges dabei herauskommt. Dann heißt es natürlich, ich sei ein schlechter Fotograf.«

»Unangenehme Kunden gibt es überall«, warf Elfie beschwichtigend ein. »Sicher haben Sie aber auch mit vielen netten Leuten zu tun.«

»Nett?« Schurike schnaubte verächtlich durch die Nase. »Die reichen Pinkel halten sich alle für etwas Besseres und meinen, sie können uns herumkommandieren.«

»Warum arbeiten Sie dann ausgerechnet auf einem Luxusliner?«, fragte Elfie mit ehrlichem Interesse.

»Was glauben Sie wohl?«

»Weil Sie hier mehr verdienen als anderswo?«

»Richtig geraten.« Schurike grinste. »Ich wusste doch, dass wir aus demselben Holz geschnitzt sind.«

Elfie war froh, dass der Fotograf sich wieder beruhigt hatte. Um ihn nicht erneut zu erzürnen, behielt sie lieber für sich, dass sie seinen grundsätzlichen Hass auf reiche Leute keineswegs teilte.

»Lassen Sie uns ein wenig plaudern, damit Sie auf andere Gedanken kommen«, schlug sie vor.

»Gute Idee. Was halten Sie von einem Drink, mit dem wir unseren Kummer über die Ungerechtigkeiten dieser Welt ertränken können?«

»Warum nicht?« Elfie nickte zustimmend, auch wenn die Ungerechtigkeiten, die ihr Kummer bereiteten, nichts mit Geld zu tun hatten. Und die Flucht in den Alkohol half in keinem Fall weiter.

»Gehen wir in die Kaminbar«, schlug Schurike vor. »Dort ist um diese Zeit noch nichts los. Im Moment kann ich keine Passagiere mehr ertragen.«

Als sie die Kaminbar betraten, war sie leer. Der Barkeeper polierte Gläser.

Schurike steuerte auf den Tresen zu und setzte sich auf einen Barhocker.

»Wollen wir nicht lieber einen ruhigen Tisch nehmen?«, fragte Elfie.

»Ruhig ist es hier überall«, entgegnete Schurike. »Und der Platz direkt an der Quelle ist immer der beste.«

Elfie blieb nichts anderes übrig, als ebenfalls auf einen der hohen Hocker zu klettern, wobei sie sich vorsichtshalber an der Theke festhielt.

»Gabriel, wir brauchen einen Seelentröster«, sagte Schurike zum Barkeeper.

»Wenn es etwas Starkes sein soll, würde ich einen Zombie empfehlen. Der ist allerdings nichts für Mädchen«, erwiderte Gabriel mit einem Seitenblick auf Elfie.

»Frau Ruhland ist kein Mädchen, sondern eine gestandene Frau«, konterte Schurike.

Einerseits fühlte Elfie sich geschmeichelt, andererseits klang der Name des Cocktails furchterregend. Wie ein Zombie wollte sie nicht enden.

»Was ist denn da drin?«, fragte sie vorsichtig.

»Rum, Likör und Säfte«, informierte sie der Barkeeper.

Während Elfie noch mit sich rang, ob sie nicht besser etwas Alkoholfreies bestellen sollte, kam Schurike ihr zuvor.

»Wir nehmen zwei von den Untoten.«

Gabriel nickte und füllte Eiswürfel in einen Shaker. Er nahm eine Flasche aus dem Regal über seinem Kopf, wirbelte sie einmal in der Luft herum, fing sie wieder auf und stellte sie auf die Theke. Weißer Rum.

Auf die gleiche Art und Weise folgten brauner Rum und Overproof Rum, was immer das auch sein mochte.

»Ich wollte noch einmal mit Ihnen über Leo Spielberg sprechen«, begann Elfie, konnte jedoch ihre Augen nicht von den Spirituosen abwenden, von denen der Barkeeper großzügige Mengen in den Shaker goss.

»Was wollen Sie denn wissen?«, fragte Schurike.

Gabriel hantierte jetzt mit Cointreau und Cherry Brandy. So viel unterschiedlichen Alkohol auf einmal hatte Elfie noch nie zu sich genommen.

»Es wäre mir lieber, wenn wir unter vier Augen darüber reden könnten«, sagte Elfie leise und verfolgte fasziniert die flinken Bewegungen des Barkeepers.

Sie atmete auf, als er zu Orangen- und Ananassaft griff.

»Unserem Erzengel Gabriel ist nichts Menschliches fremd.« Schurike lachte. »Vor ihm brauchen wir uns nicht zu genieren.«

Der Erzengel gab einen Schuss Grenadinesirup in den Shaker, verschloss ihn und schüttelte ihn kräftig hin und her.

»Wir haben doch über Leos Beziehungen zur Damenwelt gesprochen«, begann Elfie zögerlich.

Der Barkeeper legte zwei Servietten auf die Theke und platzierte die Drinks darauf.

Beim Anblick der Gläser zuckte Elfie unwillkürlich zusammen. Sie waren geformt wie Totenschädel. Nun, für einen Zombie durchaus passend.

»Sie meinen, seine Gigolodienste«, sagte Schurike und hob sein Glas.

Sie stießen an. Schurike nahm einen tiefen Zug und seufzte dann zufrieden. »Genau das habe ich gebraucht.«

Elfie nippte vorsichtig an ihrem Strohhalm. Der Cocktail schmeckte sanft und fruchtig. Er enthielt anscheinend nicht so viel Alkohol, wie sie befürchtet hatte.

»Sehr lecker«, befand Elfie und wagte einen größeren Schluck.

Der Barkeeper lächelte und verschwand in einem Durchgang hinter der Bar.

»Wissen Sie, ob Leo sich jemanden an Bord zum Feind gemacht hat?«, fragte Elfie.

»Leo ist ein charmanter Bursche und überall beliebt. Nur mit dem Kreuzfahrtdirektor kam er von Anfang an nicht zurecht. Aber der ist ja auch ein Ekel erster Güte.«

Elfie nickte zustimmend.

Der Barkeeper kam mit einer Kiste Mineralwasser zurück und räumte die Flaschen in eine Getränkeschublade.

Elfie nahm den Früchtespieß, der quer über ihrem Totenschädel lag, und knabberte an einer Ananas. Dann beugte sie sich zu Schurike hinüber und flüsterte: »Wissen Sie, mit wem an Bord Leo noch … äh, verkehrte?«

»Mit Sicherheit kann ich es nur von der Vandertrost sagen, weil sie im Casino diese Szene gemacht hat. Die Geschichte hat sich wie ein Lauffeuer auf dem Schiff herumgesprochen.« Schurike entfernte die Dekoration und den Strohhalm von seinem Glas und setzte es direkt an die Lippen.

Elfie beobachtete ihn gebannt. Aus einem Totenkopf zu trinken sah ziemlich skurril aus. Sie kicherte, dann tat sie es Schurike gleich und nahm einen großen Schluck aus dem Schädel.

Sie kam sich reichlich verwegen vor und genoss das abenteuerliche Gefühl, etwas Gewagtes zu tun.

Schurike grinste anerkennend und winkte dem Barkeeper.

»Gabriel, Mann Gottes, wir hätten gern mehr von diesem köstlichen Nass.«

So gelöst und heiter hatte Elfie den Fotografen noch nie gesehen. Sie selbst fühlte sich ebenfalls beschwingt und zum Scherzen aufgelegt.

»Lesen Sie jeden Abend vor dem Zubettgehen in der Bibel?«, fragte sie neckend.

Der Erzengel begann wieder mit den Flaschen zu jonglieren, diesmal so schnell, dass Elfie allein vom Zusehen schwindlig wurde.

»Heute nicht mehr«, sagte Schurike. »Als Kind habe ich eine Klosterschule besucht. Manches kann man einfach nicht vergessen, so sehr man sich auch bemüht.«

»Sie können ganz beruhigt sein. Wie ein Klosterschüler wirken Sie überhaupt nicht«, erwiderte Elfie trocken. »Und ein paar Bibelkenntnisse schaden zuweilen nicht.«

»Das war das Wort zum Sonntag.« Schurike hob sein Glas. »Prost!«

Elfie trank ihren Cocktail mit großen Zügen aus und leckte sich über die Lippen. Ein sehr süffiges Getränk, so ein Zombie.

Der Name des Cocktails und das dekadente Glas waren einfach zu komisch. Sie begann, hemmungslos zu kichern.

»Ich heiße übrigens Siggi«, sagte Schurike. »Und du?«

»Ich bin Elfie«, antwortete sie.

Gabriel servierte ihnen zwei neue Totenköpfe, diesmal ohne Strohhalme.

»Der Mann Gottes beobachtet uns«, raunte Elfie Siggi zu. »Er weiß, dass wir keine Strohhalme wollen.«

»Ein guter Barkeeper reagiert auf die Vorlieben seiner Gäste. Hicks.« Siggi kämpfte mit einem Schluckauf. »Strohhalme, Sonnenschirmchen und der ganze Schnickschnack sind sowieso beim Trinken nur im Weg.«

Er hob sein Glas. »Auf Elfie!«

»Auf Siggi!« Elfie ließ ihren Totenkopf schwungvoll gegen seinen klirren.

»Und auf Leo!«, rief Siggi.

Leo, schoss es Elfie durch den Kopf. Über ihn sollte sie etwas herausfinden. Was war es noch gewesen? Mühsam durchforstete sie ihre Erinnerung. Ach ja!

»Jetzt verrate mir doch, mit wem Leo noch was hatte«, forderte sie Siggi auf.

»Ich weiß es wirklich nicht«, beteuerte er. »In diesem Punkt war er sehr verschwiegen.«

»Das nenn ich echte Diskretion«, nuschelte Elfie.

Sie überlegte, ob sie Leo dafür ein weiteres Plus geben müsste. Ach nein, dieser andere, der Kreuzfahrtdirektor, hatte schon so unanständig viele Pluszeichen eingeheimst.

Leo … Wie sah eigentlich seine Bilanz aus? Hahaha. Über ihn führte sie gar nicht Buch.

Eine Weile starrten sie schweigend in ihre Gläser. Elfie stellte mit milder Verwunderung fest, dass das ihre schon wieder fast leer war. Hier mussten besondere Verdunstungsverhältnisse herrschen.

»An eine Sache kann ich mich erinnern«, sagte Siggi plötzlich.

Dabei lallte er leicht. Der Mann vertrug wohl nichts. Vielleicht hätte er einen Drink für Mädchen bestellen sollen. Hihi.

»An was denn, an was denn, an was denn?«, sang Elfie fröhlich vor sich hin.

»An dem Tag, bevor Leo verschwunden ist, hat er erzählt, er hätte an Bord einen alten Bekannten wiedergetroffen.« Siggi stützte seine Ellbogen auf die Theke und legte seinen Kopf auf die Hände.

»Wen denn, wen denn, wen denn?«, sang Elfie und passte ihr Lied dem Rhythmus an, in dem der Barkeeper Minze zupfte.

»Wollte er nicht sagen, von wegen Disch … Dischkretion. Du weischt schon. Auf jeden Fall war er völlig aus dem Häusch … Häusch … Hat sich total gefreut.«

Siggis Kopf schien ungeheuer schwer zu sein. Er musste ihn auf dem Tresen ablegen.

Projekt, Projekt, Projekt summte es in Elfies Gedanken herum. Mit einiger Mühe gelang es ihr, die Idee zu fassen und näher zu betrachten.

»Siggi …«, begann sie.

Ihre Zunge war seltsam träge, das Formen der Wörter artete in anstrengende Arbeit aus. »Was wolltest wu … äh, du für ein Projekt mit Leo starten?«

Sie legte ihren Kopf ebenfalls auf die Theke, damit sie Siggis Gesicht besser sehen konnte. Hatte er vorher auch so blass ausgesehen?

»Neues Geschäftsmodell«, lallte Siggi. »Die reichen Damen … foto … fotofieren … mit ihm im Bett.«

Er schloss die Augen.

Elfie drehte den Kopf zur anderen Seite. Dort schnitt der Erzengel Gabriel Limetten in feine Scheiben.

Hysterisches Gelächter bahnte sich den Weg durch ihre Kehle nach oben.

Der Barkeeper sah irritiert zu ihr herüber.

»Und meine Gesichtsfarbe veränderte sich, und ich behielt keine Kraft, und ich lag betäubt auf meinem Gesicht«, zitierte sie die Bibelverse, die in ihrem Gedächtnis herumschwirrten. »So was passiert beim Anblick des Erzengels. Sehen Sie doch mal woanders hin!«

Langsam richtete Elfie sich auf. Sie musste sich an der Theke festhalten, da plötzlich die Welt um sie herum schwankte.

Ach ja, sie befand sich auf einem Schiff. Wahrscheinlich pflügte es gerade durch raue See.

Sie würde jetzt in ihre Kabine gehen und sich ein wenig ausruhen.

Sie stand auf, trat jedoch ins Leere. Der Boden unter ihren Füßen war verschwunden. Stand das Schiff schon senkrecht wie beim Untergang der *Titanic*? Taten sich hier die Tore der Hölle auf?

Elfie kicherte – bis sie auf dem Boden aufschlug. Verschwommen sah sie das Gesicht des Erzengels Gabriel über sich schweben. Sein Mund formte Worte, die ihr Ohr jedoch nicht erreichten. Wie komisch!

Und als ich den Klang seiner Worte hörte, lag ich betäubt auf meinem Gesicht, mit meinem Gesicht zur Erde. Die Verse aus dem Buch Daniel huschten durch ihre Gedanken. Dann verlor sie das Bewusstsein.

16.

Alex öffnete die Tür zur Medical-Beauty-Abteilung und blieb geblendet stehen. Alles im Empfangsraum – Wände, Decke, Tische, Regale und Sitzmöbel – erstrahlte in so gleißendem Weiß, dass Alex die Augen zusammenkniff. Hier bräuchte man eine Schneebrille!

Die Empfangsdame sprang auf und eilte ihr entgegen. »Sie müssen Frau von Lichtenstein sein. Herzlich willkommen bei Medical Beauty. Der Herr Doktor erwartet Sie schon.«

Sie geleitete Alex in ein geräumiges Zimmer, das ebenfalls ganz in Weiß gehalten war. Wenigstens ermöglichte die breite Fensterfront einen Blick auf den blauen Himmel.

Wolfgang Schönhausen erhob sich zur Begrüßung und rückte Alex den Besucherstuhl vor seinem Schreibtisch zurecht. Er selbst nahm in seinem Chefsessel Platz, über dessen Lehne salopp eine weiße Uniformjacke mit goldenen Ankerknöpfen hing.

»Frau von Lichtenstein, ich freue mich außerordentlich, dass Sie den Weg zu uns noch gefunden haben, auch wenn sich diese Reise schon dem Ende nähert.« Schönhausen lächelte und ließ seine blendend weißen Zähne sehen, die Alex an ein Raubtier erinnerten. »Wir werden sehen, was wir in der Kürze der Zeit optimieren können. Auf jeden Fall sollten Sie die Behandlungen an Land fortsetzen.«

Alex ließ ihn reden, um sich ein Bild von ihm machen zu können. Der Schönheitschirurg war groß, schlank und ohne Frage eine elegante Erscheinung. Obwohl er um die fünfzig sein musste, zeigte sich auf seinem Gesicht nicht die Andeutung einer Falte, noch nicht einmal um die Augen. Sein Teint sah frisch und rosig aus. Sicher wendete er viele seiner Anti-Aging-Maßnahmen auch bei sich selbst an, denn er wirkte um mindestens zehn Jahre jünger.

»Größere chirurgische Eingriffe können wir an Bord leider nicht durchführen.« Sein Blick glitt an Alex hinab und blieb kurz an ihrem Busen hängen. »Brustvergrößerungen zum Beispiel sind nur in einer unserer vollausgestatteten Kliniken an Land machbar.«

»Daran hatte ich nicht gedacht.« Alex konnte nur mit Mühe ein Grinsen unterdrücken.

»Gut, dann wäre das geklärt.« Schönhausen schien erleichtert.

Er beugte sich vor und musterte Alex' Gesicht eingehend.

»Sehr vernünftig von Ihnen, schon bei den ersten Anzeichen von Falten professionelle Hilfe zu suchen. Je früher die Therapie einsetzt, desto höher sind die Erfolgschancen.«

Er strich sich mit einer Hand über die Stirn.

Alex nickte. War das eine unbewusste Geste, oder wollte er auf das Ergebnis seiner Eigenbehandlung hinweisen?

»Bei der Faltenbehandlung können Sie zwischen Hyaluronsäure, Botulinumtoxin und Mesotherapie wählen. Unser Leistungsspektrum umfasst außerdem Zahnaufhellung bis zu acht Stufen.« Er zeigte erneut sein makelloses Gebiss.

Alex fuhr sich unwillkürlich mit der Zunge über die Zähne, wobei sie ihren Mund fest geschlossen hielt.

»Aha, also die Zähne«, sagte Schönhausen mitfühlend. »Denken Sie sich nichts. Verfärbungen entstehen leicht, wenn sich im Kristallgefüge des Zahnschmelzes Nikotin, Koffein oder Tannin ablagern. Nach einer professionellen Reinigung bestreichen wir die behandelten Zähne mit schonenden Kurpackungen und anschließend mit Bleaching-Gel.«

Er reichte Alex einen Hochglanzprospekt.

»Hier finden Sie einen Überblick über unser Angebot.«

Zunächst konnte Alex vor lauter schönen Worten keine Preise entdecken. Dann sah sie eine Zahl, sehr klein und fast verschämt am rechten Rand: 99, ohne Eurozeichen. Wie vornehm! Über Geld sprach man wohl nicht in diesen Kreisen. Wobei Alex mit erheblich mehr gerechnet hätte. Dann fiel ihr der Zusatz *pro Zahn* in noch winzigerer Schrift auf.

Sie legte den Prospekt auf den Schreibtisch. »Ich bin nicht wegen einer Behandlung hier, Herr Doktor Schönhausen.«

»Weswegen dann?« Sein faltenfreies Gesicht war ein einziges Fragezeichen.

Alex zeigte auf die Jacke über der Stuhllehne. Verwirrt blickte Schönhausen zu seiner Jacke und zurück zu Alex.

»Genauer gesagt, wegen des Knopfs, den Sie in Gloria Vandertrosts Kabine verloren haben«, präzisierte Alex.

Schönhausen starrte auf die Vase mit weißen Lilien auf seinem Schreibtisch. Die Blumen sahen, wie alles in diesem Ambiente, perfekt aus. Alex fragte sich, ob sie künstlich waren oder ob sie für ihr pralles Aussehen regelmäßig Botox-Injektionen bekamen.

»Sie wollen mich erpressen«, sagte Schönhausen mit belegter Stimme.

Bingo. Er hatte also die Nacht mit Gloria verbracht.

Alex lachte auf. »Keine Angst. Ich bin Polizistin und ermittle in einem Vermisstenfall. Dabei bin ich sozusagen über Ihren Knopf gestolpert.«

»Was hat mein Knopf mit dem Verschwinden dieses Leo Spielberg zu tun?« Schönhausen räusperte sich.

»Genau das versuche ich herauszufinden. Erzählen Sie mir einfach, was an dem Abend passiert ist, wo und wann Sie Frau Vandertrost getroffen haben und wie lange Sie mit ihr zusammen waren.«

»Bleibt das unter uns?«, fragte Schönhausen.

»Ihr Liebesleben interessiert mich nicht«, entgegnete Alex kühl. »Und ich werde Ihrer Frau nichts verraten, wenn Sie das meinen.«

»Also gut.« Schönhausen atmete erleichtert aus. »Am ersten Abend hatte ich nach dem Dinner in der Kaminbar ein paar Drinks in geselliger Runde. Als ich die Bar verließ, lief mir Frau Vandertrost über den Weg.«

»Um wie viel Uhr war das?«, hakte Alex nach.

»Ich schätze, es war gegen ein Uhr. Frau Vandertrost erzählte mir, sie suche Leo Spielberg, könne ihn jedoch nirgends finden. Sie konnte nicht mehr gerade gehen, deswegen begleitete ich sie zu ihrer Kabine.«

»Nur deswegen?« Alex hob amüsiert die Augenbrauen hoch.

»Meine Güte, sie ist eine meiner besten Kundinnen. Als sie mich auf einen Schlummertrunk hereinbat, konnte ich schlecht ablehnen.«

»Dabei ist es jedoch nicht geblieben«, warf Alex ein.

»Nun, es gab Champagner und Fingerfood, und irgendwann fanden wir uns im Schlafzimmer wieder. Gloria ist eine attraktive Frau, und ich war auch nicht mehr nüchtern.«

»Dort hat sie Ihnen die Kleider vom Leib gerissen.«

»Es ging ihr nicht schnell genug. Sie ist eine richtige Wildkatze.« Schönhausen grinste anzüglich. »Dass sie ein Loch in mein Jackett gerissen hat und der Knopf verschwunden war, habe ich erst am nächsten Morgen bemerkt.«

»Sie blieben also die ganze Nacht?«, fragte Alex.

Schönhausen nickte.

»Sie haben mir auch ohne Behandlung sehr geholfen. Ich danke Ihnen.« Alex erhob sich und verließ rasch das sterile Reich des Schönheitschirurgen.

An Deck atmete sie in tiefen Zügen die frische salzige Luft ein. Nach Schönhausens Aussage konnte Gloria Vandertrost nichts mit Spielbergs Verschwinden zu tun haben. Und Jens Mehrmann hatte definitiv nicht die Nacht mit ihr verbracht.

Alex fühlte sich so lebendig und energiegeladen wie lange nicht mehr. Sie wollte den Fall Spielberg lösen, bevor die *Aphrodite* in Bremerhaven einlief und die dortige Polizei übernahm. Eine gründliche Durchsuchung des gesamten Schiffes war dafür unabdingbar. Sie ging davon aus, dass der Kreuzfahrtdirektor dieser Aufgabe, wenn überhaupt, nur sehr oberflächlich nachgekommen war. Mit der falschen Rücksichtnahme war jetzt Schluss.

Alex ging zur Brücke und bat den Kapitän um eine Unterredung.

Sie berichtete ihm von ihren Ermittlungen und dem goldenen Ankerknopf in Glorias Kabine.

»Hast du etwa geglaubt, dass der Knopf mir gehört?« Jens musterte Alex amüsiert. »Deswegen bist du mir in den letzten Tagen aus dem Weg gegangen, oder?«

»Nein, so war es nicht«, wiegelte Alex ab. »Ich habe lediglich alle Möglichkeiten in Betracht gezogen. Außerdem fehlte dir am darauffolgenden Morgen ein Knopf. Das war eine Spur, der ich nachgehen musste.«

»Dass du mir eine Liaison mit dieser Frau zutraust, fasse ich nicht gerade als Kompliment auf.« Jens zwinkerte ihr zu. »Handelte es sich bei dem Fund denn um einen Schraubknopf?«

Schlagartig erkannte Alex, welches Detail sie übersehen hatte. Jens hatte den neuen Knopf an seiner Schulterklappe aufgeschraubt. Es war keiner mit Öse zum Annähen gewesen.

»Nein.« Alex merkte, wie ihr die Röte ins Gesicht kroch. »Doch das ist mir gerade erst klar geworden.«

»Bin ich dann von jedem Verdacht freigesprochen?« Jens grinste.

»Absolut«, antwortete Alex. »Damit sind wir zwar einen Schritt weiter, aber immer noch weit von der Lösung des Falls entfernt. Deswegen müssen wir jetzt endlich Nägel mit Köpfen machen.«

Elfie träumte von einem riesigen Totenschädel, der mit Zaubertrank gefüllt war. Sie beugte sich darüber und schlabberte wie ein Hund daraus. Die Flüssigkeit brannte sich einen Weg ihre Kehle hinunter, ihr Magen konnte schon nichts mehr aufnehmen. Dennoch trank sie unaufhörlich weiter, bekam nicht genug von diesem herrlichen Gebräu, das magische Kräfte verlieh.

Ein dumpfes Klopfen ertönte. Widerwillig versuchte Elfie, die Augen zu öffnen. Es gelang ihr nicht. Das Klopfen kroch in ihren Kopf, der dadurch fast zu platzen drohte. Um den Schmerzen zu entfliehen, ließ sie sich wieder in den Schlaf sinken.

Als sie das nächste Mal erwachte, dröhnte ihr Schädel, als

ob jemand darin einen Hammer hin und her schlüge. Ihre Zunge fühlte sich wie ein pelziges Tier an, Mund und Kehle waren ausgetrocknet, sie verspürte entsetzlichen Durst.

Mit ungeheurer Willensanstrengung hob Elfie einen Arm und schaltete die Lampe an ihrem Bett ein. Das grelle Licht schmerzte selbst durch die geschlossenen Augenlider. Am liebsten wäre sie wieder in den Schlaf hinübergeglitten. Sie musste jedoch unbedingt etwas trinken. Sonst würde sie verdursten.

Sie öffnete ein Auge auf Halbmast und tastete nach der Wasserflasche. Jetzt kam der schwierigste Teil. Mühsam richtete sie sich auf und setzte die Flasche an die Lippen. Das Wasser rann erfrischend durch ihre Kehle. Völlig entkräftet stellte sie die Flasche ab und sank zurück in die Kissen. Noch eine Runde Schlaf, dann würde sie aufstehen.

Ein beunruhigender Traumfetzen jagte den nächsten. Siegfried Schurike fotografierte Max Kaiser, der gerade den Chefcroupier in hohem Bogen über Bord warf. Ein Defilee eleganter Damen marschierte an der Rezeption vorbei. Jede von ihnen rief Sonja zu, sie wolle Sex mit Leo Spielberg buchen. Ein großer Engel breitete seine Flügel aus und wickelte Elfie darin ein.

Engel … Erzengel … Gabriel. Vage Erinnerungen regten sich in Elfies schmerzendem Kopf: die Kaminbar, Siegfried Schurike, fruchtige Cocktails und eine Elfie, die kicherte und sinnlose Lieder sang.

War das wirklich geschehen, oder hatte sie es nur geträumt? Elfie zwang sich, die Augen zu öffnen. Sofort drehte sich alles um sie, ihr wurde übel.

Rasch schloss sie die Augen wieder. Das Karussell verlangsamte sich, dafür kehrten die Kopfschmerzen mit Macht zurück.

Was hatte sie nur getan, um in diesen elenden Zustand zu geraten?

Zombie – so hieß der leckere Cocktail, den sie zusammen mit Schurike getrunken hatte. Jetzt musste sie dafür büßen. Willkommen im Land der Untoten.

Wie viele Drinks hatte sie zu sich genommen? Einen, zwei, dann setzte die Erinnerung aus. Wie war sie überhaupt in ihre Kabine gekommen? Sie tastete ihren Körper ab und stellte fest, dass sie noch vollständig bekleidet war. Vorsichtig bewegte sie die Füße. Wenigstens die Schuhe hatte sie ausgezogen. Oder hatte das jemand anders getan?

Wie durch einen Nebel erschien das Gesicht des Barkeepers, der vor ihr kniete und beruhigend auf sie einredete. Sie konnte jedoch nicht aufhören, zu zappeln und zu kichern, solange er ihre Füße kitzelte.

Wie peinlich! Sie hatte sich von fremden Männern ins Bett bringen lassen. Männer? Undeutlich nahm Elfie außer dem Barkeeper einen weiteren Mann wahr, der sie auf dem schwankenden Gang gestützt hatte. Sie konnte sein Gesicht nicht erkennen. Hoffentlich war es nicht Siggi gewesen.

Siggi! Elfie schreckte hoch, was ihr Körper mit einer neuen Woge von Übelkeit und Schwindel quittierte. Mit einem Stöhnen begab sie sich wieder in die Horizontale.

Sie war jetzt per du mit Schurike, einem Mann, den sie kaum kannte. Was würde Ludwig dazu sagen? Sicher dachte er, sie werfe sich jetzt jedem Mann an den Hals.

Elfie weinte ein paar Tränen, zuerst aus Scham, dann aus Selbstmitleid. Anschließend kehrten ihre Lebensgeister zurück.

»Reiß dich zusammen, Elfriede«, flüsterte sie vor sich hin.

Was geschehen war, konnte sie nicht rückgängig machen. Nun hieß es, nach vorn zu blicken. Sie öffnete die Augen und setzte sich langsam und vorsichtig auf. Es funktionierte. Sie trank etwas Wasser.

Konnte sie Schurike das Du wieder entziehen? Das sähe merkwürdig aus. Außerdem war der Fotograf ein netter Kerl, und nach dieser Reise würde sie ihn sowieso nie wiedersehen.

Elfie hoffte nur, dass Konrad Odenfels nicht erfuhr, dass sie sich mit Siggi duzte, während sie mit ihm erst beim Vornamen angelangt war. Sonst bekäme seine Eifersucht neue Nahrung.

Apropos Konrad, er hatte sie für heute um 17 Uhr in seine Suite eingeladen.

Sie sah auf die Uhr und erschrak. Es war bereits 15 Uhr. Sie hatte bis zum Nachmittag gebraucht, um ihren Rausch einigermaßen auszuschlafen.

Jetzt brauchte sie dringend eine Dusche und saubere Kleidung, anschließend ein wenig frische Luft und einen Happen zu essen – und das alles in Zeitlupe. Danach wäre sie hoffentlich von den Untoten auferstanden und hätte sich wieder in einen Menschen verwandelt.

Mit bedächtigen Bewegungen erhob sie sich und schleppte sich ins Bad.

Um kurz vor fünf nahm Elfie den Lift zum Deck Peitho. Zum Treppensteigen reichten ihre Kräfte noch nicht wieder. Immerhin hatte ihr Magen sich nach einer leichten Suppe beruhigt, das Kopfweh sich auf ein erträgliches Maß eingependelt.

Zum ersten Mal in ihrem Leben hatte Elfie so viel getrunken, dass sie die Kontrolle verlor. Sie schwor sich, nie wieder einen Tropfen Alkohol anzurühren – nun, zumindest keine hochprozentigen Cocktails.

Kaum hatte sie an der Kabinentür geklopft, wurde diese von innen aufgerissen. Konrad Odenfels strahlte sie überglücklich an.

»Herzlich willkommen, liebe Elfie«, sagte er und führte sie in den Wohnraum.

»Sie haben wohl schon hinter der Tür gelauert, so schnell wie Sie geöffnet haben«, meinte Elfie mit einer Prise Spott in der Stimme.

»Touché.« Konrad legte die rechte Hand auf sein Herz. »Ich konnte Ihr Eintreffen kaum erwarten. Oder um es mit unserem verehrten Freiherrn von Eichendorff auszudrücken:

Und frag ich und sinn ich,
Wie so mir geschehn? -
Mein Liebchen herzinnig,
Das soll ich heut sehn!«

Elfie erkannte die letzte Strophe des Gedichts, das Konrad bei ihrem nächtlichen Spaziergang rezitiert hatte. Wenn er sich nach kurzer Zeit bereits wiederholte, waren seine lyrischen Kenntnisse wohl nicht so weitreichend, wie Elfie sie sich vorgestellt hatte.

Sie kaschierte ihre Enttäuschung, indem sie sich auf die Räumlichkeiten konzentrierte. Der Wohnraum war zwar nicht so riesig wie in der Herrndorf-Suite, aber großzügig bemessen.

»Sehr hübsch haben Sie es hier«, sagte Elfie. »Von so viel Platz kann ich in meiner winzigen Kabine nur träumen.«

»Ich würde den Platz gern mit Ihnen teilen.« Konrad trat durch die offene Tür in einen Nebenraum. Elfie folgte ihm und fand sich im Schlafzimmer wieder.

»In dem Kingsize-Bett komme ich mir ziemlich verloren vor«, sagte Konrad leise.

Elfie spürte eine Hitzewelle durch ihren Körper jagen. Die Richtung, die das Gespräch nahm, gefiel ihr ganz und gar nicht.

»Sie könnten sich einen Hund anschaffen, der mit Ihnen im Bett schläft«, sagte sie und verließ rasch das Schlafzimmer.

»Mir hatte eine andere Lösung vorgeschwebt.« Konrad räusperte sich. »Darf ich Ihnen die Terrasse zeigen?«

Sie durchquerten den Wohnraum und traten hinaus ins Freie.

»Wundervoll! So etwas hätte ich auch gern«, rief Elfie aus, ohne nachzudenken.

Ein Whirlpool, zwei Sonnenliegen und eine kleine Sitzgruppe, alles nicht von außen einsehbar. Am besten gefiel Elfie jedoch der grenzenlose Blick auf Meer, Himmel und Horizont.

»Was mein ist, soll auch Ihnen gehören.« Konrads Stimme klang feierlich.

Langsam wurde Elfie mulmig zumute. Zuerst anzügliche Bemerkungen, jetzt dieses übertriebene Pathos. Wohin sollte das führen?

»Seien Sie vorsichtig mit Ihren Wünschen«, sagte sie leichthin. »Sie könnten in Erfüllung gehen.«

»Nichts lieber als das.« Konrad deutete eine Verbeugung an und wies auf die Sitzgruppe, wo ein Champagnerkühler und zwei Gläser standen. »Wollen wir uns setzen?«

Elfie nickte und nahm Platz. Doch als Konrad ihr einschenken wollte, hielt sie eine Hand über das Glas.

»Kein Alkohol für mich, bitte.« Sie schüttelte entschieden den Kopf.

Konrad sah sie verständnislos an. »Wieso nicht? Neulich haben wird doch auch Champagner zusammen getrunken.«

»Neulich war neulich, und heute ist heute«, entgegnete Elfie ungerührt.

»Aber ... aber ...« Konrad schien völlig aus dem Konzept zu sein. »Bei so einem Anlass muss man doch anstoßen. Wenigstens mit einem kleinen Schluck.«

»Ich glaube, ich habe mir den Magen verdorben«, erklärte Elfie. »Deswegen will ich nicht den kleinsten Schluck riskieren. Mit Wasser kann man auch anstoßen. Das blubbert genauso schön.«

Konrad sprang auf, verschwand nach drinnen und kam mit einer Flasche Mineralwasser zurück.

»Natürlich, Sie haben völlig recht«, rief er eifrig. »Es kommt nicht auf den Alkohol an.«

Er füllte beide Gläser mit Wasser. Sie prosteten sich zu.

»Mein liebes Elfchen«, begann Konrad mit seltsam belegter Stimme. »Es ist mir eine große Ehre und noch viel größere Freude, Sie kennengelernt zu haben.«

Elfchen – so hatte sie bisher niemand genannt. Während sie darüber nachdachte, ob sie den Kosenamen mochte oder nicht, sprach Konrad weiter.

»Es war ein Wink des Schicksals, dass meine Kabine auf Deck Peitho liegt. Kennen Sie die griechische Göttin Peitho?«

Elfie schüttelte den Kopf. Immer noch hielten sie die Gläser erhoben. Langsam wurde ihr Arm schwer. Außerdem hatte sie großen Durst. Hoffentlich kam Konrad bald auf den Punkt.

»Peitho ist die Göttin der Rhetorik und Beredsamkeit«, führte er aus. »Als Helferin der Aphrodite steht sie auch für die erotische Überredungskunst, mit der Liebesgeständnisse besser gelingen.«

Elfie runzelte die Stirn. War dies nur ein akademischer

Exkurs über griechische Mythologie, oder steuerte Konrad auf ein unheilvolles Ziel zu?

Er rutschte auf die Knie und griff nach Elfies freier Hand. Völlig überrumpelt ließ sie ihn gewähren.

»Liebste Elfie, würden Sie mir die Ehre erweisen, mich zu heiraten?«

Elfie war so perplex, dass sie kein Wort herausbrachte. Sie setzte ihr Glas an die Lippen und trank es in einem Zug leer.

»Ich nehme an, das ist ein Ja«, sagte Konrad mit zaghaftem Optimismus.

Elfie entzog ihm ihre Hand und knallte das Glas auf den Tisch.

»Nein, das ist es nicht. Wir kennen uns doch kaum. Außerdem … außerdem bin ich verlobt. Und einen Freund habe ich auch.«

Konrad stützte sich auf Tisch und Stuhl ab und erhob sich mühsam. Seine Knie knackten. Schwer atmend setzte er sich wieder hin.

»Von einem Verlobten haben Sie nie gesprochen, noch dazu ein Freund …«, sagte er leise. »Ich hätte mir denken können, dass eine Frau wie Sie von Männern umschwärmt wird. Stattdessen habe ich mir eingebildet, Sie empfänden etwas für mich.«

Mit hängenden Schultern und gesenktem Blick sah er so erbarmungswürdig aus, dass Elfie ihm beinahe die Wahrheit gesagt hätte. Doch dann entschied sie sich, ihm lieber vorzuenthalten, dass Ludwig seit über dreißig Jahren tot und die Freundschaft mit Paul-Friedrich rein platonischer Natur war. Sonst würde er weiterhin auf ein Happy End hoffen.

»Ich mag Sie wirklich gern, Konrad«, sagte sie. »Aber eine gemeinsame Zukunft wird es für uns nicht geben.«

Sie stand auf, verabschiedete sich und ging schnurstracks in ihre Kabine. Dort legte sie sich aufs Bett und schloss die Augen.

Ein Antrag auf Knien, das Gerede vom Kingsize-Bett – all das ging ihr viel zu schnell. Und Elfchen klang absolut albern. So wollte sie definitiv nicht genannt werden.

Wahrscheinlich hätte Konrad als Nächstes vorgeschlagen, gemeinsam in den Whirlpool auf seiner Terrasse zu steigen, natürlich nackt.

Elfie seufzte. Warum musste er die Dinge so überstürzen und damit alles verderben?

17.

Voller Elan machte Alex sich auf den Weg. Sie würde die Aktion gemeinsam mit Elfie starten. Vier Augen sahen mehr als zwei. Außerdem hatte Elfie inzwischen vielleicht neue Hinweise von Schurike erhalten.

Nachdem Alex Elfies übliche Aufenthaltsorte ohne Ergebnis abgesucht hatte, fand sie sie schließlich auf dem Sportdeck, wo gerade eine Power-Plate-Schnupperstunde begann.

»Ich hätte nicht gedacht, dass du dich für Vibrationstraining interessierst.« Alex grinste und setzte sich zu Elfie an einen Tisch neben der Sportfläche. »Wenn du mitmachen möchtest, nur zu! Ich bleibe bei Amadeus.«

»Um Himmels willen, nein!« Elfie hob abwehrend die Hände. »Sport ist Mord. Und auf so eine Zitterpartie habe ich schon gar keine Lust. Ich bin nur wegen Amadeus hier.«

»Wie bitte?« Alex sah Elfie entgeistert an. »Ist das Training auch für Hunde?«

Sie stellte sich den Mops auf einer vibrierenden Power Plate vor und brach in schallendes Gelächter aus.

»Nein, keine Angst. Obwohl ein bisschen Gewichtsreduktion und Bodyforming Amadeus nicht schaden würden.« Elfie lächelte. »Der Grund ist jedoch ein anderer.«

Sie wies mit einer Hand zum Nachbartisch. Dort saß Lillifee. »Sie mussten sie anleinen, weil sie ihrem Frauchen nicht von der Seite weichen wollte.«

Alex musterte die Gruppe, die den Ausführungen des Trainers lauschte, und entdeckte Patrizia Herrndorf und ihre Mutter darunter.

»Tja, Amadeus weigert sich standhaft, seinen Posten zu verlassen«, erklärte Elfie. »Nur deswegen sitze ich hier.«

Der Mops lag genau vor Lillifee und starrte sie an. Gerade robbte er sich noch ein Stückchen näher an seine Angebetete heran. Für die Pekinesendame – heute mit einer blassblauen Schleife im sorgfältig toupierten Haar – schien er jedoch Luft zu sein. Sie ließ ihr Frauchen nicht aus den Augen und gab ab und zu ein klägliches Fiepen von sich.

»Jetzt schalten wir die Geräte ein«, rief der Trainer und ging von Teilnehmer zu Teilnehmer, um Hilfestellung zu leisten.

Patrizia Herrndorf lachte auf, als die Platte zu brummen begann. »Mein ganzer Körper kribbelt.«

Ihre Mutter machte dagegen eine unglückliche Figur. Sie hielt sich krampfhaft und zähneklappernd an den Griffen fest.

»In die Knie, Po raus, Bauch rein und Schultern nach hinten.« Der Trainer legte hier und dort Hand an, um die Haltung seiner Schützlinge zu korrigieren.

Luise Herrndorf rann der Schweiß über das Gesicht. Ob vor Anstrengung oder aus Angst, war nicht erkennbar.

»Dahahas kahahann nicht gehehesund seiheihein«, stieß sie atemlos hervor.

»Offenbar geraten sogar die Stimmbänder ins Schlingern«, kommentierte Elfie trocken. »Inhaltlich gebe ich Frau Herrndorf allerdings vollkommen recht.«

»Dreißig Sekunden Pause«, rief der Trainer.

Luise Herrndorf schaltete ihr Folterinstrument aus und ließ ihren Oberkörper auf die Mittelkonsole sinken. Sie atmete schwer.

Alex riss sich von dem Anblick los und besann sich auf ihr Vorhaben.

»Was hast du von Schurike erfahren?«, fragte sie.

»Du meinst, über Spielberg?«, sagte Elfie gedehnt.

Sie schien mit ihren Gedanken weit weg zu sein und sich erst sammeln zu müssen. »Nun … Spielberg war bei der Damenwelt sehr beliebt und hat anscheinend nicht nur die Vandertrost beglückt.«

»Ist das alles?« Alex war enttäuscht.

»Lass mich einen Moment überlegen.« Elfie wandte den Blick ab und starrte vor sich hin.

So zerstreut hatte Alex sie noch nie erlebt.

»Weiter geht's.« Der Trainer klatschte in die Hände.

Elfie zuckte zusammen. »Jetzt fällt mir wieder ein, was Siggi noch gesagt hat.«

»Siggi?« Alex zog die Augenbrauen hoch. »Bist du mit dem Fotografen auch schon beim Vornamen angelangt? Du reißt ja neuerdings einen Mann nach dem anderen auf.« Sie zwinkerte Elfie zu.

Diese senkte den Kopf und ließ die Schultern hängen.

»Ich möchte nicht darüber reden«, sagte sie mit leiser Stimme.

»Dann lass uns über Leo Spielberg reden. Was hat Siggi dir über ihn erzählt?«

»Am Tag vor seinem Verschwinden hat Spielberg einen alten Bekannten an Bord getroffen. Laut Siggi war er deswegen ganz aus dem Häusch …« Elfie räusperte sich verlegen. »Er war deswegen sehr aufgeregt, wollte aber nicht verraten, um wen es sich handelt.«

»Ein Bekannter, also ein Mann«, überlegte Alex laut. »Wer könnte es sein? Und hat derjenige etwas mit Spielbergs Verschwinden zu tun?«

»Die Fersen anheben und das Gewicht auf die Ballen verlagern.« Der Trainer führte eine neue Übung vor. »Die Wadenmuskeln fest anspannen.«

»Auf jeden Fall durchsuchen wir jetzt die unteren Decks. Ich gehe davon aus, dass Kaiser das nicht getan hat.« Alex stand auf.

»Dort haben wir keinen Zutritt.« Elfie winkte müde ab. »Den Kreuzfahrtdirektor frage ich nicht noch einmal.«

»Und ob wir Zutritt haben.« Triumphierend zog Alex die Schlüsselkarte aus der Hosentasche, die Jens Mehrmann ihr anvertraut hatte.

»Donnerwetter!« Elfie wurde etwas lebhafter. »Gehe ich recht in der Annahme, dass du mit dem Kapitän gesprochen hast?«

Alex nickte. »Der Knopf in Glorias Kabine war nicht von ihm.«

Elfie öffnete den Mund, klappte ihn jedoch gleich wieder zu. Ihre Miene verriet allerdings deutlich, was sie hätte sagen wollen.

»Du hast es gleich gesagt, ich weiß schon.« Alex nickte. »Jetzt komm!«

»Amadeus mit seiner Spürnase muss auf jeden Fall mit«, sagte Elfie.

Alex bückte sich und leinte den Mops an. Widerwillig erhob er sich, rührte sich aber nicht von der Stelle. Als Alex auffordernd an der Leine zog, leistete er mit seinem ganzen Körpergewicht Widerstand.

»Ich habe, was wir brauchen«, rief Elfie, griff in ihre Handtasche und reichte Alex eine kleine Tüte.

»Was ist das denn?«, fragte Alex erstaunt, als sie eine schwarze Socke aus dem Beutel fischte. »Glaubst du, dass Amadeus für eine alte Socke von seinem Liebeswerben ablässt?«

Elfie sprang auf und nahm die Socke an sich.

»Die ist von Leo Spielberg«, flüsterte sie. »Ich habe sie als Geruchsmaterial für das Mantrailing verwendet.«

»Eine gebrauchte Socke also.« Alex konnte sich ein Grinsen nicht verkneifen.

»Selbstverständlich. Sonst funktioniert das Aufspüren nicht.« Elfie deutete auf die Tüte in Alex' Hand. »Ich hatte allerdings an die Leckerlis gedacht, um Amadeus hier wegzulocken.«

Tatsächlich befanden sich einige zerbrochene Hundekuchen in der Tüte. Alex nahm ein Stück heraus und hielt es Amadeus vor die Nase. Er schnüffelte daran und wollte zuschnappen. Rasch zog Alex ihre Hand zurück, entfernte sich ein paar Schritte und präsentierte ihm erneut den Keks.

Amadeus sah sehnsüchtig zwischen Lillifee und dem Hundekuchen hin und her. Es schien sich um eine schwierige Entscheidung zu handeln. Schließlich obsiegte seine kulinarische über seine amouröse Neigung, und er watschelte auf Alex zu.

Sie gab ihm den Keks und streichelte ihn.

»Die hochnäsige Dame beachtet dich sowieso nicht«, flüsterte sie ihm zu.

»Und wir benötigen deine Fähigkeiten«, ergänzte Elfie.

Der Mops fügte sich in sein Schicksal und folgte den beiden Frauen, nicht ohne vorher einen letzten bedauernden Blick zu der Pekinesendame zu werfen.

Im Lift drückte Alex auf den untersten Knopf, Deck Persephone. »Ich schlage vor, wir fangen ganz unten an und arbeiten uns dann hoch. Persephone ist übrigens die Frau des Hades, wie ich im Bordprospekt gelesen habe. Also auf in die Unterwelt des Schiffes!«

»Persephone ist die Göttin der Toten«, ergänzte Elfie. »Ich bin gespannt, welche Leichen wir im Keller dieses Luxusliners finden. Hoffentlich keine verwesten Ratten.« Sie schüttelte sich. »Wobei das in den besten Häusern vorkommt.«

Als sie aus dem Aufzug traten, ging es links zur Wäscherei. Rechts befand sich eine Tür ohne Bezeichnung, die Alex mit dem Generalschlüssel öffnete. Dahinter erstreckte sich ein langer Gang, von dem wiederum Türen auf beiden Seiten abgingen.

Sie inspizierten einen Raum nach dem anderen. Die ersten waren bis auf den letzten Zentimeter mit Vorräten gefüllt. In den Kühlräumen stapelten sich Obst- und Gemüsekisten, Tausende von Eiern, riesige Käselaibe und ganze Schinken. Danach folgte das Trockenlager mit Säcken voller Reis, Mehl und Nudeln. In einem Raum lagerten ausschließlich Kartoffeln.

»Was für Unmengen an Vorräten!« Elfie sah Alex erstaunt an. »Essen wir wirklich so viel?«

»Wir sind nicht die einzigen an Bord.« Alex lachte. »Bei so vielen Menschen kommt einiges zusammen.«

Sie öffnete die nächste Tür, hinter der sie Toilettenpapier und Kosmetiktücher vom Boden bis zur Decke fanden.

Der letzte Raum auf der rechten Seite enthielt Metallregale voller Taue und Werkzeug.

»Hier riecht es seltsam. Sind das die Taue?« Elfie ging zu einer Taurolle und sog geräuschvoll die Luft ein. »Nein, die sind es nicht.«

Alex nahm den leichten Geruch ebenfalls wahr. Ammoniak? Schwefel? Irgendwo war ihr diese faulige Mischung schon einmal begegnet. Während sie überlegte, bei welcher Gelegenheit es gewesen war, erregte Amadeus ihre Aufmerksamkeit.

Der Mops schlich in seltsam geduckter Haltung vorsichtig durch den Raum. Sein Gewicht verlagerte er dabei auf die Hinterbeine, als ob er jeden Moment den Rückzug antreten wollte. Die Ohren hatte er nach hinten flach gegen den Kopf gelegt. Sein Fell sträubte sich über den gesamten Rücken.

Schließlich blieb er an der Längsseite des Raums vor einer weiteren Tür stehen und kratzte mit der Pfote daran.

Alex öffnete die Tür. Schlagartig verstärkte sich der faulige Geruch um ein Vielfaches.

Amadeus schob sich mit gefletschten Zähnen langsam in den Raum hinein und begann zu knurren.

Als Alex den Lichtschalter betätigte, fand sie sich in einer winzigen Kammer wieder, in der Särge aufeinandergestapelt waren. Amadeus stand davor und bellte.

»Ich habe doch gewusst, dass er sich zum Spürhund eignet«, ertönte Elfies Stimme fröhlich hinter ihr. »Was hat er denn Schönes entdeckt?«

Elfie betrat die Kammer und blickte sich neugierig um. »Särge – wie interessant! Nun, bei dem Durchschnittsalter der Passagiere und der Völlerei wird sicher mancher an Bord das Zeitliche segnen. Da muss man vorbereitet sein.«

Alex hörte Elfies aufgeregtem Geplapper nur mit halbem Ohr zu. Gebannt beobachtete sie, wie Amadeus an einem Sarg hochsprang.

Sie trat dazu und hob den Deckel an. Eine Woge des süßlich-beißenden Geruchs wehte ihr entgegen, so dass sie automatisch den Kopf zur Seite drehte. Dann holte sie tief Luft und sah in den Sarg hinein.

Dort lag ein Toter, der eindeutig die Quelle des Geruchs war.

»Es ist Leo Spielberg.« Elfie war neben sie getreten und hielt sich die Nase zu. »Lebend hat er allerdings deutlich attraktiver ausgesehen.«

Alex ließ den Deckel fallen, wodurch der Gestank sich wieder auf ein erträgliches Maß reduzierte.

»Die Leiche muss gekühlt werden«, sagte sie. »Geh bitte zur Brücke hinauf und hol den Kapitän. Ich halte hier die Stellung.«

Sobald Elfie davongeeilt war, öffnete Alex erneut den Sarg und besah sich den Toten näher.

Die Zunge hing aus dem Mund, der Körper war aufgedunsen. Am Kopf war eine große Wunde erkennbar.

Unter der rechten Hand entdeckte sie etwas Blinkendes.

Sie eilte in den Lagerraum mit den Papiervorräten, nahm eine Packung Kosmetiktücher mit und riss sie auf.

So dilettantisch hatte sie noch nie gearbeitet. Für den Moment musste es jedoch reichen.

Vorsichtig griff sie mit einem Tuch nach dem glänzenden Gegenstand.

Es handelte sich um eine silberne Kette. Behutsam zog Alex sie unter der Hand des Toten hervor und hob sie hoch. An einem Ende baumelte ein Anhänger in Herzform. Darauf stand *Return to Tiffany & Co.*

Alex stockte der Atem. Noch bevor sie den Anhänger umdrehte, wusste sie, welcher Name auf der Rückseite eingraviert war.

Patrizia.

Zum wiederholten Mal drückte Elfie den Knopf, der den Lift zu ihrem Deck kommen lassen sollte, und trat ungeduldig von einem Bein auf das andere.

Wieso dauerte das so lange? Sie musste den Kapitän schnellstmöglich informieren.

Sie atmete tief ein und aus, um ihren Herzschlag zu beruhigen. Der Aufzug schien in einer der oberen Etagen festzustecken.

Wenn sie es recht bedachte, kam es auf zehn Minuten nicht an, so lange wie Spielberg mittlerweile tot war. Sie konnte ebenso gut die Treppe nehmen. Vielleicht erwischte sie weiter oben einen Lift.

Elfie begann den Aufstieg aus dem Bauch des Schiffes. Sie war froh, dass die Leiche Spielbergs aufgetaucht war. Damit hatte sie ihre Aufgabe als Hilfssheriff erledigt. Wer den Chefcroupier umgebracht hatte, interessierte sie nur am Rande. Denn dass es sich um Mord handelte, stand für Elfie außer Frage. Der schöne Leo hatte sich wohl kaum freiwillig in einen Sarg gelegt, um dort eines natürlichen Todes zu sterben. Sicher hatte der Mörder einen guten Grund für seine Tat gehabt.

Die Treppen nahmen kein Ende. Elfie blieb stehen, um zu verschnaufen, und entschied sich, es auf dem nächsten Deck noch einmal mit dem Aufzug zu versuchen. Als sie die Tür des Treppenhauses öffnete, hörte sie Max Kaisers Stimme und hielt mitten in der Bewegung inne.

Offenbar machte der Kreuzfahrtdirektor wieder einmal einen Mitarbeiter zur Schnecke.

»Sie müssen viel mehr Einsatz zeigen, um die Landausflüge zu verkaufen«, blaffte er. »Die Leute wollen umschmeichelt werden. Wenn Sie sich weiterhin so knochentrocken geben, ist für Sie kein Platz in meinem Team.«

»Heißt das, Sie feuern mich?« Eine verängstigte Frauenstimme.

»Ich bin sicher, Sie verfügen über ungeahnte Qualitäten.« Kaisers Stimme klang jetzt weicher. »Stille Wasser sind bekanntlich tief. Kommen Sie heute Abend in meine Kabine. Ich gebe Ihnen ein wenig Nachhilfe.«

Elfie schnappte empört nach Luft. Was für ein Unhold!

Vorsichtig lugte sie um die Ecke.

Eine junge hübsche Frau stand mit dem Rücken zur Wand.

Kaiser stützte seine Hände rechts und links von ihr ab und musterte sie wie ein Raubtier seine Beute.

»Ich weiß nicht …«, begann die Frau.

»Aber ich weiß genau, was ich will«, fiel Kaiser ihr ins Wort und beugte sich so nah zu ihr, dass ihre Gesichter sich fast berührten.

Sanft strich er ihr eine Haarsträhne aus dem Gesicht. »Julia, machen Sie mich glücklich, und Ihre Karriere an Bord ist gesichert.«

Elfie konnte ihre Wut kaum im Zaum halten. Nun kamen zu Kaisers bisherigen Vergehen noch Erpressung und sexuelle Nötigung hinzu.

Beinahe wäre sie losgestürmt, um diesem Mann Einhalt zu gebieten. Aus leidvoller Erfahrung wusste sie jedoch, dass damit höchstens kurzfristig Abhilfe geschaffen wäre. Solchen Typen musste man für immer das Handwerk legen – und zwar ohne Vorwarnung.

Leise zog Elfie sich zurück und setzte ihren Weg nach oben fort.

Ihr war klar, dass sie nun trotz aller Bedenken gegen das Projekt bei Kaiser aktiv werden musste.

Diese Aufgabe würde sie in Angriff nehmen, sobald sie

dem Kapitän Bescheid gesagt hatte und Alex sie nicht mehr brauchte.

Voller Energie bewältigte sie die letzten Treppen und klopfte an die Tür auf der Brücke.

18.

Alex suchte einen ruhigen Platz an Deck und setzte sich in einen Strandkorb. Sie musste ihre Gedanken ordnen und die nächsten Schritte planen.

Für Leo Spielberg konnte sie nichts mehr tun. Laut Bordarzt, der den Totenschein ausgestellt hatte, war er vermutlich mit einem schweren Gegenstand erschlagen worden.

Der Sarg mit seiner Leiche war in eine Kühlkammer gebracht worden, wo er nun neben Käselaiben und unter baumelnden Schinken aufgebahrt war – ein Anblick, den sie nicht so schnell vergessen würde. Jens hatte ihr erklärt, dass der Platz auf einem Schiff knapp bemessen war und es keinen eigenen Kühlraum für Verstorbene gab.

Wenigstens hatte man den Sarg luftdicht in Plastikfolie verpackt. Morgen würde er in Lissabon von Bord gehen und den zuständigen Behörden zur Überführung übergeben werden.

Die Polizei in Bremerhaven war jetzt offiziell für die Ermittlungen zuständig. Alex hatte bereits mit dem zuständigen Kollegen telefoniert und ihn über die Fakten in Kenntnis gesetzt. Nur die Kette hatte sie bisher nicht erwähnt – niemandem gegenüber.

Alex holte den Plastikbeutel, in den sie das Fundstück inzwischen gesteckt hatte, aus ihrer Tasche und betrachtete den Anhänger mit der Gravur *Patrizia*.

Er wies eindeutig auf Tom als Täter hin, auch wenn Alex nicht glauben konnte, dass Tom einen Menschen ermordet haben sollte.

Vielleicht war es Notwehr gewesen. Was hatte er überhaupt mit dem Croupier zu schaffen? War er etwa in dessen illegale Machenschaften verwickelt?

Alex verstaute die Kette wieder. Bevor sie diese als wichtiges Indiz in den Fall einbrachte, wollte sie Tom zur Rede stellen. Falls er etwas mit dem Tod Spielbergs zu tun hatte, könnte ein freiwilliges Geständnis mildernde Umstände bewirken. Diese Chance wollte sie ihm nicht verbauen. Zunächst musste sie jedoch erfahren, was passiert war.

Einige Minuten später klopfte sie an der Präsidentensuite. Dieses Mal öffnete Luise Herrndorf persönlich und bat sie herein. Im Wohnraum saß ihr Mann und las Zeitung.

»Was verschafft uns das Vergnügen Ihres Besuchs?«, fragte Oskar Herrndorf nach der Begrüßung.

»Ich hätte gern mit Tom gesprochen«, antwortete Alex.

»Patrizia und Tom sind im Spa«, erklärte Luise Herrndorf. »Sie gönnen sich ein Partner-Treatment in der Luxury Suite, das drei Stunden dauert. Anschließend muss man natürlich noch nachruhen. Am besten versuchen Sie es gegen Abend noch einmal.«

»Können wir Tom etwas ausrichten?« Oskar Herrndorf räusperte sich.

Alex schüttelte den Kopf. »Nein, danke. Es ist beruflich.«

»Haben Sie den Croupier endlich gefunden?« Oskar beugte sich neugierig vor. »Hat Tom etwas damit zu tun?«

Bei den letzten Worten schnappte seine Frau hörbar nach Luft. »Wie kannst du …«

»Ich ziehe nur logische Schlussfolgerungen«, fiel Oskar ihr ins Wort und lehnte sich selbstgefällig auf dem Sofa zurück. »Warum sollte die Kommissarin sonst nach ihm fragen?«

»Sagen Sie ihm einfach, ich möchte ihn sprechen.« Alex stand auf und verabschiedete sich.

Oskar Herrndorf schien regelrecht zu hoffen, dass Tom ein Krimineller war, damit er ihn als Schwiegersohn ein für alle Mal loswurde. Sie staunte über das Ausmaß seiner Abneigung gegen Tom.

Einen Moment spielte Alex mit dem Gedanken, direkt in die Luxury Suite zu marschieren und Tom herauszubeordern. Immerhin war er dringend tatverdächtig. Zu Hause wäre ein solches Vorgehen selbstverständlich, hier konnte sie sich jedoch nicht einmal als Polizistin ausweisen. Außerdem sollte der Leichenfund auf Anweisung der Reederei möglichst unter Verschluss gehalten werden. Und zu guter Letzt wollte sie Tom ein so brachiales Auftreten nicht antun.

Die Zeit bis zu einer unauffälligen Vernehmung konnte sie nutzen, um weitere Informationen einzuholen. Sie ging in ihre Kabine und rief Gudrun an.

»Hallo Urlauberin«, meldete diese sich. »Hast du Sehnsucht nach dem schnöden Alltag?«

»Wir haben eine Leiche an Bord, wahrscheinlich Mord«, sagte Alex. »Ich brauche sofort eine Personenüberprüfung. Tom Winkler.«

Schlagartig wurde Gudrun ernst. »Bin schon dabei.«

Nach einigem Suchen – die teure Satellitenverbindung würde Alex eine horrende Telefonrechnung bescheren – hatte Gudrun den richtigen Thomas Winkler aufgespürt.

»Geboren in Hameln«, las sie vor. »Nach dem Abitur dort eine Banklehre. Kommt mir irgendwie bekannt vor. Seit vier Jahren arbeitet er bei der Privatbank Ehrenreich in Hamburg.«

»Spielberg stammte ebenfalls aus Hameln und hat dort eine Banklehre absolviert.« Alex setzte sich. »Es ist davon auszugehen, dass die beiden sich kannten. Hast du weitere Informationen über Tom?«

»Seine Mutter ist vor drei Jahren gestorben«, berichtete Gudrun. »Sein Vater … hm, irgendwie seltsam. Nach heutigem Stand ist kein Vater bekannt, bei seiner Geburt jedoch schon. Nur hatte er einen anderen Namen. Er hieß …«

Das Gespräch brach ab.

Alex wählte erneut Gudruns Nummer, bekam jedoch keine Verbindung. Ärgerlich warf sie ihr Handy auf das Bett.

Vielleicht hätte der Name einen weiteren Hinweis geliefert. Wenigstens wusste sie jetzt über eine mögliche gemeinsame Vergangenheit mit Spielberg Bescheid und konnte Tom damit konfrontieren.

Wahrscheinlich war er der alte Bekannte, über dessen Auftauchen Spielberg sich so gefreut hatte. Hatten sie zusammen illegale Geschäfte geplant, etwa das Projekt mit dem Fotografen, von dem Elfie gesprochen hatte?

Alex würde es herausfinden.

Elfie erwachte von einem Mittagsschläfchen, das sie sich nach den Aufregungen gegönnt hatte. Sie fühlte sich gestärkt und für neue Aufgaben gewappnet.

Nachdem sie sich frisch gemacht hatte, öffnete sie ihren Laptop und fand eine neue E-Mail von Paul-Friedrich.

»Ich zähle die Tage bis zu Deiner Rückkehr«, schrieb er. »Hoffentlich hast Du Deine Aufgaben auf der Aphrodite auch ohne meine Unterstützung im Casino zu Deiner vollsten Zufriedenheit erledigen können.«

Elfie lehnte sich lächelnd zurück. Paul-Friedrichs Worte

zeugten von einer dosierten Art von Romantik, mit der sie gut umgehen konnte und die ihr allmählich sogar gefiel – im Gegensatz zu den völlig übertriebenen Gefühlswallungen von Konrad Odenfels.

Außerdem wusste Paul-Friedrich genau, was ihr wichtig war, und erkundigte sich nach ihrer Arbeit. Nun, sie hatte nicht nur herausgefunden, warum das Casino wenig Gewinn abwarf, sondern darüber hinaus beim Auffinden einer Leiche geholfen. Keine schlechte Bilanz.

Dennoch verspürte sie keine Zufriedenheit, wenn sie in sich hineinhorchte.

Lag es daran, dass der Mörder von Spielberg noch nicht gefasst war? Nein, das sah Elfie nicht als ihre Aufgabe an. Alex würde den Täter schon finden. Falls sie dabei Hilfe brauchte, würde Elfie sie natürlich weiterhin unterstützen, auch wenn sie sich nicht vorstellen konnte, künftig ausschließlich auf Seiten der Polizei für Ordnung zu sorgen. Denn der Arm des Gesetzes reichte bei weitem nicht überallhin.

Plötzlich sah Elfie im Geist den Kreuzfahrtdirektor vor sich, der die junge Frau im Treppenhaus bedrängte. Schlagartig wurde ihr klar, dass sie noch längst nicht all ihre Aufgaben an Bord erledigt hatte. Deswegen konnte sich keine Zufriedenheit einstellen.

Sie nahm ihr selbstgebasteltes Notizbuch zur Hand und zählte Kaisers Minusstriche. Es waren nur fünfzehn, selbst wenn sie die Pluszeichen nicht gegenrechnete.

Enttäuscht ließ sie die Blätter sinken. Es zählte zu Elfies eisernen Grundsätzen, ein Projekt erst ab zwanzig negativen Eintragungen zu beenden.

Sie zermarterte ihr Hirn nach einer Lösung. Je länger sie überlegte, desto wahrscheinlicher erschien es ihr, dass sie nicht alle Verfehlungen Kaisers lückenlos dokumentiert hatte, da sie zunächst mit dem Beginn des Projekts gezögert und zudem kein Notizbuch gehabt hatte.

War es gerechtfertigt, angesichts dieser Situation fünf weitere Minuszeichen anzusetzen? Nein, dafür konnte sie guten Gewissens höchstens drei zusätzliche Striche vergeben.

Elfie dachte daran, wie Sonja unter den Schikanen Kaisers litt und dass sie diesen weitere drei Monate lang ausgesetzt wäre.

Sie schüttelte heftig den Kopf. So weit durfte sie es nicht kommen lassen. Vielleicht musste sie ihre Richtlinien überdenken. Achtzehn Verfehlungen waren bereits achtzehn zu viel. Und die restlichen zwei Minusstriche würde Kaiser garantiert in nächster Zeit kassieren, auch wenn Elfie dann eventuell nicht mehr an Bord wäre. Ihr Einschreiten war also auf jeden Fall gerechtfertigt.

Sie verstaute ihr provisorisches Notizbuch in der Tasche und machte sich auf die Suche nach dem Kreuzfahrtdirektor. Sie würde sich bemühen, ihn noch zwei Mal beim Schikanieren zu erwischen. Dann hätte alles seine Richtigkeit.

Als sie auf dem Promenadendeck entlangschlenderte, erspähte sie Siegfried Schurike, der gerade Fotos von einem jungen Pärchen schoss. Jäh durchzuckte sie ein Erinnerungsfetzen.

Sie machte auf dem Absatz kehrt, bevor Siggi sie entdeckte, und eilte in die Richtung zurück, aus der sie gekommen war.

Am Heck setzte sie sich auf einen einsamen Liegestuhl und starrte auf das Meer hinaus.

Beim Anblick Schurikes bei der Arbeit war ihr siedend

heiß eingefallen, was er über das Projekt mit Leo gesagt hatte. Er wollte kompromittierende Fotos von Leo mit reichen Damen schießen. Dieses neue Geschäftsmodell, wie er es bezeichnet hatte, konnte nur auf eines hinauslaufen: auf Erpressung.

Elfie schnaubte empört.

Wer von den beiden wohl diesen niederträchtigen Plan ausgeheckt hatte? Sicher Spielberg, denn er hatte schon im Casino seine kriminelle Energie unter Beweis gestellt. Nun wollte er sich weitere unsaubere Geldquellen erschließen. Wenn er nicht bereits das Zeitliche gesegnet hätte, bestünde akuter Handlungsbedarf für Elfie. Durch seinen Tod war das Projekt jedoch hinfällig, bevor es begonnen hatte. Und Siggi schien im Grunde genommen ein netter Kerl, wenn man von seinen Vorurteilen über reiche Leute absah.

Siggi –

Elfie wurde es heiß bei dem Gedanken an ihr schamloses Benehmen in der Bar. Das Schlimmste war, dass sie sich nicht einmal an alles erinnerte. Wie peinlich! Nach Möglichkeit würde sie ein weiteres Zusammentreffen mit Schurike vermeiden.

Entschlossen stand sie auf und setzte ihre Suche nach dem Kreuzfahrtdirektor fort. Sie entdeckte ihn auf der Caféterrasse, wo er in gewohnt charmanter Manier einen Tisch mit alleinreisenden Damen unterhielt.

Rasch drehte Elfie ab, bevor sie ihm ein weiteres Plus geben müsste.

Es klopfte an der Tür. Alex öffnete, und Tom stürmte in die Kabine.

»Du wolltest mich wegen Leo Spielberg sprechen?« Er tigerte unruhig hin und her. »Worum geht es?«

»Setz dich erst einmal.« Alex rückte den Stuhl zurecht. »Mir wird schwindlig von deinem Herumgerenne.«

Widerstrebend nahm Tom Platz, fuhr sich nervös durch die Haare und sah Alex abwartend an.

Sie setzte sich auf das Bett und musterte ihn einen Augenblick schweigend.

»Bist du Leo Spielberg früher schon einmal begegnet?«, fragte sie dann.

»Ja, wir sind zusammen aufgewachsen«, antwortete Tom, ohne zu zögern. »Leo wohnte zwei Straßen weiter, teilweise haben wir in der Schule dieselbe Klasse besucht.«

»Wart ihr befreundet?«

»Nicht wirklich. Ich habe Leo nie besonders gemocht. Er war stets auf seinen Vorteil aus und hat immer wieder andere für seine Zwecke eingespannt. Als Teenager hat er uns beim Pokern das Taschengeld abgeknöpft. Um sein phänomenales Zahlengedächtnis habe ich ihn allerdings beneidet.«

»Wann hast du ihn vor dieser Reise das letzte Mal gesehen?«

»Das war ewig her.« Tom überlegte einen Moment. »Es muss vor sieben Jahren gewesen sein, an der Berufsschule. Leo zog eine große Show ab, als er verkündete, seine Banklehre hinzuschmeißen und Croupier zu werden. Insgeheim habe ich ihn ein bisschen für seinen Mut bewundert.«

»Seitdem hattest du keinen Kontakt mehr zu ihm?«

»Nein, er war von einem Tag auf den anderen verschwunden. Wir sind kurz darauf ebenfalls weggezogen, so dass ich nichts mehr über ihn hörte.«

»Wo und wann genau habt ihr euch hier an Bord wiedergetroffen?«

Tom sah zu Boden. »Es war gleich am ersten Tag, kurz

nachdem wir eingecheckt hatten. Glücklicherweise war ich allein unterwegs, um …«

»Wieso glücklicherweise?«, unterbrach Alex ihn.

Er hob langsam den Blick und betrachtete Alex prüfend. »Ich will dich nicht anlügen. Wahrscheinlich weißt du sowieso schon Bescheid. Sonst hättest du nicht mit mir über Leo sprechen wollen.«

Alex nickte. Sie hatte zwar keine Ahnung, worauf Tom anspielte, ließ ihn jedoch in dem Glauben, sie verfüge über weitere Informationen.

»Leo weiß natürlich, dass mein Vater im Gefängnis sitzt. Ich wollte nicht riskieren, dass er Patrizia oder ihrem Vater davon erzählt.«

Alex horchte auf. Hier begann sich ein Motiv abzuzeichnen. »Du hast es Patrizia verschwiegen?«

»Ich habe ihr erzählt, mein Vater sei kurz nach meiner Geburt verstorben.«

»Warum?«

»Was glaubst du denn?«, brauste Tom auf. »Ihre Eltern lehnen mich ohnehin ab. Wenn sie auch noch erfahren, dass ich der Sohn eines verurteilten Mörders bin, finden sie garantiert Mittel und Wege, mich aus dem Leben ihrer Tochter zu entfernen.«

»Mich wundert es, dass sie nicht Bescheid wissen«, warf Alex ein. »So wie ich Oskar Herrndorf einschätze, hat er sicher Erkundigungen über dich eingezogen.«

»Natürlich hat er das. Meine Mutter und ich haben jedoch nach … nach den Ereignissen ihren Mädchennamen angenommen und uns in Hamburg ein neues Leben aufgebaut.«

»Es muss eine schwere Zeit für dich gewesen sein«, sagte Alex.

»Es war die Hölle. Alle sahen in mir nur noch den Sohn des Verrückten, der mit einer Knarre in die Sparkasse rennt und die Kassiererin erschießt.«

»Wieso hat er sie erschossen?«

»Er behauptet, der Schuss habe sich von selbst gelöst, was jedoch niemand geglaubt hat. Wahrscheinlich war es eine Kurzschlusshandlung, weil nur wenig Bargeld vorrätig war.«

»Warum hat er die Bank überfallen?«

»Mein Vater hatte ständig neue Geschäftsideen, kam aber mit keiner auf einen grünen Zweig. Geld war bei uns immer knapp. Dann wollte er nach Neuseeland auswandern und sich das Startkapital dafür in der Bank holen.«

Alex schüttelte den Kopf.

»Spielberg kannte also deine Vergangenheit und den Namen deines Vaters«, rekapitulierte sie. »Was ist bei eurem Treffen an Bord passiert?«

»Leo schien sich über unser Wiedersehen zu freuen, musste jedoch ins Casino zur Arbeit. Wir verabredeten uns für den späten Abend. Ich fragte ihn nach einem Ort, wo wir uns ungestört unterhalten könnten. Er bestellte mich auf Deck Persephone.

»Zu den Lagerräumen?«

»Genau. Er zeigte mir die Vorrats- und Kühlräume mit einem Stolz, als ob ihm das Schiff gehören würde. Während des Rundgangs erzählte ich ihm von Patrizia, ihren Eltern und der Lüge über meine Vergangenheit. Ich bat ihn, darüber Stillschweigen zu bewahren. Zunächst willigte er ein …«

»Aber dann?«

»Er fing an, sein Schweigen an Bedingungen zu knüpfen.«

»Er hat dich erpresst.«

Tom nickte. »Wir waren gerade in dem Raum, in dem die Särge gelagert werden. Er öffnete einen davon, wies hinein und sagte, entweder ich würde zahlen oder ich könnte meine Hoffnungen auf eine Heirat mit Patrizia gleich darin begraben. Dann lachte er.«

»Ein seltsamer Sinn für Humor«, warf Alex ein. »Und dann hast du ihn zum Schweigen gebracht.«

»Nein!« Tom sprang auf. »Wie kannst du so etwas von mir denken? Ich habe ihm gesagt, dass ich mich nicht erpressen lasse, und bin wütend davongestürmt.«

»Und das ist alles?« Alex sah Tom ungläubig an. »Warum hast du mich nicht darüber informiert, nachdem Spielberg verschwunden war?«

»Dann wäre meine Vergangenheit ans Licht gekommen. Außerdem hättest du mich sofort verdächtigt, denn der Apfel fällt bekanntlich nicht weit vom Stamm.« Er lachte bitter auf und setzte sich wieder.

»Die Polizei praktiziert keine Sippenhaft«, entgegnete Alex. »Hättest du mich über euer Treffen in Kenntnis gesetzt, hätten wir Spielberg viel früher gefunden.«

»Ihr habt ihn gefunden. Er ist tot.« Keine Fragen, sondern Feststellungen.

»Du scheinst nicht besonders überrascht zu sein.« Alex holte das Tütchen mit der Kette hervor und hielt es Tom vor die Nase. »Das lag am Tatort.«

»Meine Kette«, rief Tom aus. »Wo hast du sie gefunden?«

»Im Sarglager.«

»Im Eifer des Gefechts habe ich nicht bemerkt, dass sie zu Boden geglitten ist.«

»Sie lag nicht am Boden, sondern im Sarg unter der Hand des Toten. Wie ist sie dort hingekommen?«

»Ich habe keine Ahnung«, sagte Tom mit tonloser Stimme.

»Ihr habt gestritten«, schlug Alex vor. »Es kam zu Handgreiflichkeiten. Dabei hat Leo dir die Kette vom Hals gerissen. Dann hast du ihn erschlagen.«

»Nein, so war es nicht.« Tom ließ die Schultern hängen.

»Wie war es dann?« Alex erhob ihre Stimme. »Ich kann dir nur helfen, wenn du mir die Wahrheit sagst.«

»Ich habe dir die Wahrheit gesagt, doch du willst sie gar nicht hören.« Tom stand auf und ging langsam zur Tür. »Bei der erdrückenden Beweislast muss ich einfach der Mörder sein.«

Er öffnete die Tür und verschwand.

Alex stützte sich mit den Händen auf den Oberschenkeln ab und atmete tief durch.

Tom hatte nicht nur ein Motiv, sondern war auch am Tatort gewesen. Beides hatte er ihr allerdings freiwillig erzählt.

Nein, das stimmte nicht ganz. Er hatte vermutet, dass sie bereits über seine Vergangenheit informiert war.

Beim Anblick der Kette schien er ernsthaft erstaunt. Hatte er tatsächlich nicht gewusst, wo er sie verloren hatte, oder konnte er sich gut verstellen? In dem Fall wäre es taktisch klug gewesen, von sich aus von seinem Streit mit Leo und seiner Anwesenheit im Sarglager zu berichten.

Tom war dringend tatverdächtig. Sie würde die Kollegen in Bremerhaven darüber informieren müssen.

19.

Elfie saß auf dem Hundepromenadendeck und grübelte über Max Kaiser nach. Dabei beobachtete sie Amadeus, der sich wieder einmal redlich bemühte, Lillifees Aufmerksamkeit zu erregen. Er folgte ihr ergeben von Laternenpfahl zu Laternenpfahl. Für die Pekinesendame schien er nach wie vor Luft zu sein.

»Welch ein herzzerreißender Anblick – Amadeus in love.« Gloria Vandertrost nahm neben Elfie Platz. »Ich weiß schon, warum ich auf unverbindliche Beziehungen stehe.«

»Jemanden zu nah an sich heranzulassen, kann leicht falsche Hoffnungen wecken«, pflichtete Elfie ihr bei und dachte mit Unbehagen an den Heiratsantrag von Konrad Odenfels.

Eine Weile herrschte Schweigen, und Elfies Gedanken kehrten zu ihrem Projekt zurück.

»Wie finden Sie eigentlich den Kreuzfahrtdirektor?«, fragte sie.

»Er ist ein richtiger Schatz«, entgegnete die Vandertrost. »Kompetent, souverän, charmant. Der perfekte Mann für diesen Job. Für mich ist er nur leider zu alt.«

»Zu alt?« Elfie hob erstaunt die Augenbrauen. »Er ist höchstens Anfang vierzig.«

»Eben«, bekräftigte Gloria Vandertrost. »Ich bevorzuge Männer, die deutlich jünger sind als ich.«

»Aha«, machte Elfie und startete einen neuen Anlauf, verwertbare Informationen über Kaiser zu bekommen. »Hat er sich Ihnen gegenüber immer korrekt verhalten?«

»Mehr als das. Er erledigt seine Aufgaben stets zu hundertfünfzig Prozent ...«

Elfie schaltete auf Durchzug. Solche Elogen wollte sie lieber nicht hören. Erst als das Wort »Rezeptionistin« fiel, horchte sie auf.

»... hatte vergessen, meinen Landausflug zu buchen«, berichtete die Vandertrost gerade. »Als Entschuldigung für die Unannehmlichkeiten hat Kaiser mir eine Privatführung hinter den Kulissen angeboten.«

Während Elfie den Schilderungen mit einem Ohr lauschte, überlegte sie, ob sie Sonjas Ehre verteidigen sollte, entschied sich jedoch dagegen. Sie würde ihr Projekt wie gewohnt in aller Stille zu Ende bringen. Unnötige Aufmerksamkeit schadete dabei nur.

Gloria Vandertrost redete munter weiter. »Maschinenraum ... entsetzlich laut ... Gefrierraum ... riesige Fleischtrümmer ... Sarglager ...«

Als das letzte Wort zu Elfie durchdrang, spitzte sie wieder beide Ohren.

»Kaiser wollte mit mir hineingehen und mich probeliegen lassen«, sagte die Vandertrost empört. »Für diese Art von Humor bin ich nicht zu haben. Ich habe dankend abgelehnt und bin schnell weitergegangen.«

Sie schüttelte sich. »Aber es kommt offenbar häufiger vor, dass jemand während der Reise den Löffel abgibt. Bei dem vergreisten Publikum kein Wunder.«

So wie Leo Spielberg, dachte Elfie, auch wenn er vom Greisenalter noch weit entfernt war. Wie interessant, dass sowohl Gloria Vandertrost als auch Max Kaiser genau wussten, wo die Särge sich befanden. Ob Alex noch beide verdächtigte?

In dem Moment erschien die Kommissarin, als ob Elfie sie durch die Kraft ihrer Gedanken hergeführt hätte.

Vielleicht verfügte sie doch über telepathische Fähigkeiten, zumindest auf kurze Distanz. Ihr Versuch, mit Ludwig Kontakt aufzunehmen, wäre dann nur an der großen Entfernung gescheitert.

Verwundert registrierte Elfie, dass Alex die Vandertrost mit »Frau Kollegin« begrüßte.

»Wie ich sehe, haben Sie inzwischen Ihre Hausaufgaben gemacht«, erklärte diese. »Aber das bleibt unser kleines Geheimnis. Im Urlaub bin ich immer inkognito unterwegs, sonst laufen alle attraktiven Männer vor mir davon.«

Sie stand auf. »Ich möchte nicht wissen, wie viele Steuersünder hier an Bord sind. Wenn alle ihr Schwarzgeld in bar dabei hätten, würde der Kahn garantiert untergehen.«

Sie lachte und ging davon.

»Kollegin?« Elfie sah Alex fragend an. »Ist sie etwa Polizistin?«

»Nein«, entgegnete Alex. »Sie ist Leiterin der Steuerfahndung, also eigentlich Finanzbeamtin, verfügt aber bei der Verfolgung von Steuerstraftaten über dieselben Befugnisse wie wir.«

»Finanzbeamtin«, echote Elfie ungläubig. »Über eine Steuererklärung gebeugt kann ich mir die Frau beim besten Willen nicht vorstellen.«

Alex grinste. »Vielleicht eher bei einer Wohnungsdurchsuchung oder einer Razzia im Rotlichtmilieu? Auf jeden Fall dürfte ihr Dauerlächeln die Steuersünder gehörig verunsichern.«

Dann wurde sie wieder ernst. »Es gibt Neuigkeiten im Fall Spielberg.«

Sie berichtete von der Kette, ihren Recherchen und dem Gespräch mit Tom.

»Alles deutet darauf hin, dass er Spielberg getötet hat«, schloss sie ihre Ausführungen.

»Das glaube ich nicht«, sagte Elfie entschieden. »Tom ist ein feiner Mensch. Er mag ein paar Probleme mit sich herumtragen, ein Mörder ist er bestimmt nicht.«

»Genau diese Probleme sind ihm über den Kopf gewachsen«, hielt Alex dagegen. »Er sah seine Zukunft mit Patrizia bedroht und hat Spielberg in Panik erschlagen. Wahrscheinlich war es kein Mord, sondern Totschlag oder Körperverletzung mit Todesfolge. Solange er es abstreitet, kann ich jedoch nichts für ihn tun. Und wenn wir in Bremerhaven einlaufen, bin ich sowieso draußen.«

»Deswegen müssen wir unbedingt vorher den wahren Täter finden«, sagte Elfie entschlossen. »Max Kaiser und Gloria Vandertrost kennen ebenfalls das Sarglager. Sind sie nicht mehr verdächtig?«

»Gegen beide gibt es kaum Anhaltspunkte, gegen Tom dagegen handfeste Beweise«, wandte Alex ein.

»Dann müssen wir neue Anhaltspunkte finden«, beharrte Elfie.

»Ich wollte mir ohnehin die Umgebung des Tatorts noch einmal gründlich ansehen, wobei das ohne Spurensicherung nicht besonders ergiebig ist.« Alex seufzte. »Du kannst mitkommen, wenn du dich an meine Anweisungen hältst.«

Als sie auf Deck Persephone aus dem Lift stiegen, reichte Alex Elfie ein paar Gummihandschuhe, die sie in der Küche besorgt hatte, und streifte selbst welche über. Vor der Tür zu den Lagerräumen ging sie in die Hocke und umwickelte Elfies und ihre Schuhe mit Plastikfolie.

»Gut, dass uns niemand sieht«, knurrte sie. »Die Kollegen von der Kriminaltechnik würden sich die Haare raufen. Ob sie nach so langer Zeit überhaupt noch verwertbare Spuren finden, ist allerdings fraglich.«

Elfie nickte nur, während Alex die Tür mit dem Generalschlüssel öffnete.

»Unter normalen Umständen hätte ich den kompletten Gang versiegelt«, fuhr Alex fort. »Dann hätten wir jedoch für den Rest der Reise hungern müssen. Wenigstens konnte ich den Kapitän dazu bewegen, das Sarglager und den Vorraum abzusperren.«

Sie waren am Ende des Gangs angekommen. Alex öffnete das Vorhängeschloss mit einem Schlüssel.

»Bitte ganz vorsichtig sein und möglichst nichts verändern«, ermahnte sie Elfie. »Das Sarglager habe ich letztes Mal schon gründlich durchsucht. Jetzt nehmen wir den Vorraum unter die Lupe.«

Elfie trat zum Regal mit dem Werkzeug und deutete auf Hämmer in verschiedenen Größen, die ordentlich aufgereiht nebeneinanderlagen.

»Meinst du, dass Spielberg mit einem von ihnen erschlagen wurde?«, fragte sie.

»Gut möglich«, erwiderte Alex. »Es kann jedoch genauso gut eine andere Tatwaffe gewesen sein. Obduktion und Spurensicherung werden dazu sicher Erkenntnisse liefern.«

Sie durchsuchte systematisch jedes Regalbrett. Auf den meisten befanden sich Taurollen in verschiedenen Stärken, einige waren mit Werkzeug gefüllt. Darunter entdeckte sie eine Taschenlampe und schaltete sie ein. Sie ging auf die Knie und leuchtete in den schmalen Spalt zwischen Boden und unterstem Regalbrett.

»Da hinten sehe ich etwas«, sagte sie und streckte die Hand danach aus. »Ich komme nicht dran. Wir brauchen eine Verlängerung.«

Noch bevor sie aufstehen konnte, reichte Elfie ihr einen großen Schraubenzieher. »Versuch es damit.«

Tatsächlich konnte sie ihren Fund damit Stück für Stück nach vorn ziehen. Dann griff sie mit der Hand danach.

»Es fühlt sich weich an«, erklärte sie und zog das Teil behutsam heraus.

Es war eine tote Ratte.

»Igitt.« Elfie verzog das Gesicht. »Habe ich es nicht gesagt? Aber mit Spielbergs Tod dürfte das Vieh kaum etwas zu tun haben.«

Alex verstaute die Ratte in einem Plastikbeutel und leuchtete unter die anderen Regale.

»Hier ist etwas Weißes, ganz vorn.« Vorsichtig griff sie danach und förderte ein zerknülltes Tuch zutage.

Sie faltete es auseinander. Es handelte sich um ein Stofftaschentuch. In einer Ecke prangten die Buchstaben O und H.

»Wessen Initialen könnten das sein?«, fragte Alex.

»Jedenfalls nicht die von Tom Winkler«, erklärte Elfie erfreut. »Wen haben wir noch? Max Kaiser, Gloria Vandertrost …«

Sie stockte und sah Alex entgeistert an, der im selben Moment ebenfalls der passende Name einfiel.

»Oskar Herrndorf«, riefen beide wie aus einem Mund.

In ihrer Kabine griff Alex zum Handy und unterrichtete den Kollegen Henning Rojahn in Bremerhaven über den neuesten Stand.

»Ich brauche eine Überprüfung von Oskar Herrndorf«, schloss sie. »Interessant ist vor allem eine mögliche Verbindung zu Leo Spielberg.«

Nachdenklich legte sie das Telefon zur Seite.

Sie konnte bei Herrndorf kein Motiv erkennen. Wusste er, dass Spielberg Tom erpresste? Falls ja, wollte er Tom schützen? Bestimmt nicht. Ganz im Gegenteil müsste die Information über Toms kriminellen Vater dem Bankier gerade recht kommen, um den ungewollten Freund der Tochter zu diskreditieren. Unter diesem Aspekt ergab es keinen Sinn für Herrndorf, den Croupier zu ermorden.

Vielleicht war das Motiv jedoch völlig anders gelagert. Auf jeden Fall würde sie Herrndorf erst befragen, wenn sie über mögliche Berührungspunkte mit Spielberg Bescheid wusste.

Was hatte Herrndorf überhaupt in die Lagerräume geführt? Natürlich könnte auch eine andere Person das Taschentuch dort platziert haben. Tom hätte sicherlich die Gelegenheit gehabt, unbemerkt ein Taschentuch Herrndorfs an sich zu nehmen, um den Verdacht auf diesen zu lenken.

Alex seufzte. Tom blieb weiterhin der Hauptverdächtige.

Sie drehte mit Amadeus ein paar Runden über die Decks und übergab den Mops anschließend in die Obhut des Dog Master.

Auf dem Rückweg zur Kabine piepte ihr Handy.

Meldete Rojahn sich so schnell zurück?

Sie blieb stehen, fischte das Telefon aus der Hosentasche und sah nach. Eine SMS von Constantin Prinz.

»Danke für die nette Karte«, schrieb er. »Wann kommst Du zurück? Ich freue mich darauf.«

Alex' Herz vollführte einen kleinen Hüpfer.

Sie wollte Constantin ebenfalls gern wiedersehen. Vielleicht konnten sie noch einmal von vorn anfangen, ohne die Dinge zu überstürzen. Allerdings würde sie noch eine Weile brauchen, bis sie die Beziehung zu Hubert verarbeitet hätte.

Sie tippte eine kurze Antwort, teilte ihm das Datum ihrer Rückkehr mit und ging lächelnd weiter.

Als sie die Kabinentür hinter sich geschlossen hatte, meldete ihr Handy sich erneut. Ein Anruf von Rojahn.

»Eine Verbindung zwischen Herrndorf und Spielberg konnten wir auf die Schnelle nicht entdecken«, berichtete er. »Dafür haben wir Interessantes über das Bankhaus Herrndorf von den Kollegen bei der Wirtschaftskriminalität erfahren. Sie ermitteln wegen Insolvenzverschleppung. Die Bank ist völlig überschuldet.«

»Überschuldet? Eine Bank?«, fragte Alex ungläubig.

»Der letzte Börsencrash hat Herrndorf enorme Verluste beschert, die er nicht aus eigener Kraft auffangen konnte«, erklärte Rojahn. »Er musste sich Geld leihen und inzwischen …«

Alex hörte nur noch mit halbem Ohr zu.

Das Bankhaus Herrndorf steckte also in großen finanziellen Schwierigkeiten. Was sollte das mit dem Mord an Leo Spielberg zu tun haben? Sie konnte kein Motiv entdecken.

Derweil sprach Rojahn weiter: »… von Übernahme durch Großbank bedroht … Letzter Rettungsanker für ihn eine Fusion … andere Privatbank … Ehrenreich …«

Der Name kam Alex bekannt vor. Es war die Bank, in der Tom arbeitete.

»Ehrenreich?«, hakte sie nach.

»Ja, die Fusion der beiden Bankhäuser war bereits angekündigt, doch dann hat Eduard Ehrenreich einen Rückzieher gemacht.«

Eduard Ehrenreich – der Name klingt wie Dagobert Duck, hörte Alex im Geist Patrizia Herrndorf sagen. Dieser war nicht nur Toms Chef, sondern auch der Mann, den Patrizia nach dem Willen ihres Vaters heiraten sollte. Doch was hatten die geplatzten Heirats- und Fusionspläne mit Leo Spielberg zu tun? Wenn Tom ein Hindernis für die Rettung des Bankhauses darstellte, hätte Herrndorf ihn aus dem Weg räumen müssen.

Alex erinnerte sich daran, dass der Bankier bei ihrem Besuch sofort vermutet hatte, der Croupier sei gefunden worden und Tom wäre in den Fall verwickelt. Er wusste definitiv mehr, als er bisher preisgegeben hatte.

Sie musste herausfinden, worum es sich dabei handelte.

Als Alex an der Präsidentensuite ankam, hörte sie erregte Stimmen von drinnen. Auf ihr Klopfen öffnete Tom die Tür.

»Was willst du von mir?«, fragte er barsch. »Jetzt ist gerade ein schlechter Zeitpunkt.«

»Von dir will ich im Moment …«, begann sie, wurde jedoch von einem lauten Rufen unterbrochen.

»Nur hereinspaziert«, war Oskar Herrndorf zu vernehmen. »Die Kommissarin kommt genau im richtigen Augenblick, um dieser Farce ein Ende zu bereiten.«

Widerwillig ließ Tom Alex eintreten.

Oskar Herrndorf saß auf dem Sofa und hielt ein Glas in der Hand. Auf dem Tischchen vor ihm stand eine Whiskyflasche. Lagavulin Single Malt. Sein Jackett hatte er achtlos danebengeworfen und die Fliege um seinen Hals gelockert, so dass sie nur noch auf Halbmast hing. Er winkte Alex heran und klopfte auf den Platz neben sich. »Setzen Sie sich zu mir.«

Als Alex der Aufforderung nachkam, roch sie seine Alkoholfahne. Offenbar hatte er schon einiges getrunken.

Luise Herrndorf stand an der Glasfront und sah auf den Balkon hinaus. Patrizia lief unruhig hin und her. Tom setzte sich in einen Sessel und blickte Alex herausfordernd an.

»Ich habe Patrizia die Wahrheit über meinen Vater erzählt«, sagte er. »Und gerade haben wir ihre Eltern informiert. Dass ich Leo kannte und ihn hier getroffen habe, ist ebenfalls kein Geheimnis mehr.«

Patrizia ließ sich auf der Armlehne neben ihrem Vater nieder und streichelte seine Wange.

Dieser legte besitzergreifend einen Arm um seine Tochter und drückte sie an sich.

»Keine Angst, Trizi. Ich bringe das für dich in Ordnung«, sagte er und schickte ein triumphierendes Lächeln in Toms Richtung. »Dieser Kriminelle wird aus deinem Leben verschwinden.«

Patrizia hob abrupt den Kopf und sprang auf.

»Wovon redest du?«, rief sie empört. »Tom ist nicht für die Taten seines Vaters verantwortlich. Er ist kein Krimineller.«

»Und wenn doch? Hältst du dann immer noch zu ihm?« Herrndorf goss sich einen weiteren Whisky ein. »Du hast auf jeden Fall etwas Besseres verdient. Eduard Ehrenreich …«

Patrizia hob zornig die Hand. »Hör auf damit! Eddie heirate ich nie im Leben, selbst wenn er der letzte Mann auf der Welt wäre.«

Herrndorf wurde blass und nahm einen großen Schluck aus seinem Glas. »Du ziehst also einen Mörder einem ehrenwerten und vermögenden Bankier vor.«

Patrizia schüttelte stumm den Kopf und flüchtete sich zu

ihrer Mutter, die sie in die Arme nahm und mit ihr auf den Balkon hinausging.

Tom war in seinem Sessel zusammengesunken und blickte verzweifelt zwischen Alex und Herrndorf hin und her.

»Besten Dank, dass ihr beide mich als Mörder abstempelt«, stieß er verächtlich hervor. »Aber ich habe Leo nicht umgebracht. Wieso glaubt ihr mir nicht?«

»Weil es Beweise gibt, die uns die Kommissarin sicher gleich präsentieren wird.« Herrndorf lächelte süffisant und ließ die bernsteinfarbene Flüssigkeit in seinem Glas kreisen, bevor er sie hinunterkippte.

Dann sah er Alex auffordernd an. Sie schwieg jedoch, hielt es für klüger, zunächst zuzuhören und abzuwarten, über welche Informationen Herrndorf verfügte.

»Wenn du meine Kette meinst, die muss ich im Sarglager verloren haben«, verteidigte sich Tom. »Ich habe doch zugegeben, mich dort mit Leo getroffen zu haben.«

»Und die Kette ist rein zufällig in den offenen Sarg mit dem Toten gefallen.« Herrndorfs Stimme klang inzwischen leicht verwaschen. »Das kannst du deiner Großmutter erzählen.«

»Woher wissen Sie, dass die Kette im Sarg lag?«, schaltete Alex sich ein.

Dieses Detail gehörte eindeutig zum Täterwissen.

Herrndorf sah sie mit glasigen Augen an und klappte mehrmals seinen Mund auf und zu, ohne ein Wort herauszubringen.

Tom runzelte die Stirn. »Ich habe bisher nicht über die Kette gesprochen.«

»Jetzt gib endlich zu, dass du den blöden Croupier umgebracht hast«, brüllte Herrndorf. »Er hat dich erpresst und dann …«

»Moment mal!« Tom sprang auf. »Woher weißt du von der Erpressung? Ich habe lediglich erzählt, dass ich Leo getroffen habe.«

»Weil er es mir selbst gesagt hat.« Herrndorf grinste überheblich. »Ich bin dir immer einen Schritt voraus und sorge dafür, dass du meine Tochter niemals heiraten wirst.«

»Genau das werde ich aber tun.« Patrizia war, von ihrem Vater unbemerkt, wieder hereingekommen und stand hinter seinem Sofa. »Am besten gleich hier und heute, damit du endlich aufhörst, Tom schlechtzumachen.«

Herrndorf drehte sich langsam zu ihr um. »Du musst Ehrenreich heiraten. Wenn die Fusion nicht zustande kommt, steht unsere Bank vor dem Ruin.«

»Was hat die Fusion mit der Heirat zu tun?«, fragte Patrizia argwöhnisch.

»Eduard hat die Heirat mit dir zur Bedingung für die Fusion gemacht«, sagte Herrndorf leise.

»Bist du verrückt?«, brauste Patrizia auf. »Du verschacherst mich wie ein Stück Vieh!«

Sie ging zu Tom und nahm seine Hand. »Ich lasse mich von meinem Vater nicht mit dem Meistbietenden verkuppeln. Den Mann meines Lebens suche ich mir immer noch selbst aus. Und das bist du. Also – willst du mich heiraten?«

»Das kannst du mir nicht antun.« Herrndorf schnappte nach Luft, riss seine Fliege vom Hals und warf sie zu Boden. »Dann war alles umsonst.«

Mit fahrigen Bewegungen füllte er erneut sein Glas.

»Sie haben Leo Spielberg erschlagen, um Tom den Mord anzuhängen«, sagte Alex und musterte Herrndorf prüfend. »Es gibt Beweise für Ihre Anwesenheit am Tatort.«

Luise Herrndorf schlug die Hände vors Gesicht. Patrizia starrte Alex an, als ob diese den Verstand verloren hätte.

Tom nickte zustimmend. »Er hat von der Kette im Sarg gewusst. Er muss sie dorthin gelegt haben.«

»Wenn du so dämlich bist, sie zu verlieren, ohne es zu bemerken«, knurrte Herrndorf.

»Sie sind Tom gefolgt, als er sich mit Spielberg getroffen hat«, sagte Alex. »Warum?«

»Wer sich nachts heimlich davonstiehlt, hat garantiert etwas zu verbergen«, entgegnete Herrndorf. »Und so war es ja auch. Ich wollte herausfinden, worum es bei diesem konspirativen Treffen ging, um meine Tochter zu schützen.«

»Und dann haben Sie die Gelegenheit genutzt und einen Unschuldigen getötet, um Tom den Mord in die Schuhe zu schieben.« Alex sah Herrndorf fragend an.

»Unschuldig? Dass ich nicht lache.« Herrndorf machte eine wegwerfende Handbewegung. »Dieser Kretin hat mich erpresst. Den wäre ich mein Leben lang nicht wieder losgeworden. Wenn ich nicht zahle, wollte er Patrizia erzählen, dass ich belastendes Material gegen Tom von ihm kaufen wollte. Das konnte ich nicht zulassen. Und ohne Heirat keine Fusion. In dem Moment sah ich nur einen Ausweg.«

»Sie haben zum nächstbesten Gegenstand gegriffen und zugeschlagen«, sagte Alex.

»Das können Sie mir nicht beweisen«, sagte Herrndorf.

»Weil Sie alles abgewischt haben? Mit einem Taschentuch mit Ihrem Monogramm, das Sie dummerweise am Tatort zurückgelassen haben.« Alex nahm die Plastiktüte mit dem Beweismittel aus ihrer Tasche und hielt sie in die Höhe. »Außerdem finden die Kriminaltechniker garantiert noch weitere Spuren von Ihnen am Tatort.«

Luise Herrndorf ließ sich wie in Zeitlupe auf ein Sofa sinken. Patrizia ging zu ihr und umarmte sie fest.

»Das blöde Taschentuch, wahrscheinlich habe ich es nicht

richtig eingesteckt.« Herrndorf fuhr sich mit der Hand über das Kinn. »Ich hörte Schritte, musste mich verstecken und bin dann Hals über Kopf davongeeilt.«

»Aber zuvor hatten Sie Toms Kette in den Sarg gelegt«, sagte Alex.

Herrndorf nickte stumm. Zum ersten Mal flackerte so etwas wie Bedauern in seinem Blick auf.

»Wenn Sie mich jetzt entschuldigen würden«, sagte er mit einer angedeuteten Verbeugung zu Alex und stemmte sich vom Sofa hoch. »Ich muss mich ein wenig ausruhen, bevor Sie mich verhaften.«

Mit der Flasche Lagavulin im Arm torkelte er zur Tür, die zu den Schlafräumen führte.

Niemand erhob sich, um ihm zu helfen.

20.

Elfie schob ihren Stuhl zurück.

»Das Abschiedsdinner war köstlich. Die Köche haben sich noch einmal selbst übertroffen«, sagte sie. »Jetzt brauche ich ein bisschen Bewegung.«

Sie nickte Alex und dem Kapitän zu und verließ das Restaurant. Als sie die Tür zum Promenadendeck öffnete, schlug ihr kalter Wind entgegen. Ein kleiner Vorgeschmack auf das Wetter, das sie zu Hause erwartete.

Sofort schloss sie die Tür wieder und steuerte ihre Kabine an, um sich Jacke und Mütze zu holen. Warm eingepackt, trat sie erneut ins Freie und schritt zügig aus.

Alex hatte sie über die jüngste Entwicklung informiert. Elfie war erleichtert, dass Tom unschuldig war. Etwas anderes hatte sie im Grunde ihres Herzens auch nicht erwartet.

Für Oskar Herrndorf hegte sie keine Sympathien, auch wenn sie ihm einen Mord nicht zugetraut hätte. In einem Punkt musste sie ihm jedoch völlig recht geben: Leo Spielberg war kein Unschuldslamm, er hatte alle Seiten erpresst. Glücklicherweise war er wenigstens nicht mehr zu seinem Projekt mit dem Fotografen gekommen.

Wenn sie es recht betrachtete, schuldete sie Herrndorf für Spielbergs Beseitigung sogar Dank. Aller Wahrscheinlichkeit nach hätte sie sonst zur Tat schreiten müssen. Er hatte ihr die Arbeit abgenommen.

Der Mord an Spielberg war nun erfolgreich aufgeklärt, während ein weiteres Problem noch immer nicht gelöst war – nach wie vor bereitete das Projekt Kaiser ihr Unbehagen. Der Kreuzfahrtdirektor war einfach ein äußerst zwiespältiger Kandidat. Dennoch stand ihr Entschluss fest.

»Jetzt oder nie, Elfriede«, sagte sie sich.

Morgen würden sie in Bremerhaven einlaufen. Heute Abend wäre die letzte Gelegenheit, Kaiser zu beseitigen.

Entschlossen kehrte sie ins Innere des Schiffs zurück, legte Jacke und Mütze in ihrer Kabine ab und begab sich auf die Suche nach dem Kreuzfahrtdirektor.

Ausgerechnet in der Kaminbar wurde sie fündig. Kaiser saß in einer fröhlichen Runde, in der man sich angeregt unterhielt.

Es wäre unklug, ihn aus dem Gespräch zu reißen und so Aufmerksamkeit auf sich zu lenken.

Elfies Blick wanderte zur Theke. Erleichtert sah sie, dass sich dort außer einer jungen Frau, die sie nicht kannte, niemand aufhielt. Sie ging zum Tresen und setzte sich auf einen Barhocker, der unangenehme Erinnerungen in ihr wachrief. Von hier hatte sie jedoch Kaiser gut im Blick.

In dem Moment erschien aus dem Durchgang hinter der Bar der Erzengel Gabriel. Als er Elfie entdeckte, zuckte es kurz um seine Mundwinkel.

Oder bildete sie sich das nur ein? Sie selbst lief jedenfalls rot an, daran bestand kein Zweifel.

»Und meine Gesichtsfarbe veränderte sich.« Die Zeilen aus der Bibel kreisten erneut in Elfies Kopf herum.

»Guten Abend, Frau Ruhland«, sagte der Barkeeper. »Wie schön, dass Sie noch einmal bei uns vorbeischauen. Was darf ich Ihnen bringen?«

Elfie musterte ihn argwöhnisch, konnte jedoch keine Spur

von Schadenfreude oder Herablassung in seinen Zügen entdecken.

Dass der Mann sie beim schlimmsten Rausch ihres Lebens gesehen und sie betrunken in ihre Kabine transportiert hatte, ließ er sich nicht anmerken.

Elfie entspannte sich ein wenig. »Etwas Alkoholfreies bitte, vielleicht mit Limetten.«

Sie lächelte ihn verschämt an.

Gabriel nickte. »Ich mache Ihnen einen Ipanema, das ist wie ein Caipirinha ohne Alkohol.«

Mit flinken Bewegungen schnitt er Limetten in Viertel, zerdrückte sie mit braunem Zucker und füllte das Glas mit Ginger Ale und zerstoßenem Eis auf. Als er zu den Strohhalmen griff, hielt er inne und sah Elfie fragend an.

Offenbar erinnerte er sich daran, dass Schurike und sie beim letzten Mal keine Strohhalme in ihren Drinks wünschten. An diese unrühmliche Episode wollte sie keinesfalls anknüpfen.

Sie nickte entschieden und zwinkerte Gabriel zu.

Er grinste, steckte einen Strohhalm in ihren Cocktail und servierte ihn zusammen mit verschiedenen Knabbereien. »Lassen Sie es sich schmecken.«

Der Ipanema schmeckte fruchtig und erfrischend, hatte genau die richtige Mischung aus süß und sauer.

»Sehr gut, mein neuer Lieblingscocktail«, befand Elfie.

Gabriel neigte dankend den Kopf.

Langsam begann sich die Gesellschaft an Kaisers Tisch aufzulösen. Sobald er den letzten Gast verabschiedet hatte, ging Elfie zu ihm hinüber.

»Ich muss dringend mit Ihnen sprechen«, sagte sie.

»Bitte, setzen Sie sich.« Kaiser rückte ihr einen Stuhl zurecht.

»Nein, nicht hier«, wehrte Elfie ab. »Es ist etwas Persönliches, das ich unter vier Augen mit Ihnen klären möchte. Gehen wir doch ein Stück.«

In dem Moment trat ein Steward zu ihnen. »Entschuldigen Sie die Störung.«

Er flüsterte dem Kreuzfahrtdirektor etwas zu.

»Ich komme sofort.« Kaiser nickte dem Mann zu.

»Frau Ruhland, ich werde dringend gebraucht«, sagte er zu Elfie. »Kann unser Gespräch noch eine halbe Stunde warten?«

»Selbstverständlich«, erwiderte Elfie. »Ich warte auf dem Promenadendeck auf Sie.«

Nachdem Kaiser verschwunden war, holte Elfie erneut Jacke und Mütze und begab sich auf das Promenadendeck. Sie kontrollierte vom Bug bis zum Heck, ob sich noch jemand dort aufhielt, begegnete aber niemandem. Bei Kälte und Wind zog es keinen ins Freie.

Mit klopfendem Herzen näherte sie sich dem gelockerten Abschnitt der Reling und bewegte ihn vorsichtig hin und her.

Er saß noch loser als zu Beginn der Reise.

Mit einer Hand umklammerte Elfie den festen Teil des Holzgeländers und rüttelte so lange an dem eingesetzten Stück, bis die Schrauben völlig gelöst waren, aber nicht herausfielen. Sie zog ihre Wollmütze vom Kopf und stopfte sie in die Jackentasche.

Als sie Kaiser kommen sah, umfasste sie den vor ihr liegenden sicheren Teil des Geländers mit beiden Händen und beugte sich darüber.

»Hilfe«, rief sie. »Meine Mütze ist über Bord gegangen.«

Kaiser eilte herbei.

»Meine teure Kappe aus Blaufuchspelz, ein unersetzliches Familienerbstück«, jammerte Elfie. »Schnell, sehen Sie dort unten! Sie ist an der Leiter hängengeblieben.«

»Wo?« Kaiser beugte sich ebenfalls über die Reling und – nichts passierte.

Elfie wandte den Kopf zur Seite und sah zu ihrem Bedauern, dass Kaiser sich genau rechts neben dem lockeren Teil abstützte.

So ein Mist! Ein halber Meter weiter links, und ihr Plan hätte funktioniert.

Oder war dies ein Wink des Schicksals, dass Kaiser noch eine Gnadenfrist zustand?

»Ich sehe nichts«, beteuerte Kaiser.

»Inzwischen ist sie ganz hinuntergefallen«, sagte Elfie. »Die letzte Chance ist vertan.«

»Tut mir leid.« Kaiser schlug den Kragen seines Jacketts hoch und verschränkte die Arme vor der Brust. »Ein kräftiger Wind. Hoffentlich bekommen wir keinen Sturm. Weswegen wollten Sie mich sprechen?«

Fieberhaft suchte Elfie nach einer glaubwürdigen Begründung.

»Ich wollte Ihnen ein Kompliment machen, wie toll Sie mit den Passagieren umgehen«, begann sie zögerlich.

»Deswegen haben Sie mich an diesen zugigen Ort bestellt?« Kaiser runzelte die Stirn.

»Lassen Sie mich ausreden, junger Mann.« Elfie straffte sich. »Wie Sie die Mitarbeiter behandeln, ist hingegen stark verbesserungswürdig. Arbeiten Sie mit Motivation statt mit Einschüchterung! Das bringt bessere Ergebnisse und eine angenehmere Atmosphäre.«

Kaiser setzte zu einer Erwiderung an, doch Elfie ließ ihn nicht zu Wort kommen.

»Mein Abschlussbericht an Claaßen steht noch aus. Sie

haben es in der Hand, was ich über Sie hineinschreibe. Sexuelle Belästigung von Untergebenen dürfte ein Kündigungsgrund sein, meinen Sie nicht?«

»Ich weiß nicht, was Sonja Ihnen erzählt hat«, brauste Kaiser auf. »Unsere Beziehung war stets einvernehmlich.«

»Bis auf das Ende«, bemerkte Elfie spitz. »Aber ich spreche nicht von Sonja, sondern von der jungen Frau, die Sie im Treppenhaus bedrängt haben. Hieß sie nicht Julia?«

Kaiser erblasste.

»Es wäre sehr schade um Ihre Karriere«, fuhr Elfie ungerührt fort, »zumal Sie ansonsten hervorragende Arbeit leisten. Deswegen könnte ich unter bestimmten Umständen auf die Erwähnung Ihrer Fehltritte verzichten.«

Kaiser musterte sie schweigend. Er schien seine Optionen abzuwägen.

»Wie lauten Ihre Bedingungen?«, fragte er schließlich.

»Erstens: Sie hören sofort mit Ihrem Rachefeldzug gegen Sonja auf. Zweitens: Sie nötigen weder Julia noch andere Mitarbeiterinnen zu sexuellen Gefälligkeiten. Drittens: Sie bilden sich in Personalführung fort.«

Elfie holte kurz Luft. »Und versuchen Sie nicht, mich mit leeren Versprechungen abzuspeisen. Ich halte Kontakt zu mehreren Personen an Bord. Wenn ich erfahre, dass Sie einem der Punkte zuwiderhandeln, informiere ich Claaßen umgehend über Ihr Fehlverhalten.« Elfie streckte ihm die Hand entgegen. »Wenn Sie einverstanden sind, schlagen Sie ein.«

Kaiser betrachtete Elfie nachdenklich, dann nickte er, ergriff ihre Hand und schüttelte sie. »Ich werde mich an Ihre Bedingungen halten.«

»Es ist nur zu Ihrem Besten«, versicherte Elfie. »Wenn Sie die Human Resources erst positiv zu nutzen wissen, sind Sie der perfekte Cruise Director.«

Sie klopfte ihm aufmunternd auf die Schulter, marschierte davon und gestattete sich ein zufriedenes Lächeln. Sobald sie außer Sichtweite war, zog sie ihre Wollmütze hervor und setzte sie wieder auf.

Sie war froh, dass die Pelzkappe ihrer Großmutter wohlbehalten zu Hause im Schrank lag. Nicht auszudenken, wenn diese tatsächlich über Bord gegangen wäre.

Kurz vor dem Eingang hörte sie Stimmen und verlangsamte ihre Schritte. Als sie bemerkte, dass es sich bei einer der Personen um Siegfried Schurike handelte, machte sie auf dem Absatz kehrt und hoffte, ungesehen davonzukommen.

Schurike hatte sie jedoch schon erspäht.

»Hallo Elfie«, rief er. »Warte einen Moment. Wir haben uns noch gar nicht verabschiedet.«

Elfie seufzte leise, dann setzte sie ein freundliches Lächeln auf und drehte sich um.

Schurike klopfte dem jungen Mann neben sich auf die Schulter und entließ ihn mit einem Kopfnicken. Anschließend kam er auf Elfie zu.

»Schade, dass du uns morgen schon verlässt«, sagte er. »Ich hatte mich gerade an deine Gesellschaft gewöhnt, vor allem beim Cocktailtrinken.«

Er zwinkerte ihr zu. »Außerdem führt unsere nächste Route in die Karibik. Willst du es dir nicht noch einmal überlegen?«

»Meine Aufgabe an Bord ist beendet«, entgegnete Elfie. »Und privat kann ich mir eine Reise auf diesem Luxusliner nicht leisten. Ich wünsche dir jedoch gute Fahrt und viel Erfolg.«

»Momentan sieht meine Zukunft recht einträglich aus.« Schurike rieb Daumen und Zeigefinger aneinander.

»Willst du deine Preise erhöhen?«, fragte Elfie.

»In meinem Beruf verdiene ich nur Peanuts.« Er machte eine wegwerfende Handbewegung. »Ich rede von richtig viel Geld.«

»Jetzt machst du mich neugierig«, sagte Elfie. »Hast du einen lukrativen Nebenjob an Land gezogen? Haben sich die Kontakte zu den Passagieren ausgezahlt?«

»So könnte man es formulieren.« Schurike grinste. »Ich habe Ersatz für Leo gefunden. Nun kann mein Projekt starten.«

»Dein Projekt? Ersatz für Leo?« Elfie durchschoss ein furchtbarer Gedanke. »Wie meinst du das?«

»Ich habe dir doch erzählt, dass ich eine Zusammenarbeit mit Leo geplant hatte«, sagte er leichthin. »Mit den Einzelheiten will ich dich nicht langweilen.«

Offenbar erinnerte Schurike sich nicht daran, dass zwei Zombies seine Zunge gelöst hatten und Elfie von den geplanten Erpressungen mit kompromittierenden Fotos wusste.

Wie naiv von ihr zu glauben, dass das Vorhaben sich mit dem Tod Spielbergs erübrigt hatte. Es war also sogar Schurikes Idee gewesen.

»Und der junge Mann von vorhin ist dein neuer Partner?«, hakte Elfie nach.

»Hmm«, brummte Schurike und musterte Elfie plötzlich wachsam. »Jetzt aber genug von mir. Wie sehen deine weiteren Pläne aus?«

»Bei mir ergeben sich neue Projekte oft völlig spontan.« Elfie holte tief Luft.

»Lass uns unseren letzten gemeinsamen Abend mit einem Spaziergang beenden, Siggi.« Sie hakte sich bei ihm unter.

»Wenn du meinst.« Schurike sah sie verwundert an.

Arm in Arm spazierten sie los. Verstohlen blickte Elfie immer wieder zum Geländer, bis sie die richtige Stelle erreicht hatten. Dann steuerte sie zur Reling, so dass Schurike direkt vor dem lockeren Abschnitt stand.

»Sieh nur, Siggi, zur Feier des Tages sind sogar die Sterne herausgekommen.« Elfie wies nach oben.

Schurikes Blick folgte ihrer Hand.

Blitzschnell hielt Elfie sich rechts und links an der Reling fest und ließ sich mit aller Kraft gegen Schurike fallen.

»Hoppla, nicht so stürmisch«, murmelte er und streckte die Arme nach Elfie aus.

Sie trat rasch einen Schritt zur Seite. In dem Augenblick gab das Geländer nach, und Schurike kippte mit einem Ruck nach hinten weg.

Elfie verfolgte seinen Weg nach unten, bis das dunkle, aufgewühlte Wasser ihn verschluckte.

Letztlich hatte sich wieder einmal alles gefügt. Bei Kaiser war ihr offenbar das richtige Augenmaß abhandengekommen, kein Wunder, bei dem unzulänglichen Material und der Zeitnot.

Es konnte jedoch kein Zufall sein, dass ihr anschließend Schurike über den Weg lief. Bei ihm bestand dringender Handlungsbedarf, bevor er andere Menschen ins Unglück stürzte.

Zufrieden kehrte sie zu ihrer Kabine zurück.

21.

Elfie stand mit Amadeus auf dem Hundepromenadendeck und beobachtete das Einlaufen der *Aphrodite* in Bremerhaven. Sie fröstelte und zog ihre Mütze tiefer in das Gesicht.

Der Morgen war diesig und kalt. An Land kümmerten schmutzig graue Schneereste vor sich hin.

Direkt am Kai entdeckte Elfie eine Gruppe von Männern, denen man trotz ihrer Zivilkleidung sofort ansah, dass sie Polizisten waren. Offenbar war man dem Wunsch der Reederei nach größtmöglicher Diskretion bei der Verhaftung Oskar Herrndorfs nachgekommen.

Sobald die *Aphrodite* angelegt hatte, kamen die Männer an Bord, wo sie von Alex und Kapitän Mehrmann in Empfang genommen und in das Innere des Schiffes geleitet wurden.

Elfie hörte Schritte hinter sich und wandte sich um. Tom kam mit Lillifee auf sie zu. Er sah blass aus und hatte dunkle Ringe unter den Augen.

»Was für ein Albtraum«, sagte er leise zu Elfie.

Sie drückte ihm mitfühlend die Hand.

»Ich wusste von Anfang an, dass Sie kein Mörder sind«, sagte sie. »Wie geht es Patrizia?«

»Sie ist am Boden zerstört, ihre Welt ist zusammengebrochen.« Tom schluckte. »Ich kann mich nur zu gut in ihre Situation hineinversetzen.«

»Deswegen kann ihr auch niemand besser zur Seite stehen als Sie. Es wird zwar schwer werden, vor allem wenn die Sache an die Öffentlichkeit dringt.« Elfie sah Tom fest in die Augen. »Sie und Patrizia stehen das gemeinsam durch. Sie sind stark genug, es zu schaffen.«

Tom nickte und versuchte die Andeutung eines Lächelns.

Elfies Blick fiel auf die beiden Hunde zu ihren Füßen.

»Was ist jetzt los?«, rief sie überrascht aus.

Amadeus hatte wie üblich seine anbetende Pose vor Lillifee eingenommen. Zum ersten Mal wandte die Pekinesendame sich allerdings nicht ab, sondern schenkte ihm huldvoll ihre Aufmerksamkeit. Die beiden beschnupperten sich schwanzwedelnd und liefen dann gemeinsam über die Wiese.

»Endlich wurde sein Werben erhört.« Elfie klatschte vor Freude in die Hände.

»Beharrlichkeit zahlt sich eben doch aus«, meinte Tom.

»Nur schade, dass der Funke erst in letzter Minute übergesprungen ist.« Nachdenklich verfolgte Elfie, wie die Hunde sich spielerisch umkreisten. »Obwohl es vielleicht besser so ist.«

»Wieso?« Tom sah sie fragend an.

»Ich versuche mir gerade vorzustellen, wie eine Kreuzung aus Mops und Pekinese aussieht«, sagte Elfie trocken. »Aber es will mir nicht gelingen.«

»Ganz abgesehen davon würde Luise Herrndorf den Makel einer unstandesgemäßen Promenadenmischung niemals verkraften.« Tom grinste, wurde jedoch sofort wieder ernst. »Vor allem jetzt nicht. – Ich muss zurück. Machen Sie es gut, Frau Ruhland.«

»Ich wünsche Ihnen viel Glück, Tom. Lassen Sie von sich hören.«

Nur widerstrebend ließ Lillifee sich anleinen und davonführen. Amadeus wich nicht von ihrer Seite, bis Elfie ihn auf den Arm nahm und an der weiteren Verfolgung hinderte. Als seine Angebetete aus dem Blickfeld verschwand, gab er ein klägliches Fiepen von sich.

Als sie die Gangway hinuntergegangen waren, fuhr Claaßens Stretchlimousine vor, die sie zurück nach Hause bringen würde. Der Chauffeur verstaute ihr Gepäck, Elfie und Alex machten es sich in dem geräumigen Wagen gemütlich, und Amadeus rollte sich zu einem Schläfchen zusammen.

Bevor sie losfuhren, warf Elfie einen letzten Blick auf die *Aphrodite*. Schmunzelnd dachte sie über Claaßens Faible für die griechische Mythologie nach. Ihr gefiel die Idee, jedes Schiffsdeck nach einer Göttin zu benennen.

»Weißt du übrigens, wofür die Göttin Alekto bei den alten Griechen zuständig war?«, wandte sie sich an Alex.

Diese schüttelte den Kopf.

»Ich habe es nachgelesen«, berichtete Elfie. »Alekto ist die Göttin der Rache für Verbrechen.«

»Wie passend, dass Herrndorf ausgerechnet auf Deck Alekto residierte.« Alex lachte auf.

Ihr Handy piepte. Sie holte es hervor, tippte darauf herum und las eine Nachricht.

»Ich nehme an, es handelt sich um etwas Erfreuliches«, sagte Elfie. »So wie du strahlst.«

»Richtig geraten«, entgegnete Alex. »Constantin Prinz hat für heute Abend einen Tisch im Königshof reserviert. Er möchte noch einmal von vorn anfangen.«

»Soso, der Staatsanwalt. Möchtest du das denn auch?« fragte Elfie.

»Ich denke schon«, antwortete Alex. »Nur will ich es langsam angehen lassen.«

»Sehr vernünftig«, pflichtete Elfie ihr bei.

Sie lehnte sich in dem bequemen Polster zurück und dachte an Paul-Friedrich mit seiner angenehm zurückhaltenden Art, die sie nach den Erlebnissen auf dieser Reise mehr denn je zu schätzen wusste. Plötzlich freute sie sich unbändig auf ihr Wiedersehen.